# 基于跨文化理解的文化翻译方法研究

## ——以中国文学作品日译为例

喜 君／著

🌀 吉林大学出版社

·长春·

**图书在版编目（CIP）数据**

基于跨文化理解的文化翻译方法研究：以中国文学
作品日译为例 / 喜君著. -- 长春：吉林大学出版社，
2023.4
ISBN 978-7-5768-2223-6

Ⅰ.①基… Ⅱ.①喜… Ⅲ.①中国文学—日语—文学
翻译—研究 Ⅳ.①H365.9②I206

中国国家版本馆CIP数据核字(2023)第197177号

书　　名：基于跨文化理解的文化翻译方法研究——以中国文学作品日译为例
JIYU KUAWENHUA LIJIE DE WENHUA FANYI FANGFA YANJIU——YI ZHONGGUO
WENXUE ZUOPIN RIYI WEI LI

作　　者：喜　君
策划编辑：矫　正
责任编辑：刘子贵
责任校对：张文涛
装帧设计：久利图文
出版发行：吉林大学出版社
社　　址：长春市人民大街4059号
邮政编码：130021
发行电话：0431-89580028/29/21
网　　址：http://www.jlup.com.cn
电子邮箱：jdcbs@jlu.edu.cn
印　　刷：天津鑫恒彩印刷有限公司
开　　本：787mm×1092mm　　1/16
印　　张：15.75
字　　数：200千字
版　　次：2023年4月　第1版
印　　次：2023年4月　第1次
书　　号：ISBN 978-7-5768-2223-6
定　　价：78.00元

# 前　言

　　由于翻译是两种语言之间的转换，而语言是宏观意义上的文化的组成部分，是微观意义上的文化的载体，因此文化上的差异必然在语言上有所体现。这种体现在语言中的文化差异，自古以来就使译者们煞费苦心。在经济全球化的今天，因生活流动性带来的文化认同危机，使人们对文化的关注达到了前所未有的高度。这种关注反映在翻译领域，就是对通过翻译实施文化传播的强调，或者说有意识地将翻译作为文化传播和交流途径予以强调。而翻译策略的选择，是翻译实践活动中必然要面临的问题。由于文化之间必然存在的差异，并不是所有蕴涵于原文本中的文化因素都会在译本中得到体现。文化因素的传递，受多种因素的综合影响和制约。应该说，加大译文文化负载量与提高文化认同度是一对矛盾体，属于此消彼长的关系。而译者的任务，就是通过自己的文化翻译策略选择，寻求这两者之间的平衡。实际上，翻译策略选择的因素十分复杂，它不仅仅涉及语言和文化的问题，更涉及文化帝国、语言霸权的内容。所以必须基于文化辩证的考虑。

　　在中国经济快速增长、综合国力不断提升的背景下，中国文学"走出去"成为一种必然要求与时代使命，对中国文学在海外的译介与传播情况的研究也成为中国学界的热点之一。中日两国在文学艺术领域长期处于密切的互动之中，同时也存在着历史观的分歧、领土的纠纷以及意识形态的冲突。中日两国实现邦交正常化之后的日本学界延续了自觉关注与研究中国文学的一贯传统，对中国文学译介与研究活动愈加全面系统，包括在报纸、期刊开设专栏定期介绍中国作家作品，发表相关学术论文，出版相关研究专著，翻译出版中国作家作品的选集和单行本等具体活动。

目前虽有学者对中国现当代文学在日本的传播进行研究，但多以日本学者为主，研究内容或以现当代文学为中心，少有翻译学角度的研究。基于此，本书在跨文化理解视阈下，结合跨文化交际学的原理，采纳翻译研究学派研究范式，以翻译目的论为理论依据，对中国文学作品日译中的方法进行探索研究。也就是把翻译置放于跨文化理解的语境中，从宏观、动态的视角探究翻译的具体方法。不仅关注翻译研究的"文化转向"，也注重对文化研究的"翻译转向"这一学术动态的学习和研究。其目的一方面运用新的研究范式对翻译学科建设领域进行常识性研究，另一方面是为了彰显翻译的社会文化性，为在当今文化多元化及全球一体化的背景下，讲述中国故事、传播中国声音提供可资借鉴的理论依据。

全书共分十章。以跨文化理解的内涵及特点为开端，阐述翻译的跨文化传播属性和跨文化理解视域下的文化翻译方法及理论基础；分析中国文学在日本的译介传播现状和译介中存在的主要问题；以《朝花夕拾》为例，探讨文化负载词的日译方法；以《文心雕龙》和《论语》为例，探讨中国文学典籍中术语及文化特色词的日译方法；研究我国古典文学名著《红楼梦》颜色词与花卉隐喻日译及饮食词汇日译的方法；在此基础上分析金庸、莫言和残雪作品在日本的译介策略以及传播途径，并探讨他们的作品在日本成功传播的原因；最后对跨文化翻译的时代要义进行阐述及展望，对中国文学"走出去"具有重要的启示意义。

总之，在多元文化的今天，各国文化交往日益频繁，文化间的融合日渐加深。因此译者应具备深厚的文化修养、宏观的文化视野和跨文化交流能力，合理利用异化和归化的翻译策略，努力传达和吸收异域文化，弘扬和发展本土文化，促进不同民族的相互交流和理解。

文化全球化已经到来，正确应对文化全球化语境对翻译文化的冲击和影响，把握文化冲突和融合的实质是译者在文化全球化语境下需要认真思考的问题。随着以全球化为特征的现代社会与消费越来越影响我们的日常生活，我们要立足于辩证分析的思想，正确认识文化全球化语境下翻译对文化传播和文化身份的影响，还要考虑到原语作者的写作意图、翻译的目的、文本的类型、疑问的功能和读者对象等因素。更重要的是在翻译的过程中，译者要有深刻的跨文化意识，主要从异化角度进行翻译，再辩证地结合归化辅译，从而能够较正确应对全球化语境对翻译文化的冲击和影响，促进全球化的文化传播和交流。如今，处身新时代，翻译传播的前景将更广阔，在实现中华民族伟大复兴的实践中，我们有理由相信，翻译传播必将再次扮演重要的角色。

# 目　　录

# 第一章　基于跨文化理解的文化翻译概述

翻译不仅是一种跨语言的交际行为，也是一种跨文化的传播过程和交流活动。人类自有文化开始就有传播在进行，传播促进文化发展，异语文化之间的传播属于跨语言和跨文化的传播，必须通过翻译才能够实现。可以毫不夸张地说，没有翻译就没有异语文化之间的交流、融合与发展。纵观中外社会历史文化发展的历程，从欧洲的文艺复兴，到印度佛教的西土东传，再到中国明末清初的西学东渐，无不证明了翻译在社会历史文化变迁中所发挥的独特而巨大的作用。

综观跨文化传播过程中的中外翻译活动及翻译理论的发展，最突出的是翻译研究学派的理论，它把翻译研究和文化研究结合起来，实现了翻译研究的"文化转向"，又进而提出文化研究的"翻译转向"，把翻译置于社会文化语境中，研究其社会文化功能和作用。

## 一、跨文化理解的内涵及特征

### （一）文化的定义、特征及分类

1. 文化的定义

在中国古籍中，"文"既指文字、文章、文采，又指礼乐制度、法律条文等；"化"是教化的意思。汉代刘向在《说苑》中说："凡武之兴，为不服也，文化不改，然后加诛。"其中"文化"一词与"武功"相对，含教化的意思。在西方，"文化"（culture）这个词有两个拉丁词根：cultura和colere。前者意思是开垦，后者意思是耕耘，原义基本都是指农耕以及对植物的培育，蕴含着从土地或环境汲取养分的意思。从15世纪以来，逐渐引申为对人的品德和能力的培养。在近代，日本人把英文的culture翻译成文化，我国也借用了日本人的译法，赋予文化以新的含义。文化一词的中西两个来源，殊途同归，今人都用来指人类社会的精神现象，或泛指人类所创造的一切物质产品和非物质产品的总和[①]。长期以来在许多人的表述中，文化多呈现为器物、思维方式、艺术风格或风俗习惯等静态意象或状态，归属于人类学的知识谱系。但阿兰·斯威伍德（Alan Swingewood）却认为其实文化同样是一种实践行为，是以意识、行为与特定的价值观作为基础，然后寻求改变世界的一种手段。

关于文化的定义，由于文化是在隐喻的意义上使用的，理解不同，定义也就多种多样了。不同领域的学者已经从不同视角、在不同层面给出了数百个定义。不过截至目前，由人类学家爱德华·泰勒（Edward Tylor）在1871年提出的定义仍是引用率最高，被认为是最具有科学意义、涵盖面最广、最精确的定义之一，其影响也是最大的。他的著名定义是：文化或文明，就其广泛的民族学意义来讲，是一个复合整体，包括知识、信仰、艺术、道德、法律、习俗以及作为一个社会成员的人所习得的其他一切能力和习惯。在诸多文化概念中，我们可以大致将其归纳为两种类型：一是针对社会结构意义上的文化，二是针对个体行为意义上的文化。前者指的是一个社会中长期、普遍起作用的行为模式和行动的实际准则；后者是个体习得的产物，包括群体成员为了在参与活动的群体中被相互接受而必须具备的文化要素。对文化的定义与讨论也进一步表明了：文化并不仅仅是对社会存在的反映，它本身就是对人类一切行为的技术方式、社会方式和价值取向的解释、规范和综合，是人与自然、人与社会以及人与自身关系的体现。[②]

根据时代特色及研究内容，本书视阈下的文化内涵，大致可等同于联合国教科文组织在2001年发表的《世界文化多样性宣言》（*Universal Declaration on Cultural Diversity*）中使用的解释：文化是某个社会或社会群体特有的精神、物质、知识与情感等方面一系列特质之总和；除了艺术和

---

[①] 关世杰. 跨文化交流学: 提高涉外交流能力的学问[M]. 北京: 北京大学出版社, 1995: 15.

[②] 孙英春. 跨文化传播学导论[M]. 北京: 北京大学出版社, 2008: 13.

文学之外，还包括生活方式、共同生活准则、价值观体系、传统和信仰。

2. 文化的特征

综合上述与本书相关联的研究，我们认为文化的特征大致体现在以下五个方面：

第一，文化具有传承性。文化是人类进化过程中衍生、创造和继承的一种代代相传的习得行为，能够促进个体和社会的生存、适应和发展。但文化不是人们生理先天的遗传，而是社会遗产，是人们在社会化过程中后天习得的知识和经验。

第二，文化具有民族性。文化是特定社会和群体中大多数成员共同接受和共享的，往往以民族的形式出现的行为规范，比如共同使用的语言、共同遵守的制度习俗，以及大多数成员都会具有的心理素质和性格。

第三，文化具有系统性。文化是一个社会中历史、地理、认知体系、规范体系、语言符号、物质产品等各种要素组成的一个整合体系，体系的各部分互相联结、互相依存，密切交织在一起，任何一个部分的变动，都往往会影响到其他部分。

第四，文化具有适应性。当两种文化相遇，一开始可能会出现文化休克（culture shock）甚至冲突，但逐渐地彼此也会自觉不自觉地、或多或少地得以适应和融合。一般而言，总是弱势文化在适应强势文化。

第五，文化具有稳定性与变异性。在一般意义上，人类各种文化都具有保持内部稳定的文化结构，包括相对稳定的规范和观念，如习俗、道德、世界观、价值观等等，可以在面临外部文化冲击时通过吸收、变动等机制来保持自身结构的稳定和平衡。另一方面，文化又是一个活性系统，并非存在于真空之中，而是发展变化的。生产力的发展，新的发明创造，新的观念的出现，政治上的风云突变，经济的全球化趋势甚至战争等等都是文化发展变化的主要推动力。可以说文化的稳定性是相对的，而文化的变迁却是绝对的和绵延不绝的。

文化是人类互动行为发生的大环境，影响人类传播的最大系统就是文化本身。人类的任何传播都离不开文化，没有传播就没有文化，受此影响，各种现代文化社会学派都把文化看成象征符号的总和，进而研究文化的传播是如何在社会关系中产生、发展和变化的。许多传播学者还认为，文化的传播功能是文化的首要和基本的功能，文化的其他功能都是在这一功能的基础上展开的。其实传播本身就是文化的一个组成部分。①

### 3. 文化的分类

从形态上看，文化可分为物质文化、制度文化、习俗文化和精神文化四个层次。他们都属于人类精神关照的成果。程度不等地具备精神性特质，因而具有文化内涵。

（1）物质文化。又称物态文化，即蕴涵在人类物质生活中的文化，包括人类从事生产活动的器具及其劳动产品。它以满足人类生存发展所必需的衣、食、住、行诸条件为目标，直接反映人与自然的关系，反映人类对自然界的认识、把握、运用和改造的深入程度，反映社会生产力的发展水平。这是一种可触知的具有物质实体的文化事物，构成整个文化的物质基础，但由于它们和人类的知识经验、价值意识、审美情趣相关联，倾注了人的精神因素，因而才使这些产品具有文化意义。从文化的结构层次来看，物质文化处于文化结构的表层。

（2）制度文化。它是人类在社会实践活动中为处理各种社会矛盾、调节人际关系而建立的各种社会活动规范。制度文化指人类在社会实践中构建的处理人与人之间相互关系的准则，并将它们规范化为各种典章制度，如政治制度、经济制度、法律制度、婚姻制度等等。这些制度是由行政权力机构制定并颁布执行的，带有强制规范性质。

（3）习俗文化。它是指人类在社会交往中形成的行为模式和习惯定势，包括礼仪、风俗、习惯等。它们一般都是约定俗成的，对人们的生活和行为具有舆论制约作用。制度、习俗都是思想观点凝结而成的条例、规矩，属于同一层面，即文化结构的中层。

（4）精神文化。又称观念文化，是人类在长期实践中形成的社会心理和社会意识形态。社会心理指人们日常精神状态和思想面貌，是自然产生的大众心态，包括愿望、要求、情感、意志等。社会意识形态是指经过专家理论加工和艺术升华，注入丰富的个性色彩，并以著作等物化形态固定

---

① 孙英春.跨文化传播学导论 [M].北京: 北京大学出版社,2008: 23.

下来的种种社会意识，包括哲学、政治、法律、宗教、道德、文学、艺术等。精神文化，特别是其中的社会意识形态是整个文化系统的主导力量，处于文化结构的深层。

人类创造文化，其目的是改善人的生存环境与生存状态，也就是从物质条件、社会生活和精神活动的丰富性、多样性与有序性上不断优化人的生存环境与生存状态。文化面对三个方面的问题，即人与自然之间的关系，人与人之间的关系，以及人自身内部的关系。作为文化创造主体的人，针对自然界，创造了物质文化，用以改善人的物质生活条件；针对人际关系，创造了制度文化和习俗文化，用以改善人的社会生活环境；针对人自身创造了精神文化，用以丰富人的精神生活状态。这几种文化之间相互制约、相互作用，构建了一个完整的、动态的文化有机体。

**（二）跨文化理解的内涵**

教育中发展跨文化理解的历史可以追溯到第二次世界大战之后跨文化教育的发展。在联合国以及联合国教科文组织于 1945 年成立之后，1948年发布了《世界人权宣言》（*Universal Declaration of Human Rights*），其中第二十六条指出："教育能够促进所有国家、种族以及宗教团体间的理解、包容以及友谊。"[1]该条强调了教育中发展跨文化理解。此后，在1989 年的联合国《儿童权利公约》（*Convention on the Rights of the Child*）中也强调了各种族、国家和地区等所有人相互理解、包容、和平相处并建立友谊，这也是跨文化理解的核心内涵；成立于1968 年的国际文凭组织（the International Baccalaureate Organization, 简称 IBO），在陈述其 1998年的 IB 愿景时表示："要通过跨文化理解和尊重创造一个更好更和谐的世界。"[2]至 2019 年，IB 愿景依然强调跨文化理解，并把它作为 21 世纪的重要组成部分。[3]

---

[1] United Nations. Universal Declaration of Human Rights[EB/OL]. [2018-10-15]. http://www.un. org/en/universal-declaration-human-rights/.

[2] 参见: Debra Rader. Teaching and Learning for Intercultural Understanding: Engaging Young Hearts and Minds[M]. London, New York: Routledge, 2018: 10-11.

[3] The International Baccalaureate Organization. Mission[EB/OL]. (2018-11-20)[2021-11-30]. http://www.ibo. org/about-the-ib/mission/.

那么什么是跨文化理解？2005年，澳大利亚亚洲基金会指出跨文化理解（intercultural understanding）是在各种情境下与他人进行共事和谈判的能力，与他人共事或谈判需要认识理解自己和他人的文化，并有处理它们的技巧。①在2008年《墨尔本宣言》之后，2012年，澳大利亚课程、评估与报告局（Australian Curriculum, Assessment and Reporting Authority，简称 ACARA）给予跨文化理解一个定义："学生在学习如何批判性地评价和看待自己和他人的文化观点、语言、信仰及实践等时，发展了跨文化理解，其包括学习和接触不同的文化，承认共性和差异，与他人建立联系，培养相互尊重的情感。"并把跨文化理解划分为三个基本要素，即认识文化并培养文化尊重，人际互动与同理心，以及对跨文化体验的反思与责任承担。②通过对澳大利亚跨文化理解的研究，杰西卡·沃尔顿（Jessica Walton）认为跨文化理解是一个持续不断的批判过程，涉及与不同文化背景的人交往所需的知识、态度和技能的发展，这些知识、态度和技能是根植于对本国、本民族或个人的文化理解，然后在互动体验中对其他国家、民族或个人文化产生理解，这常常与文化多样性、反种族主义和文化冲突的有效解决密切相关。③

此外，国际教育联盟（Alliance for International Education）汇集了致力于通过教育来推进跨文化理解的人。在国际教育联盟2014年10月会议中，提到跨文化理解是了解自己文化的同时又愿意和其他文化的人建立联系。④

基于此，本书将跨文化理解定义为一种能在全球化时代，与世界他人共同生活的能力，其包括跨文化的知识、态度、情感以及行动，这是一个

---

① Asia Education Foundation. Developing Intercultural Understanding: An Introduction for Teachers [M]. Sudney: Commonwealth of Australia, 2005: 6.

② Australian Curriculum, Assessment and Reporting Authority （ACARA）. Intercultural Understanding [EB/OL]. （2018-05-26）[2021-12-05]. http://www.australiancurriculum.edu.au/General Capabilities/Intercultural-understanding/Introdu-ction/Introduction.

③ Jessica Walton, Naomi Priest, Yin Paradies. Identifying and developing effective approaches to foster intercultural understanding in schools [J]. Intercultural Education, 2013（03）: 181-194.

④ 参见: Rader D. Valuing languages and cultures: The first step towards developing intercultural understanding [J]. The International Schools Journal, 2015（02）: 17.

积极主动的动态过程，是能根植于自身文化批判性地看待并分析自己与他人的文化，培养相互尊重的情感，以及反思自己的文化身份的能力。

### （三）跨文化理解能力的特征

#### 1. 互动性

"多元文化"指不同文化能共存于世界上，代表着文化的多样性，形容的是文化存在的一种状态，具有静态性。而"跨文化"则侧重于"跨"。"跨"意味着越过、骑过，"跨文化"也就是说越过不同的文化，指不同文化间的互动，具有动态性。跨文化理解能力具有动态性、互动性的特点。互动强调双方的参与性，外语学习者并不只是简单地了解本土文化与目的语文化，跨文化所体现出的文化间的互动也就意味着外语学习者要具备跨文化理解能力，就必须善于进行不同文化间的对话交流。外语学习者要在文化觉醒的基础上和不同文化对话、交流，能够对它们认识、比较、辨析、互动，同时还能将其运用到实际工作中（如外语教学、商务洽谈等），进而达到对本土文化和目的语文化的深层次理解和贯通。正是跨文化理解能力的充分发挥使得文化之间碰撞交流，进而促进跨文化交际能力的提高。

#### 2. 反思性

反思性是跨文化理解能力的重要特征。外语学习者长于本土文化，但由于工作等的需要又接触了解到目的语文化，处于两种完全不同价值观文化环境中很容易就导致外语学习者对自身身份产生迷惑乃至错误认知，而这种迷惑和错误认知会对他人产生观念影响，如外语教师会对学生产生很大的观念影响。反思是一种重要的思考方式，能让人停下来思考、积累经验。外语学习者由于其特殊的文化身份时刻处在不同的文化环境中，时常反思能帮助其消除文化偏见，克服文化障碍，增加对自身以及对不同文化的了解，从而有助于培养跨文化理解能力。只有反思自身所处文化环境，拓展自己的认识，理性看待中外文化的差异之处与各自的优点，才能更好地理解中外文化。费孝通先生曾说过："反思实际上是文化自觉的尝试。"[①]在反思中摆正心态，在反思中发现不足，在反思中得到进步，在

---

① 费孝通. 文化与文化自觉[M]. 北京: 群言出版社, 2016: 192.

反思中帮助自身实现跨文化理解能力的生成。反思性这一特征实际上就是外语学习者对文化的反思、追问，是外语学习者自我意识的体现，表明外语学习者能认清自身文化的优势，尊重不同文化的内涵，与不同文化共存共生，在工作与学习中更好地展现不同文化。反思还能促进不同文化的对话，促成不同文化的彼此理解、相互启发，克服由于价值观不同引发的误解与冲突。

3. 多元性

多元与一元相对，即反对独断、专一，重视开放、多样、宽容、跨越。多元性所蕴含的开放、宽容和尊重的态度也正是跨文化理解能力的特点。这一特点也要求外语学习者不仅要对自身文化和目的语文化有着全面的认识了解，更是要在游走于不同文化之间时获得平衡。一方面，外语学习者要摒弃对立思想，不能极端地认为只有本土文化或者目的语文化是最优秀的文化。另一方面，也不能泛泛而谈，以失焦的视野看待不同的文化。外语学习者应当理解、尊重、接纳不同的文化，努力促成文化间的互动沟通，以文化的展现、体认、对话来代替文化的压制、排斥、对抗。跨文化理解能力的多元性能帮助外语学习者在本土文化与目的语文化之间保持一定的张力，维持必需的平衡，以期促进相互的理解，超越彼此的不同，推动双方共同发展。


## 二、翻译的跨文化传播属性

翻译作为跨文化传播的主要方式，其传播过程必然符合跨文化传播的基本特征和属性。我们从跨文化传播学的角度看一下翻译活动包含的各个要素。跨文化的信息传播过程具体涉及八个要素：谁传播（who ）、传播什么（what says）、通过什么媒介传播（through which channel or medium ）、以何种方式传播（in what way ）、向谁传播（to whom ）、传播的目的是什么（for what purpose ）、在什么场合下传播（in what circumstance ）以及传播的效果如何（with what effects ）。这八个要素之间的关系是互相联系、彼此制约，共同构成跨文化传播过程的有机整体。我们也将从这几个方面来研究翻译活动及其动态特征，即研究翻译主体、翻译内容、翻译渠道、翻译方式、翻译受众、翻译目的、翻译语境以及翻译效果，并通过这一有机整体来体现翻译的功能。

这些环节要素与跨文化传播相吻合，联系也极为密切，恰恰说明翻译的跨文化传播本质和属性。事实上，跨文化传播离不开翻译，而翻译就是跨文化传播。

**（一）译者身份和译者行为**

在这个环节，译者就是名副其实的跨文化传播者，其行为方式也就是把自身作为一个传播媒介来进行跨文化的传播活动。

1. 译者身份

在翻译这种历史悠久、对人类文明进程具有深远影响和意义的双语转换交流活动中，译者无疑是最为活跃的因素，因为译者既是沟通两种语言的媒介，又是保证交流顺利进行的关键。不通过译者主体的能动作用，翻译这一跨文化的交流活动就不可能完成。在某种意义上说，译者和作者一样都是在各自所处环境中构建着不同的文化。译者在促进不同文化交流方面起着重要的纽带和桥梁作用，因此在翻译理论研究及跨文化传播语境中对译者的身份和作用进行研究就显得十分必要和有意义。

纵观古今中外的翻译历史，作为翻译主体的译者可谓命运多舛，他们与原作者地位的变化与当时盛行的翻译理念密切相关。这些翻译理念在不同程度上制约着译者的翻译实践活动。翻译理论研究经历了从语言到文化，从原文转向译文，从规定性转向描述性的转变，译文地位从低于原文到等于原文再到比原文重要，译者的地位也从低于原作者到被认为在翻译活动中起决定作用等一系列转变。在翻译过程中译者的主体身份逐渐彰显，其主观能动作用也逐渐凸显出来。

2. 译者行为

文艺学范式翻译研究中，过分强调译者主体的"直觉"和"灵感"，使一切都笼罩了一层神秘色彩。译者依赖自己的个性和天性，凭借自己广博的知识和深厚的文学功底，在翻译中往往显出较多灵气和创见。虽然这种创见有时剥离不掉个人的感情色彩，脱离了翻译的客体（文本、原作者、读者），忽视了译者的受制约性和同时作为受体的一面，但我们也看到了他们各自独到、精辟的见解，留下了许多不朽的译作，使译者主体性彰显无遗。

结构主义语言学派只关注文本这个客体，关注单纯的语言符号层面的转换，过分强调人类语言的确定性，把"等值"看作是翻译理论的核心，刻意寻求所谓的转换规律，从而产生一个与原文对等的文本。在此种理念的观照下，译者只要找到语言转换规律就可以大功告成了，翻译只不过是一种简单的语符编码解码过程，不需任何创造性，译者在这里也就成了一台脱离时空或情感制约的"翻译机器"（同上），其结果是造成了翻译过程中译者主体性消失殆尽，忽视了语言文化差异以及译者的主观能动性。

20世纪80年代以来翻译研究派的观点使得关于译者主体的研究大为改观，其代表人物勒弗维尔（Andd Lefevere）认为翻译是对原作的"重写"，所有的"重写"都反映了某种观念和诗学，并以此操纵文学在特定社会里以特定方式发挥作用。因此，翻译实际上是一个译者作出选择的过程。巴斯内特（Susan Bassnett）更是用多元论替代了单一的忠实于原作的教条，把翻译看作是译者摆布文本的过程。这些观点在很大程度上深化了解构主义文化学范式对译者主体性的认识。翻译不是一个被动的过程，不是对原文的简单"复制"和"模仿"，而是翻译主体积极参与的过程。读者应是文本的主人，对文本拥有绝对的阐释权；而译者作为文本的第一读者，无须再对原作者俯首帖耳，唯命是从。他不该是消极被动的，他可以自由地赋予文本某种意义而无须承担任何责任。译者的主体性至此达到了极致，得到了前所未有的张扬，而译者的主体性地位也逐渐确立起来。不过，我们强调译者对原作的重写或者摆布并不等于说就可以胡译乱译，而是旨在矫正传统翻译研究中译者与原作者、译文与原文的不平等关系。

众所周知，翻译是一门富有创造性的艺术，根本无法脱离译者的主观性而存在。在这个创造过程中，译者又具有主体性，是翻译实践的主体。如果没有译者这一主体，任何翻译活动都不可能完成。另外，语言本身就是一个充满重叠意义和模糊边界的开放体系，其不确定性也赋予译者再创造的权利。由此在建构主义多元范式的翻译研究中，我们主张翻译就是两个主体借助语言这个媒介在他们各自所处的世界中进行平等对话，达到相互理解的过程。这就为主客对立的主体性思维带来的内在矛盾提供了积极的修正建议和解决办法，从而有利于译者主体研究的进一步深入。

### （二）翻译目的与翻译策略

跨文化传播和交际活动一般都是有目的的，翻译活动也不例外。在这个环节翻译目的就是跨文化传播目的，而翻译策略则可以等同于跨文化传播方式，也就是为达到某种跨文化交际目的而采取的策略方法。

#### 1. 翻译目的

凡是人类的主动行为都是有其目的的，翻译传播行为也不例外。翻译的目的是使译文在目的语文化中起原文在源文化中同样的功能，特别强调文化在翻译中的地位和翻译对于文化传播、推动社会和文化进步的重要意义。翻译活动作为一种特殊的人类主动跨文化传播行为，其目的也必然具有特殊性。关于翻译的目的，我国古代佛经翻译家道安在其《摩诃钵罗若波罗蜜经抄序》中说："正当以不闻异言，传令知会通耳。"[1]意思就是说，正是由于不懂异域之语言，才需要译者来传达，从而使人们明白通晓。他在《鞞婆沙序》中又说："传胡为秦，以不闲方言，求知辞趣耳。"[2]意思是讲，翻译就是把一种语言转化为另一种语言，让不懂外语的人也能够明白其辞趣。斯坦纳那句"翻译之所以存在，是因为人们讲不同的语言"[3]其实也暗示了翻译的目的。所以，翻译的目的就是让不懂原文的读者通过译文知道、了解甚至欣赏原文的思想内容及其文体风格。但随着翻译研究中的文化转向，人们对翻译目的的认识也出现了多元化的趋势。关于翻译目的，有过各种各样的论述，比如：马祖毅认为我国早年之所以大规模翻译佛经，是因为统治阶级为了巩固其地位，对人民进行精神统

---

① 罗新璋. 翻译论集[M]. 北京: 商务印书馆, 1984: 24.

② 罗新璋. 翻译论集[M]. 北京: 商务印书馆, 1984: 26.

③ Steiner, G. After Babel (3rd edn.) [M]. Shanghai: Shanghai Foreign Language Education Press, 2001: 51.

治；①徐光启等人之所以翻译西方科技著作，目的是"裨益民用"；②严复翻译西方学术经典的目的是让国人学习西方的自然科学方法和民主政治制度；③鲁迅和瞿秋白翻译文学作品的目的是引入新的文化内容或语言成分；西方翻译文化学派认为，翻译的目的是使译文在目标语文化中实现原文在源语文化中所实现的同样的功能；巴斯内特（Susan Bassnett）和勒弗维尔（Andd Lefevere）就认为翻译促使了不同文化间的交流；④而功能派翻译理论则认为，原文和译文所追求的目的也许大不相同，译者为了赚钱也可以是翻译的目的。

在论及翻译目的时，曹明伦⑤首次在译学界提出了文本目的和非文本目的这对概念，首次区分了翻译的文本行为和非文本行为，指出翻译之文本行为乃译者的基本行为，翻译之文本目的乃译者的根本目的。他认为文化目的、政治目的、经济目的等是翻译活动发起人（initiator）的目的，而不是翻译行为实施者（translator）的目的。后者的目的是文本目的，即让不懂原文的读者通过译文知道、了解甚至欣赏原文的思想内容及其文体风格。而实现文本目的的途径只有一条，那就是实施翻译的文本行为，把一套语言符号或非语言符号所负载的信息用另一套语言符号或非语言符号表达出来。翻译之文本目的乃译者的根本目的。实现这一目的则是译者的根本任务。

2. 翻译策略及方法

翻译学的功能派理论将翻译目的放在头等重要的位置。一般情况下，每一个翻译行为都有一个既定目的，并且要尽一切可能实现这一目的。为实现翻译目的就要选用特定的翻译策略及方法。而跨文化传播的目的是促进不同语言、不同文化间的交流与沟通，翻译又是跨文化传播的中介，而

① 马祖毅. 中国翻译简史 [M]. 北京：中国对外翻译出版公司, 1998: 18.

② 陈福康. 中国译学理论史稿 [M]. 上海：上海外教出版社, 1992: 53.

③ 马祖毅. 中国翻译简史 [M]. 北京：中国对外翻译出版公司, 1998: 382.

④ Bassnet, S. & A. Lefevere（ed. ）. Constructing Cultures: Essays on Literary Translation [M]. Shanghai: Shanghai Foreign Language Education Press, 2001: 6.

⑤ 曹明伦. 文本目的——译者的翻译目的——兼评德国功能派的目的论和意大利谚语"翻译即叛逆" [J]. 天津外国语学院学报, 2007(04)：1–5.

译者正是跨文化传播的使者。译者的翻译策略和方法与译者的意识形态、文化背景、社会环境、读者的趣味要求等可变因素密切相关，从而直接影响到翻译目的与效果。

许钧和穆雷[①]将翻译策略界定为根据所涉语言文化的诸多因素及要求而制定的行动方针和翻译方式。翻译策略主要涉及三个基本任务：一是明确翻译目的，解决为什么而译、为谁而译的问题；二是确定所译文本，解决翻译什么、为什么要翻译这个文本的问题；三是制定操作方式，解决怎么译、为什么要这么译的问题。由于文化因素的多面性和翻译所处语境的多变性，因此在理论上，翻译策略的采用没有固定模式。虽然在翻译过程中，译者采用的翻译策略可以各种各样，但总体上可以大致分为两大类：一类为"归化式"翻译策略；另一类为"异化式"翻译策略。前者的目的在于"征服"源语文化，试图从内容到形式将源文本"完全本地化"，使目标文本读起来像译入语中的原创作品一样；追求译文文体自然流畅，一目了然，其目的是尽量减少原文给目的语读者带来的陌生感。后者则相反，有意冲破目的语常规，试图从内容到形式将源文本"原封不动"地搬入译入语，使目标文本读起来像源语作品一样，把原文本的异国情调带到目的语文化之中。

翻译中的归化与异化是一个老生常谈的问题，译界虽对此一直多有讨论，但并未取得共识。有认为归化与异化各有所长，这两种互补的方法将同时并存，有人则持适度原则，即在"纯语言层面"用归化法翻译，在"文化层面"力求最大限度的异化。

当今信息技术的发展和全球化浪潮触发了不同文化间全面的合作、交流与融合，从而导致不同民族人们的认知环境日益趋同。发达的传媒、开放的资讯和丰富的信息资源为各国读者对彼此间文化的相互沟通和了解打下了良好的基础。全球性文化交流与融合在目前信息化时代是大势所趋，不可逆转。与这种趋势相适应，目前各民族文化高度的开放性、强大的渗透力以及认知环境的趋同性将导致译者在翻译中更多地使用异化法。在可能的情况下，译者应尽量采用异化或异化加释义方法来处理含文化因素的

---

① 许钧, 穆雷. 翻译学概论[M]. 南京: 译林出版社, 2009: 11.

词语。当然，这样做有时可能难以理解，从而对读者的理解能力也提出了一定的要求和挑战。但从长远来看，特别是从文化交流与融合以及对不同语言的丰富发展来看，这样做是值得的。还要注意的是，如果不得不用到归化法，也应尽量注意避免归化过度，以防止目的语读者对原文或原语文化产生不正确的理解和认识。在此强调异化的重要性，并非一味反对归化。归化当然有归化的用武之地。但是在采用归化还是异化的问题上我们应该有总的原则，应分清主次和先后。

既然翻译从本质上来看是一种跨文化传播活动，那么译者自然就成为两种语言间文化的传播者。译者所肩负的使命，不应仅仅是将原文的语言信息在译文中予以再现，而且还应尽可能地传达原文的文化信息。所以，在处理含有文化色彩的语句时，译者应时刻牢记自己作为译者所肩负的职责，在不影响理解的前提下尽量用异化的方式来处理原文。如果是归化异化两可的情况，也应尽量使用异化的方法。应该强调的是，译者不仅是文化传播的使者，应该在促进各民族间文化传播与融合中发挥作用，而且也应该是丰富其民族语言的主力。译者对读者来说既有服务的义务，又有引导的责任。

与翻译策略相比，翻译方法更为具体，也可以多种多样。以往常按传统二元对立来加以区分，即：直译与意译、死译与活译、字译与句译，其中直译、意译两种方法在传统翻译理论里讨论得最多。自20世纪60年代以来，西方翻译领域还出现了许多新的二元方法论，如奈达[①]（Nida）提出的"形式对等"与"动态对等"、图瑞[②]（Toury）的"适当的翻译"与"可接受的翻译"、纽马克[③]（Newmark）的"语义翻译"与"交际翻译"，等等。关于更加具体和微观的翻译操作方法和技巧，张美芳[④]做了比较全面的统计，其中包括：词义的选择、引申和褒贬，词类转移法，增词法，重复

---

① Nida, E. A. Approaches to Translation in the Western World [J]. Foreign Language Teaching and Research, 1984(02): 9–15.

② Toury, G. In Search of a Theory of Translation [M]. Tel Aviv: Porter Institute, 1980: 14–45.

③ Newmark, P. Approaches to Translation [M]. Shanghai: Shanghai Foreign Language Education Press, 2001.

④ 张美芳. 功能加忠诚——介评克里丝汀·诺德的功能翻译理论[J]. 外国语, 2005(01): 62.

法，省略法，正反、反正表达法，分句、合句法，被动语态的译法，名词从句的译法，定语从句的译法，状语从句的译法，长句的译法，习语、拟声词、外来词语等特别语词的译法、变通和补偿手段：加注、增译、视点转换、具体化、概略化、释义、省略、省略与重复、重构、移植等等。也有的翻译专著用不同的术语指称相同的一些概念，例如分切、转换、词性转换、语态转换、肯定与否定、阐释或注释、引申、替代、拆离、增补，等等，均属"翻译方法"的讨论范畴。

另外需要说明的是，在翻译实践中，对于一般的应用文体都或多或少地使用到了目的论所提倡的增加、删减或改动这些翻译策略和方法，这些方法是在实践中已证明是行之有效的，所谓的节译、编译、改译、转译也应被视为翻译方法。随着社会发展和思想进步，对外宣传的扩大和对外交流的加深，这类翻译会越来越多。当然我们也绝不是在片面强调译文的功能而滥用原文，原文依然是译文的基础。译者不论为了达到什么目的，也不能脱离原文任意发挥想象，译者或多或少总是要受到原文的制约的。

**（三）翻译语境和翻译材料的选择**

这里的翻译语境就是进行跨文化传播活动的社会文化环境，包括人文环境及自然环境。翻译材料的选择就是为了某种目的而对传播内容进行的选择。

1. 翻译语境

翻译是在人类社会历史发展到一定的阶段才出现的跨文化传播交流活动，而且随着人类社会的不断发展而不断演变、日益丰富。当我们考察影响翻译的种种要素时，无论从宏观角度还是从微观角度，都必须也必然会注意到社会因素与文化语境结合在一起，对翻译起着综合的作用，即对翻译的选择、翻译的接受和翻译的传播起着直接的影响作用。[①]

一个社会的开放与否直接影响着翻译事业的开展。新中国成立以来，中国的翻译事业与社会发展就几乎是同步的。在中国基本封闭了对外大门的那个年代，翻译活动基本上得不到任何开展，几近停滞。而随着20世纪70年代末期开始实施改革开放政策以后，才迎来了翻译的春天。改革开放

---

① 许钧. 翻译概论［M］. 北京：外语教学与研究出版社，2009：128.

几十年来，翻译一方面为中国的改革开放起着桥梁的作用，而另一方面，改革开放的社会又为翻译的发展提供了宽松而自由的空间，中国由此迎来了历史上又一个新的翻译高潮。[①]

文学翻译深受社会开放程度的影响，科技翻译更是如此。近代以来，在中国社会历史发展的各个阶段，科技翻译对引进国外先进的科学技术起到了至关重要的作用。20世纪80年代，科技翻译更是取得了突飞猛进的发展。随着全球化进程的加快，科学技术与经济快速发展，科技信息涵盖面日趋广泛，信息需求量与日俱增，信息传播也日新月异。翻译作为跨文化交流的信息传播手段，正发挥着越来越重要的作用。

社会因素对翻译的影响并不是单一的，其中起作用的还有文化语境因素。英国人类学家马林诺夫斯基最早提出了"文化语境"这一概念，认为文化语境包括当时社会的政治、历史、哲学、科学、民俗等思想文化意识，是对某一言语社团特定的社会规范和习俗的总体认知。[②]从宏观的角度看，文化语境常指一个国家、一个民族所处的文化空间以及与世界其他国家、民族构成的文化关系。应该包括生存状态、心理形态、生活习俗、价值伦理等组成的文化氛围以及译者在这一文化氛围中的生存方式和认知状态。文化语境所涉及的各个层面与翻译息息相关，因为就本质而言，翻译文本本身就是原文本在新的文化语境中生命的延续与拓展。

翻译作为一种跨文化的传播交流活动，无论其形态意义如何，都是在一定的文化语境中进行的。而文化语境中所涉及的各个层面的因素，对从翻译的选择到翻译的接受这一整个过程的各个阶段都起着重要的作用。英国的西奥·赫尔曼（Theo Hermans）曾从理论的高度对文化语境与翻译的关系进行过研究。他认为，任何一种文化，都会"觉得有必要而且能够借助翻译得到从其他语言引进文本的机会，在这种情况下，我们只要仔细观察以下这些方面就能够从中了解到有关这种文化的很多东西：从可能得到的文本中选择哪些文本进行翻译，是谁作的决定；谁创造了译本，在什么情况下，对象是谁，产生什么效果或影响；译本采取何种形式，比如对现

---

① 许钧. 翻译概论 [M]. 北京：外语教学与研究出版社，2009：129.
② 刘润清. 西方语言学流派 [M]. 北京：外语教学与研究出版社，1999：278.

有的期待和实践作了哪些选择；谁对翻译发表了意见，怎么说的以及有什么根据、理由"①。这似乎与我们前面论到的跨文化传播的过程和因素不谋而合。

韦努蒂（Lawrence Venuti）则认为不同历史时期、不同社会背景下民族文学及文化的地位强弱是决定译者文化立场的重要因素。当民族文学处于边缘的或弱小的情况下，翻译文学在整个文学系统中往往占据主导地位，译者会尽量忠于原文的结构、内容，保持翻译文学的"异质性"，以便丰富和发展民族文学；反之，译者则为了迁就读者，尽量采用他们熟悉的语言、结构，甚至对原文的内容作出调整。②以此观点来考察我国的翻译，许钧③指出不同的文化心态会导致不同的翻译方法，他认为一个世纪以来中国的翻译历史可以用鲁迅的"拿来主义"和毛泽东的批判吸收、"洋为中用"的两种方针来概括我们对外来文化的态度和在翻译中所采取的文化策略与具体方法，也就是说，文化语境影响着翻译策略和方法。

此外，伴随着翻译研究的"文化转向"，一批翻译学者对文化语境和翻译的关系进行了探索。如王克非编著的《翻译文化史论》，一方面考察了翻译对于译入语文化的作用和影响，另一方面又对译语文化语境对于翻译的制约进行了研究。④又如王建开的《五四以来我国英美文学作品译介史》则对我国在特定历史文化环境下的英美文学翻译活动进行了考察，他在书中尤为肯定了五四时代的文化环境对我国翻译事业的发展所起到的影响。⑤

2. 翻译材料的选择

社会发展及不同文化的交往是翻译存在的根本原因。功能目的派翻译理论认为，翻译是人类的一种有目的的行为活动，译者在翻译目的的引导下，结合译文读者、译文接受环境、译文要发挥的作用以及其他有关情

---

① ［英］西奥·赫尔曼. 翻译的再现//谢天振主编，翻译的理论建构与文化透视［C］. 上海：上海外语教育出版社，2000：13.

② Venuti, L. The Translation Studies Reader［M］. London: Routledge, 2000: 193–194.

③ 许钧. 翻译概论［M］. 北京：外语教学与研究出版社，2009：137.

④ 王克非. 翻译文化史论［M］. 上海：上海外语教育出版社，1997.

⑤ 王建开. 五四以来我国英美文学作品译介史［M］. 上海：上海外语教育出版社，2003：50.

况，对原作进行选材和翻译。不同的社会发展阶段、不同的翻译语境需要选择不同的翻译材料和文本。①以欧洲为例，无论是发生在12世纪的原始文化复兴，还是发生在十五六世纪的文艺复兴，翻译都起着开路先锋的作用。在文艺复兴期间，一些著名的人文主义者以古希腊人的艺术为对象，悉心研究他们所感兴趣的人文科学，如哲学、历史、音乐、诗歌、修辞等等。在当时的社会里，为重新发现古希腊和古罗马文化，尤其对古希腊古罗马的哲学、艺术和文学的强烈兴趣促使一批批人文学者把目光投向了包括欧里庇得斯、西塞罗、贺拉斯等古典作家的重要作品，在翻译的选择上，体现了社会的需要和文化风尚的影响。

在历史动荡阶段或社会大变革时期，翻译家们往往出于政治目的，把翻译当作实现其理想抱负的手段，因此在选择翻译材料时，特别注重其思想性，如清末民初时严复、梁启超、胡适、鲁迅等人的选择，都充分地证明了这一点。以严复的翻译为例，在英国学习期间，他本是学习海军的，但是在维新运动期间，他开始选择翻译西方社会科学著作，在戊戌变法失败以后，他下决心以此为毕生事业。他强调了他的翻译目的，就是为了一个"国民之天责"。严复主张认准时势需要，选择材料，分先后缓急，有针对性地从事翻译工作。可见他是为了炎黄种族不至沦亡，为了中华古国的复苏而勤奋译书的，是对晚清现实政治的关注和国家民族命运的担忧。②

可以说，社会文化因素对翻译的影响是深刻、全面和直接的，不仅在微观上对翻译材料的选择、翻译策略的取向和翻译方法的运用发挥着制约和调节作用，也在宏观上深刻影响着翻译的接受和传播。

**（四）译作的传播渠道及影响**

译作的传播渠道就是跨文化传播渠道或途径，译作影响则体现了跨文化传播的影响环节。大量跨文化传播现象的发生是通过多种渠道进行的，包括使节的往来、宗教信徒出于信仰的热忱远赴异域求法或传教，还有作为物质文化传播途径的贸易甚至战争。这些途径中，有些是有意识的，有些则是无意识的，而译作作为跨文化传播途径之一，其有意识特征是不言

---

① 卞建华. 传承与超越: 功能主义翻译目的论研究 [M]. 北京: 中国社会科学出版社, 2008.

② 陈福康. 中国译学理论史稿 [M]. 上海: 上海外语教育出版社, 1992: 125-126.

而喻的，通过出版、发行、到读者接受，其结果或多或少都会对译入语文化产生影响。

1. 译作的传播渠道

这里所谓的译作主要是指那些经公开出版而发行传播的翻译作品。翻译与出版有着极为密切的关系，根据邹振环的观点，译作的社会存在，取决于三种人的相互关系，即译者、出版者、读者——这也就是大众传播学上经常讨论的信息发送者、传播媒介和受众。译作的大众化传播首先得从翻译出版这一渠道开始，从出版的角度来研究翻译活动，分析译者如何选择译作，出版者如何编辑加工及投入流通领域，读者如何选择接受和评价反应，从而研究从原作翻译到出版传播再到产生影响的过程，也是一个值得研究的新领域。①从邹振环所著的《影响中国近代社会的一百种译作》及罗伯特·唐斯（Robert B. Downs）著的《影响世界历史的 16 本书》就可以看出译作的巨大力量。

李景端在20世纪 80 年代就曾写过《翻译出版学初探》，从传播学的角度指出翻译出版就是文字翻译成果的延续和传播，是一种文字转换成另一种或多种文字之后，在传播面上的进一步扩散，并揭示了翻译与出版两者十分密切的关系，呼吁建立翻译出版学。②当然，除了出版传播之外，在当今时代也有通过各种大众传媒进行翻译传播的，比如电影、电视、互联网等，其独有的特点和作用也有目共睹，它们在跨文化传播中所发挥的功能与出版传播相比，甚至有过之而无不及。

2. 译作的传播影响与文化变迁

"文化变迁"其实就等同于"社会历史文化的变迁"。需要说明的是，有些文化变迁的现象也是社会变迁的内容③。

文化何以变迁？它的真正动因是什么？古今中外的学者曾就此问题提出过许多不同的解说，有从社会经济基础出发，有从科学技术发明和创造的角度出发，也有从战争、人口迁徙、疾病流行、自然环境的改变等等方

---

① 邹振环. 晚清西方地理学在中国［M］. 上海：上海古籍出版社，2000：6.

② 李景端. 翻译出版学初探［J］. 出版工作，1988（06）：9-12.

③ 司马云杰. 文化社会学［M］. 济南：山东人民出版社，1990：398.

面进行阐发。

从跨文化传播学的视角看，外来文化的传播也是文化变迁的根本动因之一。跨文化传播的过程，是一种异质语言文化翻译传播的过程。译介过来的可以是新思想，如科学、民主、马克思主义学说，也可以是新事物，如蒸汽机、望远镜、收音机、计算机等。人们讨论异质文化的影响，往往着眼于与异质文化传播者的直接交往，但事实上在整个跨文化传播中，这类接触在规模上和力度上毕竟不占优势。莎士比亚、达尔文、托尔斯泰，以及马克思、恩格斯，还有爱因斯坦、霍金等，他们之所以能在中国读者心目中占据重要地位，对20世纪的中国文化产生巨大的影响，主要就是通过他们作品的翻译和传播，这其中有《哈姆雷特》《物种起源》《战争与和平》《共产党宣言》《时间简史》等等。可以毫不夸张地说，译作是跨文化传播的最为重要的载体。它把外来的新思想、新元素引入本民族文化系统，这种新思想和新元素经过与传统的思想、观念和价值取向的激烈的摩擦、冲突，再被本土文化结构所整合，成为本土文化获得生机和发展的根本所在，也构成了中国近现代文化史的重要组成部分，对中国社会文化的发展所产生的作用不容小觑。

在历史上，翻译传播活动对促进人们的思想和科学技术的变革，对社会文化的更新与进步，起过巨大的推动作用。在某种意义上，可以说一部整个人类的文化发展史就是一部人类跨文化翻译传播史。仅从文学角度来说，20世纪有影响的大作家无不受到外国文学的影响。陈平原指出："域外小说的输入，以及由此引起的中国文学结构的变迁，是二十世纪中国小说发展的原动力。……没有从晚清开始的对域外小说的积极介绍和借鉴，中国小说不可能产生如此脱胎换骨的变化。"[①]即使早期一些能直接阅读原文的作家也承认，阅读原文和阅读译作所体验的美感是完全不同的，何况能懂几国外语的作家毕竟只是凤毛麟角。特别是改革开放前，由于"文革"对外语教育体制的破坏，很多作家无法直接阅读原著，因此受译文的影响颇深。沈善增在《"精神性"的加持》一文中写道："从创作角度说，我的作品受外国文学的影响很大。说是外国文学，其实是翻译文学，

---

① 陈平原.二十世纪中国小说史［M］.北京：北京大学出版社，1989：58.

我都是通过译本来得到异乡他国的文学的滋养的。有时想想好笑，我们常说某某外国作家文笔如何优美，句式如何新颖，意象如何奇特，然而我们所说的'文笔''句式''意象'究竟还是汉语的，译者的高级，是使我这样的受恩惠者把他们与原作者认同一体。"①赵长天发现当经历了"文革"的文化禁锢，改革开放的大门忽然敞开，全世界各民族的优秀成果竞相呈现在我们面前，一时间真是眼花缭乱、目不暇接。②我们的文学阅读在相当大的程度上偏向外国文学也是很正常的。这种文化失重的现象表明了翻译出版和译作传播在我们今天的生活中已经有了怎样深刻的影响，因此在论及翻译作品及外来文化的作用时，邹振环说："不管我们是否定还是赞赏，我们都无法回避这样一种事实：即20世纪中国社会的重大社会与文化变迁，都与通过翻译接受外来文化的影响发生着紧密的联系。"③

### 三、文化翻译与文化翻译观

#### （一）文化翻译

20世纪90年代初，苏珊·巴斯耐特与勒弗斐尔提出了翻译的文化转向，当今又出现了文化的翻译转向。翻译与文化之间的关系，被愈来愈紧密地联系在一起。"文化翻译"无论是在当前的翻译研究还是文化研究中，都成了一个热门词。不过它的频繁使用也引发了一些问题，那就是文化翻译本身的定义缺乏明确性。

目前对文化翻译的定义有很多种。有人将其定义为视角，有人将其定义为方法，有人从正面对其进行定义，而另一些人的定义正相反。在我国当代翻译家和翻译理论家中，王佐良先生分别于1984和1985年在《翻译通讯》上发表《翻译中的文化比较》和《翻译和文化繁荣》两篇论文，指出"翻译理论的研究，包含语言和文化两个方面"，在翻译中不仅要重视

---

① 沈善增. "精神性"的加持//上海译文出版社编. 作家谈译文[C]. 上海：上海译文出版社，1997：129.

② 赵长天. 《变形记》及其他//上海译文出版社编. 作家谈译文[C]. 上海：上海译文出版社，1997：186.

③ 邹振环. 20世纪上海翻译出版与文化变迁[M]. 南宁：广西教育出版社，2001：10.

语言，同时也要重视文化问题，认为"真正的对等应该是在各自文化中的含义、作用、范围、感情色彩、影响等等都是相当的"，在王佐良之前，较早开始提倡将翻译与文化研究相结合的，有 1982 年刘山发表的《翻译与文化》，其后蔡毅、谭载喜、柯平等相继发表文章，从文化的角度探讨翻译问题。尽管同样采取了文化视角，但对"文化翻译"这一名词的使用却并不相同，有时其概念意义甚至相互矛盾。下面我们选择了不同时期对文化翻译的一些定义或描述：

（1）所谓文化翻译，是"以某种方式迎合接受文化而改变信息内容的，以及/或者在译文中引入了未隐含于原文语言表达中的信息的，这样的翻译就叫文化翻译，与语言翻译相对。"（cultural translation：a translation in which the content of the message is changed to conform to the receptor culture in some way, and /or in which information is introduced which is not linguistically implicit in the original; opposed to linguistic translation）。[1]

（2）文化翻译的任务不是翻译文化，而是翻译容载或含蕴着文化信息的意义。[2]

（3）翻译是两种语言沟通的桥梁，主要任务是在的文（target text）中再现源文（source text）的思想内容。译者翻译源语（source language）时必然在介绍和传播源语所体现的文化。从这个意义上讲，语际翻译必然是文化翻译[3]。

（4）文化翻译是在文化研究的大语境下来考察翻译，即对文化以及语言的"表层"与"深层"结构进行研究，探索文化与翻译的内在联系和客观规律。[4]

（5）王宁以"翻译的文化再建构"作为"文化翻译"的替换表达，认为翻译作为一种文化现象，应从仅囿于字面形式的翻译（转换）逐步拓展

---

① Nida, Eugene A. Language in Culture and Society［M］. Del Hymes：Allied Publishers Pvt. Ltd. 1964：199.

② 刘宓庆. 文化翻译论纲. ［M］. 武汉：湖北教育出版社，1999：83.

③ 邱懋如. 文化及其翻译//［M］. 郭建中. 文化与翻译. 北京：中国对外翻译出版公司，2000：319.

④ 谢建平. 文化翻译与文化"传真"［J］. 中国翻译，2001（05）：19.

为对文化内涵的翻译（形式上的转换和内涵上的能动性阐释）。①

　　仔细分析这些定义，就会发现这些"文化翻译"的内涵是不同的。奈达（Nida）的"文化翻译"指的是文化内容的改变。王东风曾撰文从读者反应论角度批评奈达（Nida）的文化翻译观点，认为这样的做法"由于会抹煞形式中所蕴涵的文化意义，从翻译结果上看易导致客观上的文化蒙蔽"②，不过正如他所指出的那样，奈达（Nida）的翻译理论研究不是以文学翻译为主，而是专门针对《圣经》翻译，因而从一定意义上讲，我们更应看重他的理论所具有的启发意义，而不应强求其普适性。此外，奈达（Nida）曾表述到"In other words, a good translation of the Bible must not be a 'cultural translation'. Rather, it is a 'linguistic translation'"③。"译者必须牢记，他的任务是进行语言翻译，而不是文化翻译"④。可见此处的文化翻译负载的是负面意义，是指对文化形象的更换，是应该避免的做法。

　　同样反对此类文化翻译的还有穆雷。在从接受理论角度研究习语翻译时，她指出："在习语翻译中，译者可以灵活地采取各种译法处理文化差异，但是，译者应该设法尽量保留和传达原文特有形象，避免以译语形象替换原语形象，进行文化翻译。"⑤从她认为用"Ah Q had met his Waterloo"来处理"阿 Q 这回可遭了瘟"并不妥当这一例子来看，穆雷所指的文化翻译实际上就是奈达所说的"文化翻新"，即"把一种语言的文化背景迁移到另一种语言里"。⑥"文化翻新"式的"文化翻译"，至少在 18 世纪前期的俄国就曾有过，而茹科夫斯基（V.A. Zhukovsky）的成就之一，就是放弃了随意修改原文的时间、地点，甚至为适应"俄国读者的口味"改外国名为俄国名的所谓"文化翻译"的做法。⑦

　　刘宓庆对"文化翻译"的定义由于是从翻译的对象，也就是"文化意

---

① 王宁. 文化翻译与文学阐释［M］. 北京：中华书局，2006：4-7.

② 王东风. 语言学与翻译：概念与方法［M］. 上海：上海外语教育出版社，2009：216.

③ Nida, Eugene A. Language in Culture and Society［M］. Del Hymes：Allied Publishers Pvt. Ltd. 1964：13.

④ 谭载喜. 西方翻译简史（增订版）［M］. 北京：商务印书馆，2004：210.

⑤ 穆雷. 接受理论与翻译 //［M］. 杨自俭，刘学云编. 翻译新论. 武汉：湖北教育出版社，1994：764.

⑥ 谭载喜. 新编奈达论翻译［M］. 北京：中国对外翻译出版公司，2002：57.

⑦ 廖七一. 当代西方翻译理论探索［M］. 南京：译林出版社，2000：9.

义"的传递入手，而非从翻译方法角度入手，故而没有正负面意义之说。谢建平所指的"文化翻译"探讨的既不是翻译的对象，也不是翻译的方法，而是从文化角度对翻译进行研究的理论体系。而王宁所说的"文化翻译"是"阐释性的"，是将翻译视为"一种文化传播和文化阐释"①，视"翻译的文化再建构"为"文化翻译"的同义词。王宁所指的文化并不是具体的文化因素，而是指整个文化系统，是通过翻译使该系统中的各个层面被另一个文化了解的过程，因而文化翻译在这里更倾向于一个视角，和按照这个视角得出的处理问题的原则。

在方梦之主编的《译学辞典》中，文化翻译有两条解释，一是强调视角问题，"着力于对文化内涵的准确转达，甚至基于本土文化视角的重新解释。即用一种语言表达的文化内容转换成另一种语言的表达形式，其忠实与否在很大程度上取决于译者对所涉及的两种语言的掌握程度以及由这两种语言在内容表达上产生的细微差别"；二是提供了奈达对文化翻译的定义，并进行了解释，"文化翻译是指，当原语一词语无法直接译入译语时所作的补充，这些补充可能是完全异于原语文化的东西，也可能是一些有关原语的背景材料"②。孙艺风虽然没有对文化翻译进行具体的定义，但却提到了文化翻译的两个目的所在，也就是让译语通过翻译得到发展自己语言系统的机会，同时给译语读者提供了解异域文化的机会。

蔡平将对"文化翻译"的理解大致归结为八种：1）两种语言文化之间的翻译；2）有关文化内容/因素的翻译；3）一种翻译方法，把一种语言文化的表达方式转换成另外一种语言文化的表达方式；4）一种翻译方法，把一种语言文化的表达方式保留到另外一种语言中；5）从文化的角度对翻译进行研究；6）文化与翻译；7）文化的翻译；8）从事有关文化内容翻译的人。③同时，他认为应以"原文中特有文化内容/因素的翻译"来定义"文化翻译"。④

---

① 王宁. 文化翻译与文学阐释[M]. 北京：中华书局，2006：13.
② 方梦之. 译学辞典[M]. 上海：上海外语教育出版社，2004：224.
③ 蔡平. 文化翻译的困惑[J]. 外语教学，2005（06）：77.
④ 蔡平. 文化翻译的困惑[J]. 外语教学，2005（06）：77.

对概念的不同定义有时源于选择的视角不同，此外概念的使用还有广义和狭义的区分，对文化翻译的定义也应如此。本书支持文化翻译应有广义和狭义两种定义的观点，认为广义的文化翻译，指将一种文化向别种文化译介的整个过程，以达到相互了解、平等对话为目的；狭义的文化翻译，则与蔡平的定义相当，指"原文中特有文化内容/因素的翻译"。

### （二）文化翻译观

英国著名翻译理论家苏珊·巴斯奈特于20世纪80年代提出文化翻译观，她指出翻译应以文化作为翻译的单位，不能停留在先前的篇章，也不能仅仅局限于对源语文本的描述，还要确保源语文本在译语文化里能够达到功能等值。从文化翻译观的理论内涵来看，其主要包括这两个方面：一是文化翻译活动的中心并不是语言，而是语言自身具有的文化内涵；二是翻译活动并不是单纯的语言转换活动，而是译者基于对源语言内容的理解进行的文化传播与交流。因此，译者在翻译过程中，要注重翻译内容背后的文化底蕴，在理解源语环境的基础上进行翻译，确保翻译能够被读者理解。

文化翻译观指出，翻译不能仅仅局限于对源语文本的描述，还要确保源语文本在译语文化里能够达到功能的等值。"等值"这一概念最早由雅各布森（Roman Jakobson）提出，后来苏联语言学派代表人物费道罗夫（A.V. Fedorov）指出：翻译的等值，就是在准确表达原文中心思想的前提下，在作用上以及修辞上与原文一致。英国语言学家卡特福德（J.C. Catford）将翻译定义为将原文语言组织成文的材料替换成等值的另一种译文语言成文的材料。从奈达的"动态等值"到卡德定义的追求语义上潜在对等的等值，再到学者引用语篇理论来讨论等值，等值的定义与标准可想而知，多是局限于语言层面上的转换。然而事实上，翻译不仅仅局限于语言层面上的转换，它还与两种语言背后的文化相关。一些翻译家认为翻译等同于文化，翻译活动就是文化间的转换活动。

此类观点尽管有些偏激，但至少说明了翻译过程中文化功能所起的作用。之后，随着翻译的文化转向这一概念被提出，翻译理论家对于文化研究的兴趣增强，"等值"与文化产生联系。与传统含义上的"等值"不同，这里的"等值"需要译者在翻译过程中能够对源语文本的文化进行整合，用以满足文化翻译观下"功能等值"的全新内涵。

巴斯奈特认为翻译应该是一个动态的过程，需要以文化为翻译单位，不同的文化功能等值是手段，文化转换才是翻译的最终目的。因此，译者应考虑到受众群体，其次还有源语文本在源语文化中的文化功能。当谈到翻译的不对等性时，尽管很多学者以及文献有所提及，但并没有比较明确的定义。刘万里将这种不对等性定义为：由于受到许多因素，比如历史背景、风俗习惯、传统文化等的影响，在源语文本向目标语转换的过程中，译文的表达、风格等方面发生了改变①。

而在这相互转换的过程中，原文与译文的意义差别就表现得十分明显。因此，两种语言翻译的不对等性便成了译者最为困惑的问题之一。所以，在翻译的过程中，译者如何能在了解英汉翻译不对等性的情况下实现文化功能等值，就显得尤为重要。

---

① 刘万里. 浅谈英汉翻译中的不对等性 [J]. 北京城市学院学报, 2012 (03)：76-79.

# 第二章　基于跨文化理解的文化翻译方法及其理论思考

　　由于文化之间必然存在的差异，并不是所有蕴涵于原文本中的文化因素都会在译本中得到体现。文化因素的传递，受多种因素的综合影响和制约。应该说，加大译文文化负载量与提高文化认同度是一对矛盾体，属于此消彼长的关系。而译者的任务，就是通过自己的文化翻译策略选择、寻求这两者之间的平衡。

　　事实证明，由于多种因素的共同作用，不同译者作出的选择往往是不同的。有的译者倾向于译文向目的语文化靠拢，有些则向源语文化靠拢；有的倾向于贴近原文的表达，而有的则注重表达的自由。围绕翻译策略和方法上的不同选择，翻译理论家之间一直存在争议，但始终不能达成一致，事实上也不可能完全达成一致。译者们在这种争议面前，往往变得无所适从。因此，本章以跨文化理解为视角，探讨文化翻译方法及其理论依据，为全书的研究做理论铺垫。

## 一、基于跨文化理解的文化翻译方法阐释

### （一）文化翻译的常用策略

### 1. 归化与异化

　　对翻译策略的研究和总结，伴随着翻译活动的开始而开始。近年来译界中最常谈论的翻译策略是归化和异化。归化翻译（domesticating translation）和异化翻译（foreignizing translation）这一对概念，是 1995 年

由美国学者韦努蒂（Lawrence Venuti）率先提出的，而他的这种思想又颇受德国哲学家和古典语言学家施莱尔马赫（Friedrich Schleiermacher）观点的启发。1813 年，在题为《论翻译的方法》的论文中，施莱尔马赫提出："翻译只有两种方法，不是译者不打扰作者，尽可能让读者靠拢作者，就是译者尽量不打扰读者，让作者靠拢读者。"①Venuti 将这种观点置于后殖民语境下进行思考，提出了以异化翻译为核心的阻抗式翻译。总体而言，西方的归化和异化概念，由于建立在政治意识的差异上，是话语权利争夺的外在表现，因此处于对立状态，两者之间具有不可调和性。对于二者的界定，蒙娜（Mona Baker）曾这样表述："看一个翻译是归化翻译还是异化翻译，完全取决于文化形态的重构，翻译在这一形态中得到生产和销售；归化或异化只有在考虑到改变译入语文化的价值关系时才能得到界定。"②

我国当代对归化与异化的讨论，大致始于 1987 刘英凯发表在《现代外语》上的《归化——翻译的歧路》一文，之后对此问题的论述接连不断。但对这对概念的定义，与从西方引入时的内涵有了相当的差异。首先是概念使用的前提不同。这对概念在西方的使用是在后殖民的视域中进行的，以对意义同一性的解构为基础，其出发点是不存在确定、同一的意义，意义永远在变化之中，是被延迟的，是有差异的。而在中国译界，归化/异化概念基本上仍属于以意义确定性为基础的传统的归化/异化论范畴。也正因为如此，所以才会出现这样的阐述："当前在对'归化'问题的认识上，译界同仁应该区分归化法的两种前提：一是忠实原则下的归化；二是非忠实前提下的归化。前者总体上是规定性的，后者则是描述性的；前者是原语中心论的，后者则是译语和译语文化取向的。"③本书所指的归化，取的是前一种，即"忠实原则下的归化"。

---

① Schulte, R. , and Biguenet, J. Theories of Translation: An Anthology of Essays from Dryden to Derrida [M]. Chicago and London: The University of Chicago Press, 1992: 15.

② Baker, Mona (ed. ). Routledge Encyclopedia of Translation Studies [M]. London and New York: Routledge, 1998: 243.

③ 葛校琴. 当前归化/异化策略讨论的后殖民视域——对国内归化/异化论者的一个提醒 [J]. 中国翻译, 2002 (05): 33.

其次，中国译界不仅在文化层面上使用归化/异化概念，同时还在语言层面上使用。其中，文化层面上的归化/异化概念与西方的 domesticating translation 和 foreignizing translation 等同，而语言层面上的归化/异化则相当于 assimilation 和 alienation。[①]王东风在探讨归化/异化与直译/意译的关系问题时，指出："归化和异化可看成直译和意译概念的延伸，但并不完全等同于直译与意译。……直译和意译之争的靶心是意义和形式的得失问题，而归化和异化之争的靶心则是处在意义和形式得失漩涡中的文化身份、文学性乃至话语权力的得失问题。"[②]从他的这段论述中，可见他所说的归化/异化属于文化层面上的翻译策略，而孙致礼谈道："这是两个相辅相成的翻译策略，翻译中应酌情交错运用"[③]，并提出，我们现今的外国文学翻译，特别是严肃文学的严格翻译，应该坚持"异化为主，归化为副"[④]的原则，在语言层面上进行探讨。

文化层面上的策略最终还是要通过语言策略的选择体现出来，所以本书更着重的是语言层面上的文化翻译策略研究。本书认为，归化和异化不是泾渭分明的两个对立面。绝对的归化和绝对的异化，由于文化本身的各种特性，即使从理论上讲也是不可能存在的。由于归化和异化无论从共时还是历时都是相对的，而无论采用归化或是异化策略，其所用翻译方法都会出现相互的覆盖，因此，归化和异化只是两种大的方向，其具体程度是随着不同翻译方法所占的比重而变动的，并由此出现策略上的不同倾向。

（二）文化翻译的常用方法

尽管翻译策略可有归化和异化之分，但无论译者采用了哪种策略，面对的备选翻译方法都是相同的。而归化和异化之分，就决定于具体方法选择的偏重上。

彼得·纽马克（Peter Newmark）指出直译法是翻译中一种必不可少的翻译手段，只要能保证词汇上的意义与语用意思，就应当使用直译。直译

---

① 罗选民. 论文化语言层面的异化/归化翻译［J］. 外语学刊, 2004（01）: 104–105.
② 王东风. 归化与异化: 矛与盾的交锋?［J］. 中国翻译, 2002（05）: 25.
③ 孙致礼. 翻译中的"伪异化"现象［J］. 盐城师范学院学报（人文社会科学版）, 2004（02）: 95.
④ 孙致礼. 翻译中的"伪异化"现象［J］. 盐城师范学院学报（人文社会科学版）, 2004（02）: 100.

重视形式，力求原文和译文在词语、句法结构及表达方式上趋于一致。而意译法则重视内容，力求摆脱一切束缚而传达原文的神韵。自由翻译法具有以下特点：以目标语言为指导；用标准目标语表达原文的意义；注重翻译的自然流畅性，不一定保留原文的构造和修辞手段。

语义翻译的目的是在目标语言结构和语义允许的情况下，使作者在原文中的表达准确地再现意义。语义翻译关注原文的形式和原意，而不是目标语言语境及其表达方式，也不是将目标文本翻译成目标文化语境。

交际翻译的目的是使译文与原文作品对目标读者产生的效果与原文读者相同。也就是说，交际翻译的重点是根据目标语言的语言、文化和语用传递信息，而不是尽可能忠实地复制原文。在交际翻译中，译者有更多的自由来解释原文、调整文体、消除歧义，甚至纠正原作者的错误。为了达到交际目的，译者有特定的读者目标，所以他所产生的翻译必然会打破原文的局限性。

采用直译还是意译，是翻译理论与实践中争论的永恒主题。纽马克正是在翻译界长期争论直译还是意译的背景下，提出了语义翻译与交际翻译的概念，这两个概念也是纽马克理论中最富特色的重要组成部分。

1. 直译法

直译是翻译中最常用的一种方法，有人称直译法为"直译者依照原文逐字逐句而译之"，其实这种说法并不准确。文法结构，遣词造句的不同，使我们不能够对原文进行亦步亦趋的翻译，否则就会造成文法生硬，语句不通。直译其实是一种某种意义上的直接的具体的等值翻译。直译就是在忠实原文内容的前提下，忠于原文形式而采用的一种翻译方式。直译主张应该以源语和原文作者的意图为归宿，在翻译一些具有浓重文化色彩的词汇时，为保留原作的原汁原味和西洋韵味，常常会使用直译的翻译策略，力求保留原作和原作者的意图信息传达。

例：仙藏は母の兄で、新潟市に店を構えている居酒屋である。

参考译文：仙藏是母亲的哥哥，在新潟市经营着一家居酒屋。

分析：在《三省堂大词典》中，将居酒屋解释为：簡単な料理とともに安く酒を飲ませる大衆的な酒場。居酒屋，指的是传统的日式旅馆，是

提供酒类和美食的餐厅。起源于江户时代，本来最初是酒店经营者为了使客人在购买酒类后，可以立即在铺内饮用而提供一些简单的菜肴开始的。随着时间的推移，居酒屋也逐渐成为日本文化中不可或缺的一部分，日本的电影和电视剧经常出现居酒屋的场景。

居酒屋一词现在已在中国广泛普及和使用，如果单纯将其翻译为小酒馆，则失去了该词汇所具有的文化信息内涵，再加注则显冗长烦琐。根据直译的原则，在此保持原文的客观性。译为居酒屋。

例：败戦の混乱期が漸く落着き、家業が再開してから、亮太は島を離れて新潟の料理屋へ板前修業に行ったのである。

参考译文：战败的混乱时期渐渐安定下来，家里的生意又重新开了起来，亮太离开了岛上来到新潟的料理店学习厨艺。

分析：料理一词在汉语中原本为处理整理之意。而料理在日语中为菜肴之意，随着日本料理在中国的普及，料理及料理店等词汇也作为固定词汇得以被广泛接受。因此在此使用直译。

例：初めて、船に乗ったみほは、日本海の積みの揺れに気分が悪くなった。十月は比較的海はおだやかだと聞いていたが、沖に出ると波のうねりに乗って船が高く浮かび、また沈む。みほは、畳敷の広い船室に横になり、目をつむった。

参考译文：初次乘船的美穗，在日本海波涛的摇晃中感到十分不舒服。十月份大海相对平静，一出海船在波涛起伏中一会儿浮上来一会儿又降下去。美穗躺在宽敞的铺着榻榻米的船舱中，闭目养神。

分析：榻榻米为日语的直接音译，tatami 和神道教的仪式有着紧密的联系，至少在日本还有许多房屋有榻榻米房间铺设。作为广泛普及使用的词汇，在此采用直译法，保留原文中的文化信息内涵，保留原文的原汁原味。

例：佐渡の魅力には新鮮な地の魚介類も挙げられており、いかやうにやさざえ、あいなめ、ひらめ、南蛮えびなどがはるばる海を渡って来た客たちを喜ばせていた。

参考译文：佐渡的魅力在于各个地方都有新鲜的海鲜，如鱿鱼、海胆、海螺、六线鱼、比目鱼、南蛮虾等，广受远渡重洋而来的客人们的喜爱。

分析：南蛮虾一般称之为甜虾，因为它的颜色、形状和辣椒（辣椒在日本，有时被称为"南蛮"）相似，所以在新潟称之为南蛮虾。而在中国口味甜的虾都可统称为甜虾。故译为甜虾会造成两者对应语义上的缺失，因此，固有名词在此可采用直译的方法，直接译为南蛮虾。

综上所述，在涉及文化要素的翻译时，对于人名地名采取直译的方法；大量生动、有力的语言、文化特色的词汇亦直译使用；若希望尽可能保持原文的语言特征并且译文含义明确则选择改编的方法，如果该词汇作为固有词汇得以广泛接受，或已被固定下来使用，那么就可以采取直译的翻译方式来进行处理。

2.语义翻译法

语义翻译法是纽马克提出的两种翻译模式之一，是纽马克理论的重要组成部分。语义翻译是指在目标语言的语义和句法结构的前提下，尽可能准确地再现原文的语境语义。语义翻译体现了原作的思维过程，力求保持原文的语言特色和独特的表达方式，充分发挥语言表达的功能。

例：博物館から、佐渡奉行所跡へ回ったが、堀は一部を残すのみで水は枯れ、汚水がたまっている。くずれかけた石積みの上のわずかな松並木も、金山を支配した奉行所跡をしのばすにはあまりにわびしい。

参考译文：在博物馆通向佐渡奉行所的途中，只保留下来的一部分沟渠里的水已枯涸，里面积满了污水。只剩下道路两旁一排排的松树在缅怀过去支配着金山的奉行所，这场景极其凄凉。

分析：奉行是日本存在于平安时代至江户时代期间的一种官职。奉行这一职位首先出现于平安时代，当时是担任掌司宫廷仪式的临时职役，镰仓幕府成立之后逐渐成为掌管政务的常设职位。丰臣秀吉掌权时其下设有多种奉行，辅佐政务。奉行的办公处所统称为奉行所，这相当于中国古代衙门。根据纽马克的语义翻译策略，如果翻译成"衙门"就会损害原句的表达效果，保留原文特点，后加以适当调整下面加注"相当于中国古代的衙门"为宜。既尊重原文风格，又无限接近译文。

例：満州事変、支那事変、太平洋戦争と続いた十五年間のいくさにより、相川町での犠牲者はわかっているだけでも七百五十七名にのぼる。

参考译文："满洲"事变，"支那"事变（中国称为九一八事变，七七事变），太平洋战争，持续了15年的战争仅在相川查明的战死者就高达757人。

例：満州開拓団や満州開拓少年義勇隊の相川出身者は百二十七名で、シベリアよく抑留中に死亡した五万五千名のうち相川の死亡者は二十六名にあった。

参考译文：在满洲开拓团及满洲开拓少年义勇队中，相川出身的有127人，被扣留于西伯利亚死亡的55000人中，相川26人。

分析：这两例都涉及文化政治信息的传达，翻译首先是要尊重原文，传递出作者的立场。如果将例中的"满洲事变"和"支那事变"分别译为"九一八事变"和"七七事变"，就站在了中国的立场上，原文作者的政治立场就会发生偏差，势必给读者造成混乱。在这两例中运用纽马克的语义翻译理论，尊重原文的语境，最大程度上保留了原文的传达信息和文化政治立场，纽马克的语义翻译策略正是讲究准确性和客观性，运用到此句可谓是恰如其分。

在文化要素的处理策略上，结合翻译著作的风格与特点，准确再现作者传递的信息，就可以达到理想的效果，语义翻译的策略不会影响读者的理解和接受程度，也不会给读者造成阅读障碍，基本符合译入语的习惯。如果此时不恰当地增词润色，反而会画蛇添足。因此此时采取语义翻译的策略是恰当的。

3. 交际翻译法

交际翻译法是一种对翻译的追求，致力于原作对原读者有着尽可能的联系。交际翻译法的关键是充分传递信息，让读者思考、感受和行动。交际翻译法起着传递信息和产生作用的作用。

例：二十七歳という年齢は、大都市ではとにかく、このあたりではかなり適齢を過ぎている。釣瓶落しという表現が実感になる佐渡の日没を見ていると、自分の将来を考えれば、という感慨に迫られる。

参考译文：27 岁这样的年纪，且不说大城市，在这一带却是早已过了适婚期。看着佐渡的日落，真切感受到了时不待人这样的说法，美穗感慨现已到了不得不考虑自己的将来的时候了。

说明：在《三省堂大词典》中，将"釣瓶落し"解释为：釣瓶を井戸の中に落とすときのように，急速に落ちること。多く，秋の日の暮れやすいことのたとえにいう。此句话的语境是，已到适婚年龄的主人公美穗却没有合适的结婚对象，从而发出的感慨。如果在此将"釣瓶落し"直译为急速坠落，或是秋日易落幕，都不符合主人公内心的焦躁和紧迫感。因此，根据纽马克的交际翻译策略，翻译为"时不待人"，更加增加译文的生动感，使译文效果更加贴近原文。

例：河童の皿のような保安帽は、神仏の護符をこよりに撚って編むんだものだと聞き、「ヘルメットと違って、何の役にも立たない気安めですね」

参考译文：宛如河童平头顶似的安全帽，据说是用将神灵的护身符纸捻编成的。

"和安全帽的作用不同，这完全没起到任何作用，只是求一个心安吧。"

分析：如果在此译为"河童的碟子"，则显晦涩难懂，影响译文的可读性的接受度。根据纽马克的交际翻译策略，在此译为"河童的平头顶"，则更为生动，更易被译入语读者所接受。

例：見合いの日、みほは母に付き添われて相川からバスに乗った。風呂敷包みの中には、着替えの縮緬の小紋がはいっている。母が嫁入りの時に持ってきたものである。

参考译文：相亲那天，美穗跟随着母亲从相川乘上了车。包袱里装有替换用的碎花绉绸和服。这件和服是母亲的陪嫁物品。

分析：如果在此译为"嫁人时带过来的"，就不能传达原文的情感信息，失去了原文所要传递的情感，在表达效果上会削弱。而根据纽马克的交际翻译策略，在此译为"陪嫁物品"，则在情感上充分传达了原文信息，使译文的表达效果更加接近原文。

综上所述，交际翻译策略所使用的范围与语义翻译策略大有不同，在使用两种策略时要充分考虑文本的文化要素。中日两国文化不同所产生的差异会直接导致读者接受度的不同。文化差异导致了在翻译文本的同时，不能够为了尊重原文，忠实于作者的传递信息，而一味地使用直译，语义翻译等策略，这样会造成译文的表达效果下降，因此也要辅以交际翻译策略，努力使译文读者得到和原文读者同样的阅读体验，在文化要素的翻译策略上要灵活运用多种手段和方法。

## 二、基于跨文化理解的文化翻译方法理论思考

### （一）翻译理论框架

在翻译学理论中，本书主要参考的是德国功能主义翻译理论。20世纪70年代开始，兴于德国的功能主义翻译理论开始为学界瞩目，成为翻译研究中的热点课题。在此之前，翻译学的理论基础一般被认为是比较文学、语言学、文字学、传播学、认知科学等学科，奈达（Eugene A.Nida）的功能对等理论、苏联的译论都曾在翻译理论与实践中产生巨大的影响。而德国功能主义翻译理论最具有颠覆性意义的是，它吸收了跨文化交际中重视交际理论的思想，将翻译置于更为广阔的维度进行宏观研究，挣脱了语言学的桎梏。

"跨文化交际理论把语言作为文化的载体，作为文化的组成部分来认识，把交际视为不同文化背景的人的交际，交际语言的内容都有各自文化的沉淀。"[①]在跨文化翻译研究中，跨文化交际的各个参与方同样呈现着不同的文化形态。作者、译者、读者在社会背景、风俗习惯、生活方式、思维方式、信仰等都存在着差异。跨文化交际视角中的翻译认为，意义对等不应再是译文的最高评价标准，而是应当把受众的接受效果、译文的交际功能放在决定性的地位。此外，译者以交际目的来选择具体翻译方略，甚至有权利对原文进行改写和删节。此种观点废黜了传统翻译理论中原文所具有的至高无上的地位，并赋予了译者更多的主动性与能动性。而翻译

---

① 胡文仲. 跨文化交际学概论［M］. 北京: 外语教学与研究出版社, 1999: 2.

目的和实现译文的预期功能正是德国功能主义翻译理论的核心思想，它强调，"翻译"是译者在对原文进行了分析的基础上，根据客户的要求来实现译文预期功能的、有目的的交际行为。翻译标准不再是寻求两个文本之间的对等，而是将译文的功能、目的作为研究关注点，翻译发起者、委托者、译者、受众之间的协商、互动成为了翻译研究的重要因素。

1. 赖斯的文本类型理论

功能主义翻译学派第一代表人物是凯瑟琳娜·赖斯（Katharina Reiss），她将功能范畴引入翻译批评，开创了功能翻译批评理论，即文本类型（text typology）理论。赖斯将文本类型分为三类，即以传递信息为主要功能的信息型（informative）文本、传达作者想法与情感的表情型（expressive）文本，以及感染受众或接受者，并使其采取某种行动的操纵型（operative）文本。之后，赖斯又分出第四种文本类型，即包含电影电视、广播、歌曲等视听媒体（audio-medial）文本。虽然很多文本并非只具有一种功能，但它们总是有主有次的。赖斯认为，原文的主要功能决定了翻译方法，翻译方法应当根据文本类型的不同而不同。[①]而"译语文本的形态首先应当根据译语语境中所要求的功能、目的来决定，并且随着译语受众的不同而进行改变。此文本类型理论具有里程碑意义。[②]"在此之前，人们讨论翻译的时候总是要求对等的标准，而根据赖斯的文本类型论，文本类型是影响译者选择适当翻译方法的首要因素，评价译文时，主要看其是否传达了原文的主要功能，要兼顾语言内因素与语言外因素。"[③]赖斯的贡献在于开始跳出了语言学的圈子来研究翻译，把交际功能放在首位，主张源语文本与目标语言文本"功能对等"，不强调语言意义对等，要求以交际目的来选择翻译文本的类型。

赖斯认为，有时因特殊需要，要求译文与原文应该具有不同的功能。在这种情况下，译者应该优先考虑译文的功能，而不是语言的对等。结合

---

① Reiss, Katharina. Translation Criticism: The Potentials & Limitations : Categories and Criteria for Translation Quality [M]. Shanghai: Shanghai Foreign Language Education Press, 2004: 15.

② Nord, Christiane. A Functional Typology of Translation [M]. Amsterdam: John Benjamin's Publishing Company, 1997: 23.

③ 卞建华. 传承与超越: 功能主义翻译目的论研究 [M]. 北京: 中国社会科学出版社, 2008: 52.

赖斯的文本类型理论来看，以中央文献日译为例，中央文献并不单纯属于四种文本类型中的任何一种，而是属于以信息型为主、操纵型为辅的"复合型文本"。"表情"虽不占主要地位，但政治文献中也有感染性强的文章，如领导人讲话、诗词等，它们同样需要根据场合进行最为合适的翻译。特别需要注意的是，除了部分领导人面对国外受众的讲话，中央文献的绝大部分原本是用作面向国内受众的"内宣"文本，其本来所具有的主要功能为"信息型+操纵型"。但是，随着我国综合国力的增强，我们在国际地位提高的同时也往往被置于风口浪尖之上，言行稍稍有失便会引来某些国家的恶意歪曲和中伤。中央文献的中译外译文受众为处于和我们截然不同的意识形态中、不懂汉语的外国受众，其译文所具有的功能不应与原文等同视之，应对其进行动态的调整。本书认为，以中央文献的日语译本为例，其主要功能应当是讲述伴随感染，即"信息型+表情型"，而非"操纵型"。

2. 弗米尔的目的论

功能主义翻译学派另一位代表人物汉斯·J.弗米尔（Hans J. Vermeer）认为，翻译的本质是人类的一种有目的的交际行为，在面对翻译时，译者可以采取多种翻译方略，而他最终选择了一种，因为他相信这种方法是达到其预期翻译目的的最佳方式。弗米尔认为："翻译研究不能单单依靠语言学，这主要有两个原因：第一，翻译并不仅是甚至并不主要是语言过程；第二，语言学还没有提出真正针对翻译困难的问题。因此，他在行动理论的基础上提出了翻译的'目的论'。"[①]"与其一味要求学生遵循那些模棱两可的，自相矛盾的翻译标准，不如告诉他们译文明确详尽的翻译目的及功能。"[②]

于是弗米尔提出了在当今翻译研究中影响力较大的"Skopos Theory"，即"目的论"。"Skopos"是希腊语，含意为"目的、目标"。他把翻译定义为"在目标语境中为目标目的和目标受众而创作的文

---

① 卞建华. 传承与超越：功能主义翻译目的论研究［M］. 北京：中国社会科学出版社，2008：63.
② 谢天振. 当代国外翻译理论导读［M］. 天津：南开大学出版社，2008：193.

本"①，该定义中的三个"目标"充分显示了对译文情景、译文目的和译文接受者的忠实程度。在目的论的理论框架中，决定翻译目的的最重要因素之一便是受众，他们有自己的文化背景知识、对译文的期待以及交际需求，每一种翻译都指向一定的受众。另外，目的论不再唯原文马首是瞻，认为译文远远优先于原文。原文不再是应忠实再现的对象，而演变成了译文受众而存在的提供信息的来源。所以，理想的翻译不应再是"对等"的实现，而应是达成译文所具有的某种目的。此外，弗米尔认为翻译应该有具体的翻译纲要（translation brief），即"自己或别人给予的进行一项行动（翻译）的指示"，②这也是决定译文目的的一方面因素，它能够使译者判断出在译文中应该优先于何种信息。诺德（Christiane Nord）曾指出，功能主义翻译目的论的特点在于：

"实用性强，能解释交际互动的各种情境，也能解释译文读者或预期的接受者的需要和期望，甚至把译文接受者视为翻译决策中至关重要的因素；

注重文化，考虑到了翻译中涉及的语言或非语言行为的文化特有形式；

连贯系统，能建立一个合乎逻辑的理论及方法论框架，可作为指导原则，为译者在任何类型和形式的翻译任务中采取的翻译决策提供主体交互理据，使所有的翻译步骤都有助于生产功能性的文本；

应用性强，能解释专业翻译活动所需要的一切跨文化交际形式；

具规范性，为译者提供了一套准则，使其最佳、最稳妥地达到特定的翻译目的；

概括性强，目标功能被认定为所有翻译过程的标准，其中一个功能就是要让译文与原文的交际效果对等；

专业性强，赋予译者一种业内行家的威信，他们作出的决策均充分考

---

① Nord, Christiane. A Functional Typology of Translation [M]. Amsterdam: John Benjamin's Publishing Company, 1997: 36.

② Venuti, L. The Translation Studies Reader [M]. London: Routledge, 2000: 21.

虑到目的，并对翻译过程的其他参与者负责。"①

以中译日为例，两种语言虽有共同点，但其他巨大的差异仍是不可忽视的。两国在政治、文化、社会各方面都有不同，所以不能一味被"对等"所操纵，在寻求也许并非对等的"对等语"上浪费精力。跨越翻译中主观、客观的障碍，研究双方语言、文化，在把握好差异的基础上寻求相似性，完成跨文化交际，最终实现翻译目的是我们需要不断研习的课题。

3. 曼塔利的译者行动理论

继赖斯与弗米尔之后，贾斯塔·霍尔兹·曼塔利（Justa Holz-Mantarri）提出了一个比翻译更为宽泛的概念，即译者行动（translatorial action）。译者行动不只是一个转换行动，而是一系列复杂的行动，这涉及各方面专家（从客户到接受者）之间的相互合作，译者在其中充当专家的角色。翻译同样被视为跨越文化障碍的交际行动，其标准主要是由译文的接受者以及译文的特定功能决定的。曼塔利的译者行动理论不是关于如何进行翻译的理论，而是把译者在翻译期间进行的所有活动都囊括其中，如译前的资料查阅、背景调查等等。传统的翻译理论认为翻译只是文本与文本的关系，但是译者行动理论包含了更多种对翻译产生影响的因素，使翻译的研究范围进一步扩大，并把译者提上了更高的地位，凸显了译者主体性在翻译中起到的关键作用。

4. 诺德的"功能+忠诚"理论

克里斯汀娜·诺德作为第二代功能主义理论代表人物传承了前人理论的精髓。在坚持以交际理念为指导的基础上，诺德又提出了"功能+忠诚"的理论。诺德认为，"功能"是使译文对译语文化接受者起作用的目的，但是译文的功能并不是通过分析原文而自动得出的，而是根据跨文化交际的目的所决定的，译文功能可以从译文—译文受众、译文—原文之间的关系来分析。而"功能+忠诚"理论中的"忠诚"强调，"译者应当把翻译交

---

① Nord, Christiane. A Functional Typology of Translation［M］. Amsterdam: John Benjamin's Publishing Company, 1997: 89.

际行为所有参与方的意图和期望都加以考虑①"，它是"原文作者、译者、译文受众之间的一种人际关系。'忠诚'原则限制了原文的某一译文功能范围，并增加了译者与翻译发起者、翻译委托者之间对于翻译任务的协商过程"。诺德说，忠诚"使译者双向地忠于译源与译入目标两个方面，但不能把它与忠实（faithfulness）的概念混为一谈，因为忠实仅仅指向原文与译文的关系，而忠诚（loyalty）是个人际范畴的概念，指的是人与人之间的社会关系"②。诺德将忠诚引入目的论，是对前人极端功能主义的矫正。

诺德强调了对于译者培训有指导作用的功能主义三因素，即翻译纲要的重要性、原文分析的作用以及翻译问题的功能分层。对翻译纲要的分析只是翻译过程的第一步，接下来需要对原文进行分析。通过对原文以及译文各自目的的分析、比较，译者在翻译时可以明确原文中哪部分信息或语言成分应当原封不动地进行保留，哪部分应当根据翻译的目的进行调整。可以说，对原文进行分析是实现译文所肩负的功能的重要一环，同时也是"忠诚"于原文作者、翻译发起者、翻译委托者的关键一环。在原文分析之后，将分析出的问题进行分层化处理，并决定其优先顺序。换句话说，译者应先明确译文的功能与目的、选择文体风格，而后结合译文接受者的情况与背景制定翻译方略，最后再解决文本内部语言层面的问题。

诺德充分考虑了跨文化交际翻译中各方参与因素，除了对文本本身功能的关注，她还重视人与人之间的关系，使译者的主动性得到发挥。但是在中央文献的翻译过程中，所有原文都不允许做出改动。并且从目前的状况来看，由于相关部门的特殊性，即使译者在翻译过程中遇到了问题，与原文作者之间的沟通也是难以实现的。所以，诺德的"忠诚"理论在中央文献的翻译中就更多地体现在译者之间的合作、译者与译文受众之间的交流了。将严肃的中央文献在跨文化背景中与译文受众成功交际，既是对译者的考验，又是对原文的负责。

---

① Nord, Christiane. A Functional Typology of Translation [M]. Amsterdam: John Benjamin's Publishing Company, 1997: 45.

② Nord, Christiane. A Functional Typology of Translation [M]. Amsterdam: John Benjamin's Publishing Company, 1997: 46.

此外，诺德还在前人对于文本类型划分的基础上总结出了两种翻译方略，即文献型翻译（documentary translation）和工具型翻译（instrumental translation）。所谓文献型翻译，即针对原文作者、原文接受者在文化中的交际过程所进行的"文献记录"（documentary record）。也就是说，译文需要使译文接受者理解，是在原文文化中发生的一次交际行动。此种翻译方法产生的译文"充当了原文作者和原文受众之间进行原文文化交流的文献，原文文化特色在译文中保持不变，翻译方式无须根据目的语语境做出调整"①。

文献型翻译包括四类：

（1）逐词翻译或逐行对照翻译（word-for-word or interlinear translation）。重视再现源语词法、词汇和句法特征，主要用于比较语言学和语言百科全书中，目的是体现不同语言的结构差异；

（2）直译或语法翻译（literal or grammar translation）。强调再现原文的词汇、句法结构和词的惯用法，常用于翻译政治人物的讲话、学术文献等；

（3）文献学翻译或学术翻译（philological or learned translation），即直译加注法。常用于翻译古代文献、《圣经》或文化差异较大的文本；

（4）异化翻译（foreignizing or exoticizing translation）。故事的原文文化背景没有改变，给译语读者造成一种陌生感或文化距离感。原文的功能有所改变，主要用于文学翻译。

而所谓工具型翻译，其目的是通过译文在译语文化中完成新的交际，实现译文功能。"也就是说，译文需要在译语文化中发生的一次新的交际行为中，充当一种独立的传递信息的工具，'翻译'本身即被视为一种跨文化交际活动，并且不仅是对原文作者、原文读者间的交际行为所作的记录，译文也需要根据自身的目的，对原文的信息做出调整②"。工具型翻译方略可分为三类：

（1）等功能翻译（equifunctional translation）用于技术文本、计算机

---

① 卞建华. 传承与超越: 功能主义翻译目的论研究 [M]. 北京: 中国社会科学出版社, 2008: 42.
② 卞建华. 传承与超越: 功能主义翻译目的论研究 [M]. 北京: 中国社会科学出版社, 2008: 45.

手册和其他实用文本，如使用说明、收据、旅游信息文本和产品信息等的翻译。

（2）异功能翻译（heterofunctional translation），即原文在文化或时间上与译文读者有较大距离，在新的语境中保留原文功能没有太多意义，译者对原文的功能加以调整。如：将《格利佛游记》和《堂吉诃德》译成供儿童阅读的故事，其讽刺功能对于那些不知道其原文背景的当代读者而言已经过时，因而就被指称功能所取代，说明这是一个发生在异国情调的环境中的有趣的虚构故事。

（3）相应功能翻译（homologos translation），即译文与原文功能基本对应的文学翻译，如将古希腊的六步格诗（hexameter）翻译成英语的素体诗（blank verse）等，多数诗歌翻译属于这种情况。

### （二）翻译与跨文化交际

关于翻译的定义，古今中外很多学者都有着自己的见解。"翻译"这一行为最初被单纯地视为"语言之间的转换"，从事翻译行为的译者或被称为"舌人""象译"，或被视为"语言沟通的桥梁"，并未受到世人太多的关注。随着时代的发展，翻译由之前"语言学的从属"逐渐向着专门的"翻译学"发展壮大，翻译研究中也引入了心理学、交际学、信息学、传播学等跨学科理论。于是，学者们对翻译的定义与认识也随之改变着。

《中国翻译词典》对这一词条的释义为："翻译（translation）是语言活动的一个重要组成部分，是指把一种语言或语言变体的内容变为另一种语言或语言变体的过程或结果，或者说把一种语言材料构成的文本用另一种语言准确而完整地再现出来"[①]。这种定义，必然把忠实传达作者的原意作为首要和最终的目的，而使人忽视翻译的其他目的。然而，世界和中国悠久的翻译活动都证明，传达作者的原意只是翻译的众多目的之一，偏颇地理解翻译的性质，必然忽视某些重要的事实，例如翻译文学在主体文化中的功能等。翻译的作用在于，使不懂原文的译文读者能够了解原文中蕴含的思想内容，使操不同语言的人们可以通过其进行交际，达到互相交流、沟通的跨文化交际目的。

---

① 林煌天.中国翻译词典［M］.武汉：湖北教育出版社，1997：3.

彼得·纽马克（Peter Newmark）认为，翻译是一门富有创造性的艺术，它是把一个文本的意义按照作者所想的方式译入另一种语言。谢天振认为翻译的本质即跨文化交际，并最为赞同我国唐代的贾公彦所对翻译下的定义："译即易，谓换易言语使相解也"（唐·贾公彦《周礼义疏》）。"这个仅仅十余字的定义包含着两层意思：首先是'换易言语'，指的是翻译行为或活动的本身；其次是'使相解'，则指的是翻译欣慰或活动的目标。这个定义言简意赅地告诉我们，翻译的完整意义不应该仅仅只是一个语言文字的转换行为或活动（即'换易言语'），而还应该包含帮助和促进操不同语言的人们之间的相互理解和交际（即'使相解'）。"①无独有偶，德国功能主义翻译理论代表人物诺德认为，翻译是"在一种文本（目标文本）语言文化中根据特定交际目的的需要，通过对另一种不同的（源文）语言文化中创作的文本所提供的信息进行处理，创作一个具有功能的文本的活动"。②

在 2015 年举办的"何为翻译——翻译的重新定位与定义专题论坛"中，与会学者们更是结合当今情势重新审视了"翻译"的本质。王宁认为，若从翻译这个词本身的历史及现代形态来考察便不难发现，它的传统含义也随之发生了很大的变化。不仅包括各种密码的释读和破译，也包括文学和戏剧作品的改编，甚至在国际政治学界的关于国家形象的建构，都可被纳入广义的"隐喻式"翻译的框架内来考察。蓝红军将翻译从三个维度进行了定义：形态维、功能维、发生维。从形态维来看，翻译就是将源语文本转换为意义对等的目的语文本；从功能维来看，翻译即跨语际、跨文化的信息传播和交际；从发生维来看，在跨语言信息传播与跨文化交流过程中，当人们遭遇异语符号理解与表达障碍时，翻译将为人们提供语言符号转换与阐释服务。

但是，为跨文化交际而产生的"翻译"又无法逃离其与生俱来的悖论——传递原文信息是跨文化交际中翻译的目的，但完全的忠实于原文却

---

① 谢天振. 译介学［M］. 北京：译林出版社，2013：15.
② Nord, Christiane. A Functional Typology of Translation［M］. Amsterdam: John Benjamin's Publishing Company, 1997: 106.

是一个不可能完成的任务。<sup>①</sup>这个悖论将古今中外的翻译研究者分为两派：一派主张翻译的可能性，一派强调不可译性。于是，主张可能性的人们或从信息的等量上证明翻译所促成的文化沟通效果，如西塞罗的秤<sup>②</sup>、钱钟书的"化境"；或从文本的功能与目的上挖掘翻译在语言、交际中的可通约性，如纽马克的交际翻译、德国功能主义翻译学派的目的论。另一方面，强调着不可译性的人们或紧抓着语言差异，坚信"诗是不可译的"；或死守着文化差异，稍有叛逆，便以"文化侵略"冠之。本书认为，无论是可译抑或不可译，其发生的过程都需要具体问题具体分析。不同文本有着不同的翻译目的与策略，可译的限度与不可译的因素也都在根据译本产生的时空、翻译主体、译文受众、赞助人等而发生着变化。这些影响因素之所以会产生，往往是源自跨文化交际的需求。

在跨文化交际中，翻译所起到的桥梁作用并非只限于字面信息。许钧表示："如果从文化角度来看翻译的话，翻译活动在人类历史上一直持续存在，其形式与内涵不断丰富，与社会、经济、文化发展相联系，这种联系不是被动的联系，而是一种互动的关系，一种建构性的力量。因此从这个意义上来说，翻译是主导世界文化发展的一种重大力量，对翻译的定位与定义应站在跨文化交流的高度进行思考，以维护文化多样性为目标来考察翻译活动的丰富性、复杂性与创造性。"<sup>③</sup>英国的西奥·赫尔曼认为，任何一种文化都会"觉得有必要或者看到能从其他语言引进文本的机会，并借助翻译达到目的。在这种情况下，我们只要仔细观察以下这些方面就能够从中了解到有关这种文化的很多东西：从可能得到的文本中选择哪些文本进行翻译，是谁做的决定；谁创造了译本，在什么情况下，对象是谁，产生什么效果或影响；译本采取何种形式，比如对现在的期待和实践作了哪些选择；谁对翻译发表了意见，怎么说的以及有什么根据、理由"<sup>④</sup>。

---

① 刘小刚.翻译中的创造性叛逆与跨文化交际[M].天津：南开大学出版社，2014：6.

② 西塞罗，罗马著名学者。他认为翻译中最为重要的并不是语言的转换，而当以"称重"的形式达到信息的等值。

③ 许钧.翻译论（修订本）[M].北京：译林出版社，2014：27.

④ ［英］西奥·赫尔曼.翻译的再现//谢天振.翻译的理论建构与文化透视[C].上海：上海外语教育出版社，2000：102.

翻译产生于跨文化交际之中，既依托于跨文化交际，又反过来对跨文化交际起到促进作用。跨文化交际中的翻译有着其自身在各个阶段中的角色，翻译中的跨文化交际又决定着翻译效果的达成，两者各自独立，又相辅相成，相互促进。

1. 跨文化交际中的翻译

季羡林在回答关于文化的发展阶段问题时曾这样回答："不管经过了多少波折，走过多少坎坷的道路，既有阳关大道，也有独木小桥，中华文化反正没有消逝。原因何在呢？我的答复是：倘若拿河流来作比，中华文化这一条长河，有水满的时候，也有水少的时候，但却从未枯竭。原因就是有新水注入，注入的次数大大小小是颇多的。最大的有两次，一次是从印度来的水，一次是从西方来的水。而这两次的大注入依靠的都是翻译。中华文化之所以能长葆青春，万能灵药就是翻译。翻译之为用大矣哉！"①。而国际译联主席贝蒂·科恩（Betty Cohen）在 2004 年 10 月 4 日的中国译协第五届全国理事会会议开幕式上，以强调"人类失去翻译，世界将会怎样？"②的致辞更是凸显了翻译对于跨文化交际的重要性。

一般来说，文化冲突和文化融合是多元文化共存发展的两种基本形式，同时也是人们讨论最多和分歧最大的关于文化相处形态的核心问题。文化冲突指的是不同文化由于各自的不同性质、特征等在接触过程中引起的互相冲撞和对抗的状态，大体有区域性文化冲突、集团性文化冲突、阶级性文化冲突、民族性文化冲突和时代性文化冲突，人类文明的历史不仅是文化创造的历史，同时也是文化冲突时隐时现的历史。当人们在文化信息的传播和交际过程中，产生了因语言符号系统的差异而带来的理解障碍时，一般性的翻译需求与翻译目的随即产生。以民族性文化冲突为例，当

① 季羡林. 季羡林谈翻译 [M]. 北京：当代中国出版社，2015：2.

② 原文节选如下：Translation and translators are therefore going to be increasingly in demand in the years to come.

That is why I am talking of a golden age for our profession. Never in history have we been so indispensable to trade, culture, peace, and humanity. ...Just imagine one day in the world without translation. The United Nations, the World Trade Organization and all the NGOs, the transnational companies, TV channels, newspapers, etc. would all be mute.

文化冲突产生于不同民族、不同语言群体之间时，翻译的需求更加强烈，翻译目的则更加有针对性。从而，采取适当的翻译方法以跨越文化障碍、交际障碍，避免更大的其他冲突是现阶段翻译的主要原则。

而文化的融合总体来说，即为异质文化之间相互接触、彼此交流、不断创新和融会贯通的过程，两种文化的融合并不是共同整合成为单一的另外一种文化，而是一个赋予原有文化生命力和发展动力的有层次性的互动过程。

从历史学角度看，人类每一次战争与冲突在某种意义上都促进了民族、区域间的大融合。而从文化层面来看，冲突缓和后的必然结果是对双方文化的再一次审视，甚至取彼之长，补己之短。根据跨文化交际学理论，两种文化在经过一系列的冲突与融合后，会产生出既非甲文化又非乙文化的第三种文化。它建立在两者基础之上，又高于原来的两种文化。而译者所从事的翻译活动，其基础就在于两种文化的交叉部分，既非百分百原语文化，也非百分百译语文化，而是两种文化相交的"交互文化"。如何能最大限度引起两种文化间的和谐共鸣，使两种文化中的优秀元素得到更广泛的接受和认同，是译者的主要任务。为了完成这个任务，一些文学作品的复译、影视作品的翻拍、文化元素的改写都是翻译在跨文化交际中的调和手段。另外，单凭译者的一己之力是难以充分完成跨文化交际中的翻译目的的。根据德国功能主义翻译理论，翻译活动的各方参与者也要同时发挥自身作用，如翻译发起者、赞助人、出版社、传播机构等，以实现译文功能，达到最初的翻译目的。

在传统的翻译研究中，无论东方还是西方，关于翻译的讨论大多局限于"怎么译"的问题上。如中国汉代的"文质之争"、梁启超的"圆满调和"、钱钟书的"化境"、马建忠的"善译"等，西方的泰特勒（A.F. Tytler）三原则、马丁·路德（Martin Luther）七条翻译细则等等。从 20 世纪 50 年代起，西方研究者们运用现代语言学的转换生成理论、功能理论、信息论等将翻译研究纳入到了语言学领域，从比较语言学、应用语言学、符号学等视角提出了新的翻译理论和方法。这给传统的翻译研究提供了崭新的思路，开拓出了翻译研究的新途径与内容。谢天振认为："当代西方翻译研究中一个最大的突破还表现在把翻译放到一个宏大的跨文化和跨学科语境中去审视，研究者开始关注翻译研究中语言学科以外的其他学科的因素"[①]。

而我们不难发现，对于翻译研究领域的扩大化并不只限于西方学界，"译介学"作为国内比较文学研究的一个专门术语，由卢康华、孙景尧两位教授率先于1984年提出。谢天振在前期研究的基础上，先后于1999年和2003年推出《译介学》和《翻译研究新视野》两本专著，并于2007年出版教材《译介学导论》，详细阐释了译介学的基本理念、研究对象和研究范畴，完成了对译介学理论的基本构建。所谓"译介学"，它既有对"译"即"翻译"的研究，更有对"介"即文学文化的跨语言、跨义化、跨国界的传播和接受等问题的研究。正如苏珊·巴斯奈特所指出的那样："翻译研究正越来越转向文化研究，并成为文化研究的一个部分。"[②]在这种情况下，翻译不再被看作是一个简单的两种语言之间的转化行为，而是译入语社会中的一种独特的政治行为、文化行为、文学行为。而"译本则是译者在译入语社会中的诸多因素作用下的结果，在译入语社会的政治生活、文化生活，乃至日常生活中有时扮演着举足轻重的角色"[③]。

此外，在跨文化交际过程中，译者选择的翻译方略往往会随着两种文化力量的不同而变化。总体来看，跨文化交际中的翻译方略可分为归化、异化、"归异结合"三大类。当代日本翻译理论研究者藤涛文子[④]曾基于德国功能主义目的论提出了九种翻译方法，并注明了各自所强调的重点。其中，（1）—（4）以原文为中心，侧重异化效果；（5）—（8）以译文为中心，侧重同化效果；（9）则两方面均侧重。具体如下：

（1）移植：STの綴りをそのまま導入する（形式）

（2）音訳：STの音声面を導入する（形式）

（3）借用翻訳：語の構成因素の意味を訳す（形式＋内容）

---

① 谢天振. 译介学 [M]. 北京：译林出版社，2014：30.

② Susan Bussnet. Comparative Literature [M]. Blackwell Publishers, 1993: 15.

③ 谢天振. 译介学 [M]. 北京：译林出版社，2013：39.

④ [日]藤涛文子. 翻译行为与跨文化交际 [M]. 天津：南开大学出版社，2017：56.

（4）逐語訳：一語一語を対応させて訳す（形式＋内容）

（5）パラフレーズ：別の統語構造で同内容を表す（内容）

（6）同化：目標文化内の別のものに置き換える（効果）

（7）省略：STの因素を削除する（結束性）

（8）加筆：STに含まれていない因素を加える（結束性）

（9）解説：注などによりメタ言語的に説明する（結束性）

当原文所处的文化强于译文所处的文化时，无论是哪一方文化的译者，往往都会尽量保留原文文化，多采取异化翻译方略。强势文化的译者自不必说，而处于弱势文化的译者并不是崇洋媚外，而是意在通过最大程度地靠近原文来输入外来文化中的科学、合理，并且对自身文化的发展能够起到积极补充作用的部分，鲁迅的"宁信而不顺"即为典型代表。反之，当原文文化弱于译文文化时，靠近译文文化的归化策略则是主要的翻译思想。例如，杨宪益夫妇翻译的《红楼梦》和霍克斯翻译的《红楼梦》在西方受众群体中受到的待遇截然不同，很大程度上是因为杨译本多采用了异化策略，而霍译本多采用了贴近受众的归化策略。但这并不能一概而论，在某些情况下，尽管是由弱势文化译入强势文化，一味采用归化策略也是行不通的，典型例子当属宗教翻译。在中古汉代的佛经翻译与西方的《圣经》翻译中，印度文化与希伯来文化均在当时处于弱势，中国文化与欧洲文化均处于强势。若一味贴近译语受众，宗教内容的特殊性和神秘性就难以体现，传教目的也就难以达到了。

奈达认为，理想的译文要使译文读者能以与原文读者相同的方式理解和欣赏原文。而同时兼顾原文文化和译文文化，以"归异结合"的翻译方略贴近交际各方，自然是最为理想的翻译模式，但这是非常难以实现的。

关于中日跨文化交际研究，在 20 世纪 90 年代前尚属凤毛麟角，1993年沈殿忠的《中日交流史中的华侨》属于较早涉及中日文化主体间交际的研究。1996年，张爱在天津外国语学院学报（现《天津外国语大学学报》）上发表论文《浅谈面向社会的交际化日语教学》；1995年，陆庆和发表专著《中日交际文化比较》，之后，中日跨文化交际研究经历了从萌芽到兴起的过程。在这近 40 年里，中日跨文化交际研究经历了巨大变化，这些变化和语言学、交际学、语用学、语言心理学、人类学、社会学、社会心理学、文化学、哲学等相邻学科的发展紧密相关，它们对中日跨文化交际理论的构建、研究的范围与内容的界定提供了支持，为中日跨文化交际学成为一门独立的学科打下了理论基础。中国文化与日本文化各自具有鲜明的文化个性，中日文化之间因为个性而呈现出不同的文化形态，当这种文化形态差异反映到语言层面上时，中日跨文化交际翻译的需要也随之而产生。因此中日跨文化交际研究就应在兼顾中日文化差异的同时，进行全方位的综合研究，这可以帮助我们预见和解决跨文化交际中产生的问题，并在此过程中拓宽中日翻译研究的思路和领域，把研究视野转向更加广阔的跨文化交际视域中。

人类文化具有共通性，同时，每一种文化形态因在时空特性、内容和性质方面存在着差异，不同民族、种族和个人作为文化中的主体，从而使各自的背景文化又具有了差异性，跨文化交际的结果不应该是两种文化的融合，而应该是交际双方各自保持自己文化中固有的内涵和形式，在与对方文化的相互判断和鉴定中各自重新认识和修正自己，使各自的文化保持旺盛的生命力。当今的世界是个多元文化共生共融的世界，文化的发展应该是立足全球的多元化发展。正如中国人自古以来奉行的"和而不同"一样，我们既要坚持自身文化的特点和独立性，又同时也不排斥外来文化优秀的、可借鉴之处，并接受文化之间的自然融合。翻译同样如此，正如奈达曾说过："世界上的语言和文化惊人的相似，而且相似之处占 90%，不似之处只有 10%。正因如此，翻译才得以进行。"[①]译者在翻译中创造性地坚持两种文化元素，交际各方秉持开放的态度、探索的精神，形成互动性的跨文化交际过程，才能实现良好的沟通和交际，消除文化冲突中的矛盾，并通过对语言的驾驭创造性地丰富和发展各自文化。

2. 翻译中的跨文化交际

翻译作为一种以语言和文本跨越文化差异的交际行为，说到底是参与了翻译工作的人与人之间的交际。因为文化与文化并不会交际，文本与

---

① Nida, E. A. Approaches to Translation in the Western World [J]. Foreign Language Teaching and Research, 1984 (02): 9.

文本也并不会沟通，真正实践着"交际"的是在这之中担当着不同角色的人与人。翻译的影响体现在跨文化交际的各部分过程中，跨文化交际也同样体现在翻译活动的整个流程中。根据诺德的论述，功能主义翻译理论把翻译视为一种"文化转换"（a cultural transfer），一种"交际互动"（a communicative interaction），一种"跨文化活动"（a cross-culture event），或一种"跨越文化障碍的行为"（an act of communication across cultural barriers），其首要标准取决于译文受众和译文的具体功能。因此在翻译过程中，译者与原文作者、译文出版者、翻译发起者、译文使用者、译文受众之间的人际关系就相应地构成了一种"多方专家集体参与的整体复杂行为"（a whole complex of action involving team-work among experts）。需要说明的是，译文使用者与译文受众有时并非同一人。译文的使用者是指最终将译文作为诸如训练教材、信息资源、广告手段等使用的人，他们并不是译文的"终端用户"，而是将译文用于宣传或其他目的的人；译文受众即最后的"终端用户"，"译文只有被受众理解，并且要使他们理解才有意义"①。在这一过程中，"重点是关注翻译过程的行为，分析参与者的角色（发起者、译者、使用者、信息接收者）以及翻译过程发生的环境（时间、地点、媒介）"②，客户的具体要求、具体的文本功能和译文目的，还有译文受众对译文的期待等等，必不可少地成了这一交际互动中的多个因素。

跨文化意识不只是外在的知识，而是一种参与跨文化交际的主体所具备的内在能力和素质。它使人们承认世界的多种可能性，认识到每个人、每种事物都是文化的产物，都受到所处的文化背景的制约，从而以更加开放、包容的态度处事。美国语言学家汉威（Robert G. Hanvey）把"跨文化意识"称为文化的敏感性或洞察力，他把文化差异的敏感性分成四个层次：第一层次是能识别表层的文化特征，人们通常认为这类文化特征新

① Nord, Christiane. A Functional Typology of Translation［M］. Amsterdam: John Benjamin's Publishing Company, 1997: 73.

② Nord, Christiane. A Functional Typology of Translation［M］. Amsterdam: John Benjamin's Publishing Company, 1997: 73.

奇、富有异国情调；第二层次是能识别与自己的文化迥异的细微且重要的文化特征，人们通常认为这类文化特征不可置信、难以接受；第三层次与第二层次相似，人们认为这一层面的文化特征只有通过理性分析才可以接受；最后一个层次是能够做到从对方的立场出发来感受其文化，即立足点的转移；第四个层次是跨文化意识的最高境界，要求参与者具备"移情"（empathy）和"文化融入"（transposition）的能力。

关于跨文化交际能力，中国著名的跨文化交际学者贾玉新作了如下概括："跨文化交际能力由基本交际能力系统、情感和关系能力系统、情节能力系统和交际方略能力系统组成。基本交际能力系统包括语言和非语言行为能力、文化能力、相互交往能力及认知能力；情感和关系能力系统包括移情能力（将心比心、推己及人，以对方的文化准则为标准解释和评价对方行为的能力）和关系能力（识别自己与对方关系的能力）；情节能力系统主要指通过具体语境解决多义现象的能力；而交际方略能力系统指的则是当人们因语言能力或语用能力限制，达不到交际目的或造成交际失误时采取的补救方略。由此可见，跨文化交际能力是一个高度综合、多向度的概念，它不仅包括知识向度,还包括思维向度、行为向度以及情感和个性向度。"[①]

而在翻译活动中，最为核心的一环当属译者。译者的跨文化交际意识和跨文化交际能力主要体现在两个方面：一是面对人的沟通与协调；二是面对文本的理解与翻译。若在这两个方面译者的跨文化交际素质都能充分发挥，便可谓是较为理想的翻译。

---

[①] 贾玉新. 跨文化交际理论探讨与实践 [M]. 上海: 上海外语教育出版社, 2012: 15.

# 第三章　中国文学作品在日本的译介与传播

中日两国在文学艺术领域长期处于密切的互动之中，同时也存在着历史观的分歧、领土的纠纷以及意识形态的冲突。中日两国实现邦交正常化之后的日本学界延续了自觉关注与研究中国文学的一贯传统，对中国文学译介与研究活动愈加全面系统，包括在报纸、期刊开设专栏定期介绍中国作家作品，发表相关学术论文，出版相关研究专著，翻译出版中国作家作品的选集和单行本等具体活动。

在中国经济快速增长、综合国力不断提升的背景下，中国文学"走出去"成为一种必然要求与时代使命，对中国文学在海外的译介与传播情况的研究也成为中国学界的热点之一。很多学者投入大量精力追踪外国文学在中国的译介与传播，却鲜有学者去追踪考察中国文学在国外的传播与接受情况。目前虽有学者对中国现当代文学在日本的传播进行研究，但学者多以日本学者为主，研究内容或以现当代文学为中心，或缺少详细数据统计，中国文学在日译介概貌仍难把握。故此，笔者拟以中国古代文学的代表——《红楼梦》在日本的译介与传播为例，探讨日本学界和中国学界对《红楼梦》日译的研究，反映《红楼梦》在日语语境和日本文化下的受容与变容。同时以日本国会图书馆馆藏图书数据库和日本亚马逊图书销售网络资源为中心，对 1949 年至 2020 年间在日本翻译出版的中国当代文学作品进行全面调查梳理，借此把握中国文学在日本的译介传播现状，摸清译介中存在的主要问题，以期为我国今后的对外译介提供一些基础性的材料和思考。

## 一、中国古代文学作品在日本的译介与传播

### （一）《红楼梦》在日本译介与传播溯源

乾隆五十六年辛亥（1791）冬至后，北京萃文书屋的木活字排印本《新镌全部绣像红楼梦》（程甲本）问世，不久就在苏州被原样翻刻，改称《绣像红楼梦全传》，于乾隆五十八年末（日本宽政五年末，公元1794年初），被从浙江乍浦起航的"南京船"带至日本长崎。这是目前所知的《红楼梦》输出海外的最早时间。①《红楼梦》传入日本后，除了"唐通事"用来作为学习北京官话的自修教材，以及画家田能村竹田和作家曲亭马琴接触过该书的记载之外，在江户幕府末年的流传情况尚不甚了了。

《红楼梦》真正开始被日本的文人学者重视起来，得益于同治十年辛未七月二十九日（1871年9月13日）签订的《中日修好条规》（全称《大清国大日本国修好条规》）。条规的签订，标志着中日两国近代外交关系的建立。②条规的第七条③规定中日两国互相开放沿海各通商口岸，而另立的《中日通商章程》第一款则明确了相互开放的通商口岸名单。日本国内开始重视对作为清政府首都通用语言的北京官话的学习。其后，东京外国语学校就采用《红楼梦》作为学习北京官话的教材，现在的一桥大学、东京大学、早稻田大学、庆应义塾大学等处的图书馆都还收藏了这部教材。

条规的第四条④规定了中日两国互派使节的事宜。明治政府在1874年

---

① 现藏于杏雨书屋的村上文书《差出帐》中的"寅二番南京船书目"中有"红楼梦 九部十八套"的记载，这是目前所见的《红楼梦》最早赴日记录。笔者前往该书屋查看了这一文献。具体调查报告详见附录二。

② 刘雨珍编校.清代首届驻日公使馆员笔谈资料汇编[M].天津：天津人民出版社，2010：1.

③ 第七条全文如下："两国既经通好，所有沿海各口岸，彼此均应指定处所，准听商民来往贸易，并另立通商章程，以便两国商民永远遵守。"（王芸生.六十年来中国与日本（第一卷）[M].北京：三联书店，2005：46.）

④ 第四条全文如下："两国均可派秉权大臣，并携带眷属随员，驻扎京师。或长行居住，或随时往来。经过内地各处，所有费用均系自备。其租赁地基房屋作为大臣等公馆，并行李往来及专差送文等事，均须妥为照料。"（王芸生.六十年来中国与日本（第一卷）[M].北京：三联书店，2005：45.）

2月就派柳原前光为公使驻清，但由于同年发生了日本入侵我国台湾的事件，清政府延缓了驻日公使的派遣。10 月 31 日，《北京专条》签订；12月，日本从台湾撤兵，事件暂时平息。1877 年冬，清政府派出的首届驻日使节们在公使何如璋、副使张斯桂的带领下抵达日本。"对于首届中华使节的到来，明治初期的日本文人表现出空前的热情。……造访公使馆的日本人络绎不绝。何如璋、黄遵宪、沈文荧等公使馆员们在繁忙的公务之余，与日本友人频频笔谈，上至天文，下至地理，诗词格律，典章制度，语言文字，风土习惯，可谓无所不谈，极尽其欢，揭开了中日近代外交的序幕，谱写了波澜壮阔的中日文化交流画卷。"[①]彼时《红楼梦》经历了乾隆、嘉庆时期"见人家案头必有一本《红楼梦》"（清·郝懿行《晒书堂笔录》）和嘉庆时期"开谈不说《红楼梦》，读尽诗书是枉然"（清·得舆《京都竹枝词》）的盛行，已是家喻户晓。在与日本友人大河内辉声的笔谈中，驻日公使馆参赞官黄遵宪盛赞"《红楼梦》乃开天辟地、从古到今第一部好小说，当与日月争光，万古不磨者。……论其文章，直与《左》《国》《史》《汉》并妙"。[②]公使馆员们对《红楼梦》的极力推崇引发了日本人对此书的好奇，从而带动了《红楼梦》在日本的流传。正是在这一时代背景下，1892 年 4 月，森槐南摘译了《红楼梦》第一回楔子，同年 6 月，岛崎藤村紧随其后摘译了第 12 回后半部分"贾天祥正照风月鉴"的故事。汉学家的汉风译文与作家的和风译文联袂揭开了长达 120 余年的《红楼梦》日译史的大幕。

据笔者统计，从 1892 年至 2015 年，日本已有《红楼梦》摘译本 12种、节译本 3 种、编译本 12 种、转译本 1 种、全译本 10 种，总计 38 种译本。这一蔚为可观的日译景象有颇多值得我们研究的课题。

### （二）日本学界对《红楼梦》日译的研究

1958—1960 年，伊藤漱平最早的全译本由平凡社出版，在 1960 年 12月出版发行的下册译本的解说里，他介绍了包括岛崎藤村的摘译、国译本、永井荷风《秋窗风雨夕》的翻译、饭塚朗的编译本、松枝茂夫的初译

---

[①]　刘雨珍. 清代首届驻日公使馆员笔谈资料汇编 [M]. 天津：天津人民出版社，2010：6.

[②]　刘雨珍. 清代首届驻日公使馆员笔谈资料汇编 [M]. 天津：天津人民出版社，2010：212–213.

本、石原岩彻的编译本在内的日译本的基本信息，并附带提及了宫崎来城
与野崎骏平的摘译。

1964 年 6 月与 7 月，大高岩在杂志《大安》上发表文章『海外における
「紅楼夢」文献』（《海外〈红楼梦〉文献》）的上、下篇。下篇以表
格的形式汇总了 1842—1963 年，中文以外语种的《红楼梦》研究著述及各
语种译本的基本信息。在日译本的统计方面，他在上述伊藤漱平的统计基
础上，增加了森槐南摘译本、长井金风摘译本、岸春风楼节译本、太宰卫
门编译本、陈德盛编译本及他本人的摘译的基本信息。

1965 年的 1 月、3 月、5 月，伊藤漱平在《大安》杂志的第 110 号、
112号、114 号上分三期发表了论文『日本における「紅楼夢」の流行——
「紅楼夢」展開催にちなんで』（《〈红楼梦〉在日本的流行——纪念
〈红楼梦〉展的举办》），主要考察了《红楼梦》最早传入日本的时间、
版本和江户时代《红楼梦》的流传情况。同年的 12 月，他在《明清文学
言语研究会会报》的第 6 期，以单刊的形式刊载了《〈红楼梦〉研究日本
语文献·资料目录》，在日译本方面，以表格的形式统计了从 1892 年至
1964 年间所有的《红楼梦》日译本的发表时间、书名、译者姓名、刊载或
出版情况等。1986 年，伊藤漱平在这些研究的基础上撰写了『日本にお
ける「紅楼夢」の流行——幕末から現代までの書誌的素描』（《〈红楼
梦〉在日本的流行——从幕末至现代的书志式素描》）一文，该文收入了
由吉田敬一主编的论文集『中国文学の比較文学的研究』（《中国文学的
比較文学研究》）一书中。1989 年，成同社翻译了伊藤漱平这篇文章，以
《〈红楼梦〉在日本的流传——江户幕府末年至现代》为题刊载在《红楼
梦研究集刊》（第十四辑）上[1]。这篇长文考证了《红楼梦》传入日本的时
间、版本；详细讲述了自江户幕府末年至明治、大正、昭和年间，日本接
触过〈红楼梦〉的文人学者，如田能村竹田、曲亭马琴、大河内辉声、依
田学海、森鸥外、森槐南、岛崎藤村、北村透谷、笹川临风、古城贞吉、

---

① 伊藤漱平.《红楼梦》在日本的流传——江户幕府末年至现代 [C]. 成同社，译. //中国社会科学院
　　文学研究所《红楼梦研究集刊》编委会. 红楼梦研究集刊（十四）. 上海：上海古籍出版社，1989:
　　448-449.

宫崎来城、长井金风、幸田露伴、二叶亭四迷、狩野直喜、仓石武四郎、吉川幸次郎、永井荷风、谷崎润一郎、泉镜花等与《红楼梦》的渊源；并说明了日本各个年代的《红楼梦》翻译情况。在介绍日译情况时，提到了森槐南、岛崎藤村的摘译本，岸春风楼的节译本，石原岩彻的编译本，平冈龙城、幸田露伴的全译本，松枝茂夫、饭塚朗与他本人的全译本，君岛久子的少儿版编译本；还重点讲述了北村透谷受岛崎藤村第十二回后半部分摘译的影响创作了小说《宿魂镜》；也举证指出幸田露伴未直接参与《红楼梦》翻译；并提到了永井荷风对《秋窗风雨夕》一诗的翻译经过等。这是第一篇专文论述《红楼梦》在日本受容情况的文章，资料翔实、考证严密、内容全面，可谓研究日本红学的奠基之作。

1997 年 12 月，伊藤漱平在《红楼梦学刊》上发表《二十一世纪红学展望——一个外国学者论述〈红楼梦〉的翻译问题》。在该文中，伊藤漱平重点谈到了霍克思与松枝茂夫对《红楼梦》的翻译。另外，伊藤漱平还谈到了平冈龙城的翻译对后来译本产生的巨大影响。伊藤漱平这篇文章很有特色，作者是《红楼梦》日文全译本的译者，文章谈的又是另外一位日文全译本的译者，甚至还跨越国界地谈到了英文全译本的译者，这在翻译史上是较为少见的，是研究世界范围内的《红楼梦》翻译史的第一手文献。

船越达志是目前在日本的中国文学研究者里，研究《红楼梦》颇为用力的一位，他重点关注《红楼梦》一书的成立过程，2005 年在汲古书院出版了专著『「紅楼夢」成立の研究』（《〈红楼梦〉成立的研究》）。2007 年 12 月，他在『アジア遊学』（《亚洲游学》）第 105 期上发表『紅楼夢の成立——明治の文人の受容から』（《红楼梦的成立——从明治文人的受容说起》）一文，此文经修改、翻译后于 2008 年 9 月在《红楼梦学刊》第五辑上以《试论〈红楼梦〉第 12 回在日本的早期传播及对日本文人的影响》之题名发表。该文探讨了伊藤漱平在《〈红楼梦〉在日本的流行——从幕末至现代的书志式素描》中提到的日本近代作家北村透谷受岛崎藤村摘译的《红楼梦》第十二回后半部"贾天祥正照风月鉴"的故事的启发创作了小说《宿魂镜》一事。通过借鉴朴承注提出的岛崎藤村的《春》受北村透谷的《宿魂镜》的启发的观点，船越达志指出："《红楼梦》里的镜子'风月宝鉴'，早在明治时代，翻山过海到日本，改变着自己的外形（宝镜—'风月宝鉴'—古镜'宿魂镜'—'怀剑'），在明治时代文人之间奔跑。""《红楼梦》里的宝镜'风月宝鉴'本来'专治邪思妄动之症'，是个'戒淫'的象征。通过一系列的变化过程（①原作《红楼梦》第十二回—②岛崎藤村译文《红楼梦一节——风月宝鉴之辞》—③北村透谷《宿魂镜》—④岛崎藤村《春》），'戒淫'象征的宝镜变成了'精神恋爱'象征的信物。这一点很有意思。"船越达志论述了《红楼梦》早期在日本受容时所发生的变容，值得关注。另外，船越达志从第十二回的成立过程出发指出"关于贾瑞一节"在《红楼梦》里"篇幅比较短，而且情节独立，容易理解，只看这部分也可以有所欣赏。这是早在明治时代，《红楼梦》全译本出现以前，文人们关注这一节的原因所在"。

　　森中美树专注国译本的研究，发表了相关文章数篇。如2007年12月在『アジア遊学』第105期上发表『「紅楼夢」と幸田露伴』（《〈红楼梦〉与幸田露伴》），通过文献考证，指出幸田露伴虽为《国译红楼梦》的译者之一，但实际的翻译工作是平冈龙城所作，幸田露伴只是阅读了平冈龙城所作的译注，并作了若干条注，撰写了"解题"。其实伊藤漱平早在《〈红楼梦〉在日本的流行——从幕末至现代的书志式素描》中就已提出幸田露伴未直接参与翻译的观点，但她就此事做了细致的考证工作。森中美树对《红楼梦》翻译研究的一大贡献是在庆应义塾大学图书馆奥野文库发现了平冈龙城旧藏的维经堂藏板《绣像红楼梦》，这是原东京外国语学校的教材，平冈龙城作了大量的笔记。2009年12月，她在『汲古』第56辑发表了『維経堂藏板「繍像紅楼夢」について』（《关于维经堂藏板〈绣像红楼梦〉》），该文经修改、翻译后在《红楼梦学刊》2009年第4辑上以《维经堂藏板〈绣像红楼梦〉版本考略》之名发表，文章介绍了现藏于日本的五种维经堂藏板《绣像红楼梦》。2011年11月，她又在《红楼梦学刊》上发表《简述日译〈红楼梦〉之难点——以平冈龙城〈国译红楼梦〉为例》，探讨了平冈龙城在开启前所未有的《红楼梦》日译事业时遇到的翻译难题以及误译的情况。森中美树的研究资料翔实、注重考据，加深了我们对国译本的译者分工问题、译本产生的时代背景，译本的底本、译本的文体特征等的认识。不过，她将国译本译文的文体缺陷主要归咎于平冈龙城口语写作能力的看法有失公允，而且对国译本到底是如何直接或间接影响后来译本的，她也只是点到即止，并未做深入探讨。

　　池间里代子善于从一些细微而又独特的视角出发去研究《红楼梦》。2012年，她在「十文字学園女子大学短期大学部研究紀要」第 43 期发表的『「紅楼夢」の绛珠草と「星の王子さま」のバラに関する考察』（《关于〈红楼梦〉的绛珠草与〈小王子〉的玫瑰花的考察》）一文，就是从比较文学之平行研究的角度分析了中法之间看似毫无交集的两部作品里代表女主人公的绛珠草与玫瑰花的相似之处，是相当有趣的研究。现在日本东京有一个红楼梦研究会，是日本文学文化研究学会下设的分会，这个研究会每月都会举行一次《红楼梦》读书会。池间里代子也是成员之一，她与研究会其他成员雨宫久美、饭塚芳江等人合著的论文『「紅楼夢」にみえる嗅覚表現について』（《关于〈红楼梦〉里的嗅觉表达》，《日中文学文化研究》第 1 期，2012 年）、「『紅楼夢』にみえる聴覚表現について」（《关于〈红楼梦〉里的听觉表达》，《日中文学文化研究》第 2 期，2013 年）分别对《红楼梦》里的各类嗅觉、听觉表达作了分类和数据统计。近年来，《红楼梦》对日本文学的影响研究、译本和译者研究也是池间里代子的研究重点。她的论文『荷風と「紅楼夢」』（《荷风与〈红楼梦〉》，《国际关系研究》第 32 期，2011 年 10 月）提出永井荷风之所以在《濹东绮谭》中引用《秋窗风雨夕》，是因为这首诗照应了男女主人公感情的变化以及荷风本人对"窗"这一意象的情有独钟。在『透谷と「紅楼夢」』（《透谷与〈红楼梦〉》，《流通经济大学论集》第 46 期，2011 年 11 月）一文中，她不仅认可了透谷的《宿魂镜》受到了岛崎藤村摘译的启示，而且认为透谷的随笔《三日幻境》受到了《红楼梦》第一回太虚幻境的影响。在『「紅楼夢」の民間研究者—大高岩の足跡と抄訳文体について—』（《〈红楼梦〉的民间研究者——关于大高岩的足迹与抄译文体》，《日中文学文化研究》第 3 期，2014 年）一文中，她按大高岩与《红楼梦》的邂逅、中国时代、回国后、三鹰时代四个时段介绍了他研究《红楼梦》的人生轨迹与主要的红学成果。并对大高岩发表在《新声》杂志上的四篇《红楼梦》译文做了介绍与文体分析，她根据大高岩译文中出现的口语化表达、拟态语、外来语评价他的译文有着伊藤漱平译本、松枝茂夫译本中所没有的「斬新さ」（新颖感）。

2014 年 10 月，文艺评论家三浦雅士在岩波书店的《图书》杂志第788期上发表评论『永遠の現在に遊ぶ―「紅楼夢」の世界』（《畅游在永远的现在——〈红楼梦〉的世界》），这篇文章是为井波陵一的《新译红楼梦》所写的书评，但正面谈及井波陵一译本的地方并不多。他指出：『紅楼夢』は恋愛の文学ではない。まして性愛の文学などではまったくない。文学についての文学であり、さらにいえば文字についての、つまり表意文字についての文学なのだ（《红楼梦》不是恋爱文学，更不是性爱文学，而是关于文学的文学，更进一步说，是关于文字，即表意文字的文学）。他之所以如此评价《红楼梦》，是因为他认为曹雪芹的重心在于诗、语言、文字。他阅读的是井波本的译诗，但他称通过这些译诗能感受到原诗的精彩和《红楼梦》的魅力，这也就是侧面称赞井波陵一的翻译了。另外，他还称对于《秋窗风雨夕》的翻译，比起永井荷风的译文，自己更中意井波陵一的译文。

从上可知，日本学界对《红楼梦》日译的研究有以下特点：

（1）起步早。早在20世纪 60 年代，伊藤漱平和大高岩就完成了他们当时所能看到的所有日译本的调查和统计工作，为后来的研究者提供了翔实的信息。

（2）质量高。日本学界研究《红楼梦》日译的文章数量虽然有限，但是发表出来的文章填补了相关研究领域的空白。像伊藤漱平的《〈红楼梦〉在日本的流行——从幕末至现代的书志式素描》一文是所有研究《红楼梦》在日本流传情况的学者必读的论文，是这一领域的奠基之作。森中美树潜心研究国译本，考证了平冈龙城的身份问题，而且发现了平冈龙城作了大量笔记的维经堂藏板《绣像红楼梦》，并在此基础上研究了国译本的底本问题、文体特征等，加深了我们对这部年代久远的译本的认识。

池间里代子则是最早研究大高岩摘译本的；而且她就《红楼梦》对岛崎藤村、幸田露伴的影响都提出了先行研究所没有发现的一些影响关系。

（3）日译者自身的参与。这点是针对伊藤漱平的研究而言的。伊藤漱平对日译本信息的整理与记录大大方便了后来者的研究；而他在文章中谈到的与松枝茂夫、霍克思的交往等，则为我们了解这些译者的翻译经历提供了珍贵的一手文献。

（4）重视文献考据和文本分析，不用翻译理论。这一点与他们的治学传统、研究素养密切相关，也与日本没有翻译学这一学科有关。

（5）研究集中在早期译本。日本学界拿来研究的译本主要是 50 年前及更早前的译本，而昭和后期和平成时期诞生的大量全译本与编译本却未受到他们的关注，这与后期译本没有为他们留下考据的空间有关。

（6）研究成果的发表集中在 21 世纪以来。船越达志、森中美树、池间里代子等人的研究均是在进入 21 世纪以来陆续发表的。这是一个好的势头，意味着可以期待日本学界接下来会有更多的《红楼梦》日译研究成果的出现。

**（三）中国学界对《红楼梦》日译的研究**

中国学界对《红楼梦》日译本的关注，始自改革开放以后。胡文彬与王丽娜两位学者最先向国人介绍《红楼梦》的日译情况。

1979 年，胡文彬在《北方论丛》第 1 期上发表《〈红楼梦〉在国外》一文，重点谈到了《红楼梦》在日本的流传、研究与翻译情况。此文后经修改、补充发表在《文史知识》1988 年第 1 期上，1993 年 11 月，又再度作了修改、补充，并将其纳入专著《〈红楼梦〉在国外》[①]之中。胡文彬分摘译本、节译本、全译本和其他译本四部分对 1892 年至 20 世纪 80 年代的《红楼梦》的日译状况作了介绍，包含这些译本的译者、书名、译本类型、底本、体例、出版社等的基本信息。他高度评价了日译本和译者："《红楼梦》日文译本的大量出现，使日本人民有机会看到《红楼梦》的全貌，促进日本人民对曹雪芹生活的 18 世纪中叶中国封建社会的全面认识，从而对数千年的中华优秀文化有所了解和认识。在这方面，日本翻译

---

① 胡文彬.《红楼梦》在国外 [M]. 北京: 中华书局, 1993: 1–24.

家们起到了架设'桥梁'的作用，他们所做的大量工作是令人敬佩的。"①
此外，胡文彬还重点谈到了森槐南、大高岩、伊藤漱平的红学成果，这是
国内最早论述《红楼梦》在日本受容情况的著作。

王丽娜在《文献》上发表的《〈红楼梦〉外文译本介绍》（1979 年
12 月）一文介绍了森槐南的第 1 回楔子的摘译本，岸春风楼的《新译红楼
梦》，陈德胜的《新译红楼梦》，松枝茂夫的节译本，饭塚朗的编译本，
石原岩彻的编译本《新编红楼梦》，幸田露伴与平冈龙城的前 80 回全译本
及底本，松枝茂夫的全译本及底本，伊藤漱平的全译本，增田涉、松枝茂
夫和常石茂合译的《红楼梦》精装本，共 10 种日译本，涉及摘译、节译、
编译与全译本。

1989 年 7 月，马兴国的《〈红楼梦〉在日本的流传及影响》一文辟专
节"《红楼梦》的日文译本"介绍《红楼梦》的日译情况。这篇文章是在
参考前述伊藤漱平文章的基础上写作的，除了对野崎骏平、志村良治的第
66、67 回的摘译本和大高岩节译第 4、23、27、34、45 回的介绍是新增信
息外，其他内容基本没有超出伊藤漱平文章的框架。而且大高岩并不是节
译了他所说的 5 回，而是以不同的主题发表了四篇编译文章。

1992 年 3 月，王丽娜发表《〈红楼梦〉在国外的流传、翻译与研究》
一文。在日译本介绍这一块，相较她的《〈红楼梦〉外文译本介绍》一
文，种类有所增加。不过关于她提到的奥野信太郎的摘译本，笔者未曾见
到。另外，她写作此文时并不知道饭塚朗的全译本，而只知道他的编译本
《私版红楼梦》。

1995 年 2 月，《红楼梦学刊》第 1 辑上登载了冀振武的《历尽艰辛
译红楼》一文，该文重点讲述了松枝茂夫与《红楼梦》的结缘，对《红楼
梦》的挚爱，历经十年艰辛翻译《红楼梦》，后来又改译的经历等，对松
枝茂夫为中日文化交流事业所作的贡献给予了很高的评价。

1993 年 6 月，苏德昌发表在《日语学习与研究》上的《从红楼梦的
日译看"そんな"的感叹词性用法》一文是目前所能见到的国内第一篇以
《红楼梦》的日文翻译为例探讨日语语言学问题的文章。他用的是伊藤漱

---

① 胡文彬.《红楼梦》在国外 [M]. 北京: 中华书局, 1993: 11.

平的译本。

1996 年 4 月，袁荻涌在《文史杂志》上发表《红楼梦在日本》一文，跟上述马兴国的文章一样，基本是借鉴了伊藤漱平的研究成果。

2001 年 10 月，徐静波在《中国比较文学》第 4 期上发表《松枝茂夫的中国文学缘》一文。通过该文可知松枝茂夫不仅翻译了《红楼梦》，他还与中国现代文坛渊源深厚，与郭沫若、周作人、俞平伯、沈从文都有过交往。这篇文章中的松枝茂夫形象是立体的、个性的、真实的，对松枝茂夫的评价也较为中肯，增进了我们对这位《红楼梦》日文全译本的译者的了解。

2003 年 11 月，冀振武在《出版史料》第 4 期上发表《日本岩波书店出版的〈红楼梦〉日文译本》一文，简要介绍了松枝茂夫初译和改译《红楼梦》的情况。

2005 年 1 月，孙玉明在《红楼梦学刊》第 1 辑上发表《伊藤漱平的红学成果》一文，分五大部分全面介绍了伊藤漱平，这篇文章是国内第一篇全面介绍、评价伊藤漱平的个人生平、翻译成果与红学研究的文章，但比起对他的红学研究的关注，对他的《红楼梦》译本就只限于简单介绍了。

2006 年 9 月，孙玉明在《学术交流》第 9 期上发表《松枝茂夫的红学成果》一文。介绍了松枝茂夫初译、改译《红楼梦》的经过以及译本的出版情况。并结合松枝茂夫的《译完红楼梦》《〈红楼梦〉的魅力》《岩波文库与红楼梦和我》《〈红楼梦〉的文学》等文章介绍松枝茂夫对翻译《红楼梦》的感受和对《红楼梦》的理解，并予以适当点评。从中我们可以得知松枝茂夫把《红楼梦》看作恋爱小说，而不是政治小说；且认为它与《源氏物语》有相似之处；另外，他的观点多受"新红学派"中胡适、俞平伯、顾颉刚、周汝昌等人的深刻影响。

2006 年 11 月，孙玉明的《日本红学史稿》一书出版，此书是在其向北京师范大学提交的博士论文的基础上修订而成的，是国内第一本系统论述日本红学研究的专著。该书根据日本红学研究的阶段特征并兼及日本汉学的发展情况，分日本红学的酝酿与确立（1793—1893）、汉学转型期的日本红学（1894—1938）、学术低谷期的日本红学（1939—1955）、日本汉学复苏期的红学（1956—1978）、中国热时代的日本红学（1979—2000）五个时间段论述了日本红学发展的来龙去脉，对各个阶段涉足红学研究的学者的著述予以介评。该书作者本身是一位红学家，对国内红学的情况了如指掌，故能在两相对照的前提下，公正、客观地审视日本的红学研究。在翻译研究方面，对日译本以及译者的介绍穿插在各个章节中，尤其对松枝茂夫与伊藤漱平的介绍着墨较多。另外，书后的附录"《红楼梦》日文译本一览表"将 1892 年至 1989年期间绝大部分《红楼梦》译本的书名、译者、刊出时间、出版社或刊物、底本与翻译性质及章回说明等做了较为详细、全面的统计。

2010 年 9 月，伊藤漱平的弟子黄华珍在《满族文学》上发表《日本红学泰斗伊藤漱平》一文纪念恩师。简要介绍了汲古书院出版的《伊藤漱平全集》。回忆了伊藤漱平生前跟他提到的当初翻译《红楼梦》的难处。总结了伊藤漱平对红学研究的贡献：翻译《红楼梦》；参与了对《红楼梦》的作者、成书和变迁等重大问题的讨论，并提出了可能有七十回本的假设；考证了《红楼梦》传入日本的历史及其影响；培育了一批红学研究人才。

2014 年，王晓平在其专著《中国文学经典的传播与翻译》的上卷，谈到了《红楼梦》早期的译者岸春风楼的节译本《新译红楼梦》，介绍了岸春风楼在译本的《例言》中所讲述的对《红楼梦》的认识和翻译的主张。作者就《红楼梦》对日传播过程中遭遇的"寂寞"，指出："尽其原因，固然有文字难懂的原因，在此背后，更深层的原因还是《红楼梦》体现的中国人'追雅'情怀与近代日本文化存在较大悬隔，需要更长期的磨合与互读。"①

进入 2000 年后，有一批研究者开始将关注的视线投向《红楼梦》具体的日文译文。此类文章如马燕菁的《从〈红楼梦〉看汉日语人称代词差异——基于人称代词受修饰现象的考察》（《红楼梦学刊》，2010 年第6 辑）；唐均、徐云梅的《论〈红楼梦〉三个日译本对典型绰号的翻译》（《明清小说研究》，2011 年第 3 期）；王菲的《管窥〈红楼梦〉三个日

---

① 王晓平. 中国文学经典的传播与翻译[M]. 北京：中华书局，2014：30.

译本中诗词曲赋的翻译——以第五回的翻译为例》（《中华文化论坛》，2011年9月）；宋丹的《〈好了歌〉四种日译本的比较研究初探》（《红楼梦学刊》，2014年第3辑）；森槐南的《〈红楼梦〉序词》（《外国问题研究》，2014年第3期）与《试论〈红楼梦〉日译本的底本选择模式——以国译本和四种百二十回全译本为中心》（《红楼梦学刊》，2015年第3辑）；叶晨的《伊藤漱平"负荆请罪"翻译考》（《红楼梦学刊》，2015年第2辑）；尹胜男的《〈红楼梦〉三种日译版本翻译对比》（《语文建设》，2017年10月）；宋丹的《〈红楼梦〉在日本的翻译与影响研究》（《外语教学与研究》，2019年1月）；蔡春晓的《〈红楼梦〉八十回本概念隐喻日译研究》（北京外国语大学博士论文，2022年3月），等等，在此不一一列举。

另外，近年来，对于佐藤亮一根据林语堂《红楼梦》英文编译原稿用日文转译《红楼梦》一事，也陆续有学者开始关注。我国台湾学者刘广定根据佐藤亮一日译本撰写了《林语堂的英译红楼梦》一文，该文后来又收入他的著作《化外谈红》与《大师的零玉》，《大师的零玉》一书还于2008年7月以《大师遗珍》之书名在上海的文汇出版社出版。2015年3月，张丹丹的《林语堂新译〈红楼梦〉探》（《红楼梦学刊》，2015年第2辑）发表，她的研究方法类似刘广定，也是借佐藤亮一的日译本分析了林语堂英译本的结构，另外，她还通过日译本里翻译的林语堂的解说，探讨了林语堂的翻译思想。

由上可知，中国学界的《红楼梦》日译研究有如下特点：

（1）早期研究侧重信息传递。主要是对日译本的种类、数量以及译者情况这些基本信息的介绍。

（2）广受伊藤漱平研究成果的影响。上述论文中有不少参考或引用了伊藤漱平《〈红楼梦〉在日本的流行——从幕末至现代的书志式素描》一文的研究成果。这与该篇文章早在1989年就翻译刊登在《红楼梦研究集刊》上，国内学者比较容易看到有关。而对于日本其他研究者的研究，除了个别译者本人在中国发表的中文论文以外，大部分研究者的日文研究成果却因为没有翻译介绍过来而知者甚少。

（3）21 世纪以来，研究有走向深化与细化的趋势。一方面，对个别译者与译本已不局限于简单介绍，而是深入到了研究层面；另一方面，也出现了从文学受容、文化翻译、语言学等多视角来研究译文的细分化倾向。这些研究视角明显受到了国内《红楼梦》英译本研究的影响。

（4）关注者较多，但缺乏专门的研究者。在日本红学方面，孙玉明从学术史研究的角度做了大量的工作，但目前尚缺乏专门或主要从事日译研究的研究者。很少有研究者能就这一领域持续发表研究成果。

（5）缺乏系统性研究。这是由上一点导致的。《红楼梦》日译至今有130年的历史，这130年间产生的 38 种日译本的译本种类、底本选择、文体特征、翻译风格、影响关系等问题，是目前研究尚未解决的问题。当然，这也是本文的题中之义。

（6）理论的缺席。相比国内的英译本研究对理论的重视，日译本研究还是偏重译文文本的分析以及对译文如何传达各种文化因素的研究，很少能看到翻译理论的运用。

## 二、中国现当代文学作品在日本的译介与传播

### （一）中国现当代文学在日本的译介

中日两国一衣带水、一苇可航，相互间文化交流源远流长。近代以前，中国古典文学对日本文学形式、文学理论的产生、发展所发挥的全面而深刻的促进作用毋庸赘言；近代以后，日本文学对中国文学的重要影响也已广为知晓。正是缘于这种特殊的关联，日本对中国文学始终保持着高度关注，即使是残酷的战争期间也未曾中断。以鲁迅先生的作品为例，早在中国新文学诞生不久的1927年，《故乡》便被译成日语刊载于武者小路实笃主编的月刊《大调和》杂志10月号上；两年后，《阿Q正传》由井上红梅译成日语，以《中国革命畸人传》的标题登载于《怪异》杂志11月号；1935年，鲁迅作品的第一个选集由增田涉、佐藤春夫编译出版，收录了《故乡》《孤独者》《风波》《肥皂》《藤野先生》等多部作品，发行量达10万册，在日本拥有广泛的读者。

新中国成立后，尽管中日两国没有很快建立起正式的外交关系，但这丝毫没有影响日本对中国当代文学的热情。从 1954 年起，日本先后推出了《现代中国文学全集》《中国现代文学选集》《中国的革命与文学》《新中国文学》等二十余种介绍中国现当代文学的系列丛书。"文革"结束后，为更好地了解中国新时期文学，日本先后成立了中国文艺研究会、日本中国当代文学研究会、《季刊中国现代小说》刊行会、中国现代文学翻译会、东京现代中国文学研究会、残雪研究会等学术团体，发行了《野草》《中国文艺研究会会报》《中国当代文学研究会会报》《季刊中国现代小说》《中国现代文学》《飙风》《火锅子》《残雪研究》等以介绍、传播、研究中国当代文学为主旨的刊物。

据笔者不完全统计，1949 年至 2020 年，日本先后推出 28 种中国当代文学全（选）集、作品合集和 8 种中国当代文学翻译研究杂志，详情请参阅表 3-1。

表 3-1　日译中国当代文学作品集及主要译介刊物

| 序号 | 作品集名称 | 收录作家作品 | 译者 | 出版时间 | 出版社 |
|---|---|---|---|---|---|
| 1 | 中国同时代小说集10卷 | 阿来、王小波、韩东、苏童、刘庆邦、王安忆、迟子建、方方、李锐、林白 | 山口守、樱庭由美子、饭塚容、竹内良雄、渡边新一、关根谦等 | 2012 | 勉诚出版 |
| 2 | 中国现代文学选集6卷 | 铁凝、莫言、石舒清、金勋、卢文丽、苏德 | 饭塚容、立松升一、水野卫子、时松史子、佐藤普美子、桑岛道夫 | 2011 | トランスビュー |
| 3 | 现代中国青年作家秀作选 | 麦家、葛亮、李浩、安妮宝贝、魏征、崔曼莉、徐则臣等 | 桑岛道夫、道上知弘、后藤典子等 | 2010 | 鼎书房 |
| 4 | 《中国现代文学》1—9 | 迟子建、陈丹燕、张小波、鲍十、史铁生等 | 中国现代文学翻译会 | 2008 | 羊书房 |

续表

| 序号 | 作品集名称 | 收录作家作品 | 译者 | 出版时间 | 出版社 |
|---|---|---|---|---|---|
| 5 | 亲亲土豆·中国现代文学短篇集 | 迟子建、鲁羊、毕飞宇等 | 金子わこ | 2007 | 小学馆 |
| 6 | 1980年代的中国农村儿童文学选 | | 中野淳子 | 2007 | 冬至书房 |
| 7 | 同时代的中国文学 | 王蒙、贾平凹、韩少功、迟子建 | 釜屋修、佐藤普美子等 | 2006 | 东方书店 |
| 8 | 现代中国文学短篇选 | 安妮宝贝、魏薇、冯唐、戴来 | 桑岛道夫、原善等 | 2006 | 鼎书房 |
| 9 | 现代中国女性文学杰作选2卷 | 张抗抗、残雪、王安忆、方方、铁凝 | 田畑佐和子、近藤直子等 | 2001 | 鼎书房 |
| 10 | 中国现代文学珠玉选3卷 | 叶圣陶、凌叔华、施蛰存、沈从文、巴金、丁玲、赵树理、张资平、王鲁彦、蒋光慈、陶晶孙、穆时英、张天翼、萧军、骆宾基、萧乾、萧红、谢冰心、叶紫、杨刚、张爱玲、林徽因、冯铿、关露、梅娘、苏青等 | 丸山升、芦田肇、白水纪子、佐治俊彦等 | 2000—2001 | 二玄社 |
| 11 | 新台湾文学13卷 | 白先勇、张系国、朱天文、朱天心、张大春、黄凡、平路、侯孝贤、施叔青、李昂、黄春明、钟理和、李乔、钟肇政、彭小妍 | 山口守、藤井省三、清水贤一郎、三木直大、樱庭由美子、池上贞子等 | 1999—2008 | 国书刊行会 |
| 12 | 中国现代小说系列6卷 | 郑万隆、格非、余华、苏童、毕淑敏等 | 青野繁治、大河内康宪等 | 1998 | 东方书店 |
| 13 | 现代中国短篇集 | 莫言、余华等 | 藤井省三 | 1998 | 平凡社 |

续表

| 序号 | 作品集名称 | 收录作家作品 | 译者 | 出版时间 | 出版社 |
|---|---|---|---|---|---|
| 14 | 现代中国的小说4卷 | 林海音、刘索拉、梁晓声、格非 | 杉野元子、新谷雅树、涩谷誉一郎、关根谦等 | 1997 | 新潮社 |
| 15 | 中国现代女性作家丛书5卷 | 周佩红、王心丽、姜丰、黑孩、曾明了 | 井上聪、小针朋子等 | 1996 | 樱枫社 |
| 16 | 新中国文学6卷 | 陈建功、乌热尔图、崔红一、张承志、池莉、朱晓平 | 岸阳子、牧田英二、大村益夫、田畑佐和子等 | 1993 | 早稻田大学出版部 |
| 17 | 中国现代戏曲集9卷 | 曹禺、过士行等 | 话剧人社 | 1994 | 晚成书房 |
| 18 | 中国幽默文学杰作选 | 鲁迅、凌叔华、胡适、张天翼、沈从文、张爱玲、赵树理、耿龙祥、叶文福、杨绛、莫言、柏杨、张系国等 | 藤井省三 | 1992 | 白水社 |
| 19 | 发现与冒险的中国文学8卷 | 郑义、莫言、巴金、茅盾、张爱玲、杨绛、北岛、白先勇、李昂、扎西达娃、色波 | 藤井省三、山口守、宫尾正树、牧田英二等 | 1990—1991 | JICC出版局(宝岛社) |
| 20 | 《火锅子》1—79 | 莫言、阎连科、张炜、吉狄马加等80余位作家 | 谷川毅等 | 1991 | 翠书房 |
| 21 | 现代中国文学选集13卷 | 王蒙、古华、史铁生、贾平凹、张辛欣、莫言、王安忆、阿城、陆文夫、刘心武、茹志鹃、遇罗锦 | 松井博光、近藤直子、桧山久雄、市川宏、牧田英二、饭塚容、山口守、井口晃等 | 1987—1989 | 德间书店 |
| 22 | 《季刊中国现代小说》1—72 | 翻译介绍"文革"以来145位作家的320部作品 | 《季刊中国现代小说》刊行会 | 1987—2005 | 苍苍社 |
| 23 | 80年代中国女性文学选5卷 | 谌容、王浙滨、王安忆、胡辛、铁凝 | 现代中国文学翻译研究会 | 1986 | NCS |
| 24 | 中国女性文学选 | 张抗抗等 | 加藤幸子、辻康吾 | 1985 | 研文出版 |

续表

| 序号 | 作品集名称 | 收录作家作品 | 译者 | 出版时间 | 出版社 |
|---|---|---|---|---|---|
| 25 | 中国告发小说集——天云山传奇 | 鲁彦周、刘宾雁等 | 田畑佐和子 | 1981 | 亚纪书房 |
| 26 | 伤痕 | 卢新华 | 工藤静子、西胁隆夫 | 1980 | 日中出版 |
| 27 | 中国革命文学集15卷 | 罗广斌、杨益言、胡万春、李英儒、冯德英、高云览、周立波、杨朔 | 三好一、伊藤克、石川贤作、伊藤三郎、丸山升等 | 1972 | 新日本出版社 |
| 28 | 中国的革命与文学13卷 | 鲁迅集、五四文学革命集、郭沫若郁达夫集、老舍曹禺集、抗战期文学1—2、赵树理集、抗日战争记录、延安回忆、革命回忆录、人民公社史、诗歌民谣集、少数民族文学集 | 尾上兼英、增田涉、丸山升、小野忍、松枝茂夫、冈崎俊夫、松井博光、高畠穰、竹内好、竹内实、木山英雄等 | 1971—1972 | 平凡社 |
| 29 | 现代中国文学12卷 | 鲁迅、茅盾、郭沫若、老舍巴金、丁玲、沈从文、郁达夫曹禺、李劼人、赵树理、曲波、罗广斌、杨益言、短篇集、评论散文 | 竹内好、市川宏，杉本达夫、立间祥介、高畠穰、松枝茂夫、饭塚朗、武田泰淳等 | 1970—1971 | 河出书房新社 |
| 30 | 中国现代文学选集20卷 | 清末五四前夜集、鲁迅集、五四文学革命集、长篇小说1—6、郭沫若郁达夫集、老舍曹禺集抗战期文学集1—2、赵树理集报告文学集1—4、诗歌民谣集、少数民族文学集 | 小野忍、松枝茂夫、伊藤虎丸、竹内好、丸山升、伊藤敬一、饭塚朗、立间祥介、饭仓照平、须田祯一、村松一弥等 | 1962—1963 | 平凡社 |
| 31 | 现代中国文学全集15卷 | 鲁迅、郁达夫、郭沫若、茅盾、老舍、巴金、沈从文、丁玲、赵树理、黄谷柳、曹禺、赵树理、谢冰心、艾芜、高玉宝等 | 竹内好、仓石武四郎、奥野信太郎、实藤惠秀、冈崎俊夫、增田涉、松枝茂夫等 | 1954—1958 | 河出书房 |

除以上列举文学全集、选集、作品合集外，还有相当数量的单行本问世。笔者对日本国会图书馆馆藏日译中国当代小说进行了调查，截至2020年7月18日，该馆共收藏了223位作家的593部作品。

这593部作品中，包含了鲁迅、张恨水、沈从文等现代作家，金庸、古龙、白先勇、朱天文、李昂等港台作家，以及高行健、虹影、严歌苓等海外华人作家的作品，由中国内地作家执笔的作品有302部。

通过以上统计可以发现，20世纪50年代至70年代，日本共计出版了5种中国现当代文学全集，着重翻译介绍了"五四"时期的新文学以及建国初期的建国文学和革命文学。"文革"结束后，日译中国当代文学作品选集、合集、单行本数量呈快速增长，这既与日本关注中国的传统有关，同时与改革开放后中国当代文学所呈现的百花开放局面亦有紧密关系，尤其是20世纪80年代以来的伤痕文学、反思文学、寻根文学、改革文学、知青文学、乡土文学、先锋文学中所表现出的批判反思精神、现代意识以及崭新的叙事风格，使中国当代文学作为纯文学受到世界关注并逐步融入世界文学之中。此外，正如日本中国文艺研究会会长青野繁治教授所言，由小说改编的电影在海外屡获大奖也是一个不可忽视的助推要素。

从译介数量看（见表3-2），593部作品中，译介总数居前六位的作家依次是金庸、古龙、鲁迅、莫言、老舍、高阳。日本读者对于武侠小说、历史题材小说、中国风格鲜明的文学作品的偏爱由此可见。

表3-2 译介作品总数位居前列的作家

| 排序 | 总数 | 作家名 | 排序 | 总数 | 作家名 |
|---|---|---|---|---|---|
| 1 | 114 | 金庸 | 6 | 10 | 周而复 |
| 2 | 27 | 古龙 | 7 | 6 | 余华、张涛之 |
| 3 | 19 | 鲁迅、莫言 | 8 | 5 | 铁凝、郑义、残雪 |
| 4 | 15 | 老舍 | 9 | 4 | 沈从文、郭沫若、白先勇、琼瑶、谌容、陈放、夏之炎、张贤亮、冯骥才 |
| 5 | 12 | 高阳 | 10 | 3 | 高行健、贾平凹、梁晓声、苏童、海岩、姜戎、姚雪垠、卫慧、李昂、池莉、于强、柳残阳、朱天文、凌海成、黑孩、朱秀海、高樱、张平等 |

表3-3是对作品主要发行机构和译者所做的统计调查。根据调查结果，
593 部作品分别由114 家出版机构发行，其中出版作品为 1 种的有 44 家、
2 种的有 17 家、3 种的有 12 家，出版作品 10 种以上的出版社仅有 13 家，
位居首位的德间书店为日本娱乐类图书出版机构，日本国会图书馆收藏的
是该出版社发行的金庸、古龙武侠小说系列。

**表3-3　日译中国当代文学作品的主要出版机构和主要译者**

| 序列 | 出版机构名 | 出版图书种类 | 主要译者 | 翻译作品总数 |
|---|---|---|---|---|
| 1 | 德间书店 | 138 | 冈崎由美 | 124 |
| 2 | 讲谈社 | 21 | 小岛瑞纪 | 29 |
| 3 | 岩波书店、文艺社 | 15 | 阿部敦子、土屋文子 | 28 |
| 4 | 中央公论新社、角川书店、小学馆 | 14 | 市川宏（中国现代文学翻译会） | 31 |
| 5 | 学习研究社 | 13 | 吉田富夫 | 20 |
| 6 | 朝日ソノラマ | 12 | 藤井省三 | 15 |
| 7 | 河出书房新社、集英社 | 11 | 铃木隆康 | 11 |
| 8 | 国书刊行会、文艺春秋 | 10 | 日中21世纪翻译会、现代中国文学翻译研究会 | 10 |
| 9 | 近代文艺社、研文出版、JCC出版局 | 8 | 泉京鹿 | 9 |
| 10 | 白帝社 | 7 | 今户荣一、家野四郎 | 5 |

这一结果可谓喜忧参半，一则我们欣喜地看到如此众多的出版机构
关注中国当代文学并参与到译介的队伍之中；另一方面，中国当代文学作
品在日本译介时所呈现的散兵作战情况令人担忧。所幸排名前列的出版机
构，如讲谈社、岩波书店、中央公论新社、小学馆、集英社、文艺春秋、
JICC 出版局、河出书房新社等均为日本著名的出版机构，中国当代文学作
品的销售也进入主流销售渠道。

### （二）中国现当代文学之日译主力

中国当代文学在日本的翻译与传播，主要得力于一批任教于各大学的汉学家（如莫言作品的翻译者京都佛教大学吉田富夫教授和东京大学藤井省三教授、残雪作品的翻译者日本大学近藤直子教授、金庸作品的翻译者早稻田大学的冈崎由美教授、北岛诗歌的翻译者大阪外国语大学是永骏教授等）和几个翻译、研究中国现当代文学的学术团体，按成立时间先后依次为中国文学研究会、中国文艺研究会、中国当代文学研究会以及《季刊中国现代小说》刊行会（2008年后为中国现代文学翻译会）、东京现代中国文学研究会等，以下简要介绍一下各研究会活动概况。

1. 中国文学研究会

1934 年 8 月，竹内好、冈崎俊夫、武田泰淳、小野忍、增田涉、松枝茂夫、实藤惠秀等一批年轻学者组建了"中国文学研究会"，翌年 3 月，会刊《中国文学月报》正式刊行并请当时流亡日本千叶县市川市的郭沫若题写了刊头，由此开始系统地翻译、介绍、研究中国现代文学。1942 年 1 月，《中国文学月报》第 80 号时改名《中国文学》，迫于二战期间日本国内的高压政治气氛，1943 年 1 月，中国文学研究会解散，《中国文学》也在 1943 年 3 月第 92 号后停刊。二战结束后，在实藤惠秀的建议下，中国文学研究会恢复并继续编辑出版《中国文学》。1946 年 3 月，《中国文学》第 93 号复刊号出版，1948 年 5 月第 105 号后永久停刊。20 世纪上半叶，中国文学研究会无疑是日本组织最为完整、持续时间最为长久、研究成果最为卓著、在当时以及后来影响也最为深远的团体。研究会主要成员无一例外都是著名汉学家、翻译家，20 世纪 50 年代至 70 年代出版的中国现当代文学全集、选集的主要译者几乎都是该研究会成员。

2. 中国文艺研究会

中国文艺研究会成立于 1970 年，主要研究中国近现代文学及当代文学，目前会员近 300 人，地点设在大阪外国语大学，会长为青野繁治教授。该研究会机关杂志为《野草》，每年2 期，迄今已出版 90 期。此外，每月发行《中国文艺研究会会报》，截至今年 7 月，已刊行369 期。作为一个拥有 40 余年历史的研究机构，该研究会成员不仅翻译了很多中国当代文学作品，还编撰了《于无声处听惊雷》（1981 年）、《中国近现代文学研究指南》（1985 年）、《中国新时期文学 108 人》（1986 年）、《中国现代文学资料集》（1989 年）、《图说中国 20世纪文学 资料与解说》（1995 年）等有关中国现当代文学研究的书籍。尤其是在信息技术高度发达的今天，研究会青野繁治会长还充分利用网络优势，组织建设了《20 世纪中国文学在线辞典》，网址为 http：//aonoken.osakagaidai.ac.jp/zjcidian/suoyin.htm，对我国清末以来的文学流派、作家、新时期小说、中国当代文学杂志目录等分门别类地进行了介绍。

3. 日本中国当代文学研究会

日本中国当代文学研究会之前身是成立于 1982 年 4 月的"中国农民文学研究会"，鉴于农民文学研究会研究范围较为狭窄，遂于 1983 年 10 月研究会第六次会议时改称"中国当代文学研究会"，地点设在东京驹泽大学内，会员百余人，负责人是赵树理研究大家釜屋修教授。该研究会每月举行两次学术活动,一次为研究会例会,迄今举办 260 次；另一次为作品精读会，于每月第二个星期六举行。精读会每次选出一人的翻译稿件，请大家讨论并提出批评意见。从 1996 年 4 月以来，精读会先后研读了高行健、王蒙、红柯、孟晖、韩石山、汪曾祺、韩少功、黄燕萍、戴来、余华、石舒清、徐坤、林斤澜、冯骥才、邓友梅、陆文夫等人的作品。会刊《日本中国当代文学研究会会报》于 1984 年 3 月创刊，迄今发行 24 期，研究者不仅敏锐地追踪新文学，还很注意从文学史的角度梳理文学思潮和文学现象，积累相关史料，每期会报设有"中国文艺家 REQUIEM"，详细收集了中国 1980 年代以来去世作家的卒年资料。

4. 中国现代文学翻译会

中国现代文学翻译会的前身是 1987 年成立的《季刊中国现代小说》刊行会。1987 年春，以翻译介绍"文革"后中国新时期文学为主旨的《季刊中国现代小说》创刊，刊行会初期成员 8 名，法政大学市川宏教授为初任编辑长，杂志由苍苍社发行。1996 年 10 月，中央大学饭塚容教授就任第二任编辑长，成员增加到 30 余名。截至 2005 年夏，《季刊中国现代小说》发行了两卷 72 期，介绍了 145 位作家的 300 余部作品。通览两卷目录，该杂志中介绍最多的作家是史铁生（16 篇）、残雪（15 篇）、汪曾祺（9 篇）、苏童（9 篇）和迟子建（8 篇）。2005年夏，《季刊中国现代小说》第 72 期出版后停刊，成员经过 2 年多的酝酿与准备，于 2008 年 4 月组建"中国现代文学翻译会"并创办《中国现代文学》杂志，编辑长为中央大学栗山千香子教授。《中国现代文学》每年春、秋各出一期，由日本著名的羊书房出版发行，与《季刊中国现代小说》不同，《中国现代文学》除继续关注小说外，还将体裁拓展到散文、随笔等，目前已出版 9 期。

### （三）中国现当代小说在日本的传播

综合以上数据可以了解，自新中国成立以来，至少有 400 余位作家的千余部作品被翻译成日语，其规模虽然只是中国当代文学创作之冰山一角，但中国当代文学创作的主要流派和代表作家大多涵盖，翻译成就不可谓不大。如此之多的中国当代文学作品在日本又产生了怎样的影响呢？笔者对日本亚马逊图书销售网中国现代文学人气榜进行了调查，与前述日本国会图书馆调查结果一致，位居人气榜前三位的仍然是金庸、古龙和鲁迅，武侠题材和鲁迅先生在日本的深远影响再次得到确认。除上述三人外，莫言、余华、苏童、残雪是在日本拥有读者最多的中国当代作家，莫言还于 2006 年 7 月，获日本"第 17 届福冈亚洲文化奖"。表3-4 为笔者根据亚马逊图书销售网络中国现代文学作品人气榜整理而成，由此可大致了解日本读者对中国当代文学作品的接受情况。

表3-4　中国当代小说在日本的人气排行

| 序号 | 作品名 | 作家名 | 译者 | 序号 | 作品名 | 作家名 | 译者 |
|---|---|---|---|---|---|---|---|
| 1 | 灵山 | 高行健 | 饭塚容 | 26 | 历史小品 | 郭沫若 | 平冈武夫 |
| 2 | 告别薇安 | 安妮宝贝 | 泉京鹿 | 27 | 海角七号 | 魏德圣 | 冈本悠马 |
| 3 | 饥饿的女儿 | 虹影 | 关根谦 | 28 | 血色黄昏 | 老鬼 | 和田武司 |
| 4 | 檀香刑 | 莫言 | 吉田富夫 | 29 | 狼图腾 | 姜戎 | 唐亚明等 |
| 5 | 苍老的浮云 | 残雪 | 近藤直子 | 30 | 十面埋伏 | 张平 | 荒冈启子 |
| 6 | 蛙 | 莫言 | 吉田富夫 | 31 | 文化苦旅 | 余秋雨 | 杨晶 |

续表

| 序号 | 作品名 | 作家名 | 译者 | 序号 | 作品名 | 作家名 | 译者 |
|---|---|---|---|---|---|---|---|
| 7 | 空山 | 阿来 | 山口守 | 32 | 双生水蟒 | 田原 | 泉京鹿 |
| 8 | 兄弟 | 余华 | 泉京鹿 | 33 | 北京故事(蓝宇) | 北京同志 | 九月 |
| 9 | 那山那人那狗 | 彭见明 | 大木康 | 34 | 废都 | 贾平凹 | 吉田富夫 |
| 10 | 河岸 | 苏童 | 饭塚容 | 35 | 牛 | 莫言 | 菱沼彬晃 |
| 11 | 上海宝贝 | 卫慧 | 柔岛道夫 | 36 | 孔子演义 | 丁寅生 | 孔健等 |
| 12 | 天浴 | 严歌苓 | 阿部敦子 | 37 | 丁庄梦 | 阎连科 | 谷川毅 |
| 13 | 凶犯 | 张平 | 荒冈启子 | 38 | 玉观音 | 海岩 | 池泽滋子 |
| 14 | 地图集 | 董启章 | 藤井省三 | 39 | 神木 | 刘庆邦 | 渡边新一 |
| 15 | 天怒 | 陈放 | 长谷川庆太郎 | 40 | 黄泥街 | 残雪 | 近藤直子 |
| 16 | 色戒 | 张爱玲 | 南云智 | 41 | 红高粱 | 莫言 | 井口晃 |
| 17 | 离婚指南 | 苏童 | 竹内良雄 | 42 | 上海的风花雪月 | 陈丹燕 | 莫邦富 |
| 18 | 活着 | 余华 | 饭塚容 | 43 | 采桑子 | 叶广琴 | 吉田富夫 |
| 19 | 霸王别姬 | 李碧华 | 田中昌太郎 | 44 | 私人生活 | 陈染 | 关根谦 |
| 20 | 老井 | 郑义 | 藤井省三 | 45 | 大浴女 | 铁凝 | 饭塚容 |
| 21 | 一个人的战争 | 林白 | 池上贞子 | 46 | 三重门 | 韩寒 | 平坂仁志 |
| 22 | 三寸金莲 | 冯骥才 | 纳村公子 | 47 | 碧奴 | 苏童 | 饭塚容 |
| 23 | 倾城之恋 | 张爱玲 | 池上贞子 | 48 | 丰乳肥臀 | 莫言 | 吉田富夫 |
| 24 | 伪满洲国 | 迟子建 | 孙秀萍 | 49 | 荆轲 | 高阳 | 九月 |
| 25 | 生死疲劳 | 莫言 | 吉田富夫 | 50 | 慈禧全传 | 高阳 | 铃木隆康 |

关于中国当代文学在日本的传播，中国文艺研究会青野繁治教授总结出以下几个条件：1）在中国国内有争议，甚至被禁的作品，如《废都》《丰乳肥臀》《上海宝贝》等；2）书名中有"上海"二字。在日本，"上

海"是个热门话题，不仅容易勾起读者的怀旧情绪，同时传媒界认为了解上海的年轻人就可以了解中国的年轻人，因此，书名冠有"上海"二字会燃起读者的购买欲，如卫慧的《上海宝贝》、棉棉的《糖》（被翻译为《上海キャンディ》）、韩寒的《三重门》（被翻译成《上海ビート》）、陈丹燕的《上海的风花雪月》（被翻译成《上海メモラビア》）等；3）第三个条件是拍成电影。如《老井》《红高粱》《那山那人那狗》《色戒》《十面埋伏》《霸王别姬》《玉观音》等都属于这一类。

**（四）中国现当代文学在日本译介传播的特点**

综上所述，我们可以发现中国现当代文学在日本的译介呈现以下特点：

第一，从译介时间上看，译出时间与原作发表时间间隔较短，甚至有些作品刚在中国发表便被译成日语，如刘心武的《班主任》，原作发表于 1977 年，1978 年便被译到日本，《红高粱》原作发表于 1988 年，译作 1990 年就面世。

第二，从出版形式看，除单行本外，日本先后推出了 20 余套中国当代文学全集、选集和作品合集，反映出日本汉学界、翻译界试图从整体把握中国当代文学现状、走势和趋向的意图。

第三，从译作体裁、流派和范围看，基本涵盖中国当代文学各个时期、各种流派、各类体裁的重要作家和作品，除内地作家外，香港、台湾以及海外华侨华人创作的文学作品也被纳入译介视野。

第四，从译者构成看，译者多为在大学里从事中国文学教学与研究的教授，部分旅日华侨（如林芳，翻译了陈忠实的《白鹿原》）和旅居中国的年轻一代日本翻译家（如泉京鹿）也积极投身到译介工作之中。但国内译者尚不多见，这也从一个侧面凸显中国翻译界优秀人才不足之现状。

第五，从翻译规模与接受情况看，尽管有大量译作在日本面世，但未能出现类似村上春树在中国这样有影响的当代作家，市场接受情况与翻译界取得的成绩很不相称。

# 第四章　中国文学作品中文化负载词的日译方法

　　任何一种语言都反映着一种独特的文化，文化负载词是体现各族语言文化独特魅力的重要载体。所谓文化负载词是指标志某种文化中特有事物的词、词组和习语。这些词汇反映了特定民族在漫长的历史进程中逐渐积累的、有别于其他民族的、独特的活动方式。研究文化负载词的日译，有助于明确如何才能更好地向日本读者介绍中国文学作品中的中国文化。

　　鲁迅（1881—1936）是中国 20 世纪初的文学家。他不仅在中国，在世界也享有盛誉。毛泽东曾高度赞扬鲁迅："他是中国文化革命的主将，也是最忠诚的民族英雄。"[①]在日本，鲁迅被称作"20世紀アジア最高の作家[②]"[③]。从 20 世纪 20 年代起，鲁迅作品就被翻译成各种语言，一度在世界各国掀起鲁迅作品的翻译热潮，其中"只有日本翻译出版了鲁迅的所有著作"[④]。至于鲁迅作品的翻译研究，据知网查询结果显示共计 5 901 项，其中日译研究就占了 2 761 项，可见日译研究在鲁迅作品的翻译研究中占据了重要的位置。

　　《朝花夕拾》是鲁迅的代表作品之一，其中包含了很多富有民族特色的文化负载词。正确地翻译这些文化负载词不仅能够减少目的语读者的阅读障碍，而且对于促进跨文化交流和传播中国传统文化具有重要的意义。基于此，本章根据奈达的分类标准，将《朝花夕拾》中的文化负载词整理为生态、物质、社会、宗教以及语言这五大类，通过对松枝茂夫和竹内好

---

① 毛泽东. 毛泽东选集（一卷本）[M]. 北京: 人民日报出版社, 1964: 658.

② 20 世纪亚洲最好的作家——笔者译。

③ 源于香港出版社《明报月刊》的报道。

④ 袁荻涌. 鲁迅作品在世界各国[J]. 文史杂志, 1995（04）: 22–23.

两个译本的比较研究，探讨了文化负载词的翻译方法。

## 一、中国文学作品中文化负载词的日译原则及标准

### （一）文化负载词的定义、作用和分类

关于文化负载词的定义，廖七一（2002）认为："文化负载词（culture-loaded words）是某一种文化中特有的单词、惯用语，它反映了一个特定民族在历史发展中积累的、与其他民族不同的独特的活动方式。"[①] 文化负载词承载着某个源语文化圈的独特历史、社会风俗、价值观等民族文化信息。文化负载词是具有特定民族文化内涵的词和习语。

文学作品中出现的文化负载词，体现着作品所处时代的经济、历史等社会文化信息，能帮助目的语读者正确理解原作背景以及内容。因此在翻译经典文学作品时，需要向目的语读者最大限度地再现文化负载词的文化内涵。

关于文化负载词的分类，翻译研究界最常借鉴的是奈达提出的分类方法。奈达将语言文化因素分为：生态文化、物质文化、社会文化、宗教文化和语言文化这五大类。[②] 所以，本论文借用奈达的分类法，将《朝花夕拾》中的文化负载词分为以下五类：

（1）生态文化负载词：是直接反映自然生态和人类生存环境的文化词语，或者是由此引申出来的有不同含义的文化词语。[③] 地理环境、动物、植物等属于其中的范围。比如："天打五雷轰""落水狗""千年铁树开花了"等。

（2）物质文化负载词：产生于各地风俗习惯、地理环境和生活方式，是与人们的衣食住行等平时生活中密切相关的各种器物、事物性词语。[④] 其中，包括人们日常生活中制造的使用的产品、食物等词汇。比如："布

---

① 廖七一. 当代西方翻译理论探索 [M]. 南京：译林出版社, 2000：62.

② 奈达. 语言与文化：翻译中的语境 [M]. 上海：上海外语教育出版社, 2001：201.

③ 奈达. 语言与文化：翻译中的语境 [M]. 上海：上海外语教育出版社, 2001：102.

④ 李建军. 文化翻译论 [M]. 上海：复旦大学出版社, 2010：126.

票""年画""茅台""粉蒸肉"等。

（3）社会文化负载词：指的是与人类社会活动（如传统习俗、历史、政治等）紧密联系在一起的文化词汇。[1]其中，比如有包括传统礼仪和风俗文化、社会组织和行为以及人物的专属名称。比如："抓周""作揖""衙役""丁举人"等。

（4）宗教文化负载词：是与宗教信仰等意识形态密切相关的文化词汇。[2]其中包括有宗教人物、宗教场所、宗教礼仪等。比如："送子观音""娘娘庙""焚纸锭"等。

（5）语言文化负载词：是和语言表达本身相关的文化词汇和表达方式。[3]其中包括有四字熟语、日常生活用语等。比如："情窦初开""人非圣贤，孰能无过"等。

**（二）文化负载词的翻译原则和方法**

关于文化负载词的翻译，廖七一提出了以下三点原则："①源语词汇意义的再现优于形式的再现；②选词必须考虑源语词汇所处的语境；③源语词汇关键的隐藏意义，在译文中应转换为非隐含意义。"[4]另外，廖七一又将文化负载词的翻译方法归纳为以下几种："意译""直译""音译""注释"等几种。

意译力求摆脱原作形式的束缚，着重于原作思想内容和感情色彩的表达。比如："失职"译成"どうやら勤まった"[5]等。[6]

直译着重于原作形式的表达，力求译文同原作词语、语法结构及表达方式等方面趋于一致。比如："衙役"译成"役人""五千两黄金"译成"金塊五千両"等。

音译指的是把一种语言的语词用另一种语言中跟它发音相同或近似

---

①　周志培. 汉英对比与翻译中的转换 [M]. 上海: 华东理工大学出版社, 2003: 179.

②　刘明东. 图式翻译漫谈 [J]. 外语教学, 2004（07）: 28.

③　李建军. 文化翻译论 [M]. 上海: 复旦大学出版社, 2010: 126.

④　廖七一. 当代西方翻译理论探索. [M]. 南京: 译林出版社, 2000: 63.

⑤　研究者对"どうやら勤まった"翻译的注释: 凑合着做.

⑥　示例选自: 李爱文; 纪旭文. 竹内好的鲁迅翻译特征研究 [J]. 日语学习与研究, 2015（04）: 111–119. 等论文, 下同.

的语音表示出来的翻译方法。比如："饽饽"译成"ボーボー"，"豆瓣酱"译成"ドウバンチヤン"等。

注释指的是解释词句所用的文字，包括说明其内涵、来源等。在翻译中就是对文字所涉及的内容加以解说，以便读者更好的理解文字内容。比如："押宝"译成"押宝（純粋な中国式賭博法）"，译文后括号内所示内容为注释。

廖七一认为这几种翻译方法互为补充，并不是单独使用。译者应该在把握原作的基础上，根据词语本身和上下文，对上述手法加以选择和综合运用。①

本章结合《朝花夕拾》的具体情况，在廖七一提出的这四个翻译方法的基础上又添加了移译这一方法，移译和以上四种方法可以结合使用。移译和直译类似，但是不同于直译，移译是原原本本地保留源语语篇的形式，把组成语篇的符号直接从源语语篇搬移到目的语语篇。比如："油条"保留汉字译成"油条""金枝玉叶"保留汉字译成"金枝玉葉"等。

## 二、中国文学作品中文化负载词的日译案例分析

### （一）语言文化负载词的翻译方法

根据语言文化负载词的定义，从原文中一共找出了 36 个语言文化负载词，松译和竹译的对比如表 4-1 所示（松枝茂夫的译文简称"松译"，竹内好的译文简称"竹译"，下同）。为了直观呈现，表格将所列的语言文化负载词分为四字熟语和生活用语两大类，并按照翻译方法的异同进行排列（采用相同翻译方法的排在前面，采用不同翻译方法的排在后面，下同）。

---

① 廖七一. 当代西方翻译理论探索 [M]. 南京: 译林出版社, 2000: 67.

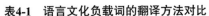

## 表4-1　语言文化负载词的翻译方法对比

|  | 原文 | 松译 | 翻译方法 | 竹译 | 翻译方法 |
|---|---|---|---|---|---|
| 四字熟语 | | | | | |
| 1 | 自命清高 | 自ら清高なりと威張っている | 直译 | みずから清高なりと称する | 直译 |
| 2 | 幸灾乐祸 | 他人の災難不幸存分に玩び | 直译 | 他人の災難を嬉しがる | 直译 |
| 3 | 动辄获咎 | 動もすれば咎を獲る | 直译 | ややもすれば咎をうる | 直译 |
| 4 | 奈何不得 | どうすることも出来ない | 意译 | どうすることもできない | 意译 |
| 5 | 若有所失 | 失うところがあるごとく | 直译 | 失う所がある如し | 直译 |
| 6 | 面如土色 | 顔を土色になる | 直译 | 顔サッと土気色に変える | 直译 |
| 7 | 深不可测 | どうも測り知られぬほど深い | 直译 | その深さまことに測りがたし | 直译 |
| 8 | 体无完肤 | 完膚なきまで悪態をつき | 直译 | 完膚なからしめて | 直译 |
| 9 | 冠冕堂皇 | 大っぴらに | 意译 | 大っ平に | 意译 |
| 10 | 睚眦之怨 | 睚眦（がいさい）の怨み | 直译 | 睚眦の怨み | 直译 |
| 11 | 前车可鉴 | 前車の轍はよろしく鑑みるべき | 直译 | 前車の轍は鑑みるべき | 直译 |
| 12 | 性命之虞 | 生命を失う恐れがある | 直译 | 生命の危険がある | 直译 |
| 13 | 眉开眼笑 | 色目を使ってにやついている様子 | 意译 | 色っぽい流し眼をしている | 直译 |
| 14 | 滴水不羼 | 一滴の水も割持っている | 直译 | 水一滴割らぬ | 意译 |

续表

| | 原文 | 松译 | 翻译方法 | 竹译 | 翻译方法 |
|---|---|---|---|---|---|
| 15 | 恶贯满盈 | 悪事天に満ち満ちて | 直译 | 悪事に悪事を重ねた | 直译 |
| 16 | 不可磨灭 | 磨滅すべからざる | 直译 | 消すことのできぬ | 直译 |
| 17 | 与众不同 | 普通と異なっていた | 直译 | 人と変わっていたよう | 直译 |
| 18 | 众矢之的 | 避難攻撃の的になっていた | 意译 | 避難の的となっていた | 直译 |
| 19 | 爽然若失 | 何か落し物でもしたようなガッカリした気持ち | 意译 | 何となくガッカリした | 意译 |
| 20 | 油光可鉴 | 油でテカテカして | 直译 | 油でてかてかして | 直译 |
| 21 | 美其名曰 | と美称される | 直译 | と尊んで呼ばれる | 直译 |
| 22 | 杳无消息 | 杳として消息 | 直译 | 杳として消息が | 直译 |
| 23 | 容光焕发 | たちまち意気揚々となって | 意译 | たちまち意気揚々となって | 意译 |
| 24 | 别有心肠 | 別に考えのある方 | 意译 | 心なし | 意译 |
| 25 | 破颜一笑 | 破顔一笑 | 移译 | 思わずかおをほろこばせる | 意译 |
| 26 | 垂头丧气 | ぐったりと首垂れて息も絶え絶えになるまで | 直译 | へとへとになる | 意译 |
| 日常生活用语 | | | | | |
| 27 | 噜苏做作 | おしゃべりや作り事 | 意译 | 饒舌や作為 | 意译 |
| 28 | 适性任情 | 性情の赴くままにやる | 直译 | 性情のおもむくままに | 直译 |
| 29 | 空话套话 | つまらんこと | 意译 | ムダ口 | 意译 |

续表

| | 原文 | 松译 | 翻译方法 | 竹译 | 翻译方法 |
|---|---|---|---|---|---|
| 30 | 颜厚有忸怩 | 忸怩<sup>じくじ</sup>として顔をあかめる | 直译 | 「忸怩<sup>じくじ</sup>」たらざるを得ない | 直译 |
| 31 | 老掉了 | なくなった | 意译 | めでたくなった | 意译 |
| 32 | 不胜屏营待命之至 | 謹み畏みでお待し申し上げる | 意译 | 恐懼感激の至り | 意译 |
| 33 | 痛打落水狗 | 水に落ちた犬 | 直译 | 水に落ちた犬（作品集第三卷所收「フェアプレイは早すぎる」参照） | 直译+注释 |
| 34 | 顺顺流流 | 順順流流「お障りなく」 | 移译+注释+音译 | 何ひとつとどませず | 意译 |
| 35 | 象牙塔 | 象牙の塔 | 直译 | 象牙の塔（これも罵辞の一つ） | 直译+注释 |
| 36 | 放冷箭 | 放冷箭 | 移译 | 暗矢を放つ（魯迅の罵辞） | 直译+注释 |

　　如表 4-1 所示，《朝花夕拾》中的语言文化负载词共计 36 例，其中和四字熟语相关的语言文化负载词有 26 例，和日常生活用语相关的语言文化负载词只有 10 例。另外，可以发现松枝茂夫和竹内好在处理语言文化负载词上分别采用了不同的翻译方法，松译有 5 种，竹译有 4 种。松译同样是以直译和意译为主分别采用了 22 次和 11 次，其次采用了 2 次移译，移译+注释+音译分别只用了 1 次。竹译采用了 20 次的直译和 13 次的意译，较少的是采用了 3 次直译+注释。通过对数据的分析可得，两位译者在翻译语言文化负载词时，直译和意译成了主要的翻译方法之一，只有极少数语言文化负载词采用了注释和音译进行补充。

　　另外，根据表 4-1 可以统计出松译和竹译两者采用的翻译方法异同的个数，松译和竹译两者采用相同译法的一共 27 个，而采用不同译法的一共 9 个。所以下文将针对这两种情况，对采用相同译法但译文表现形式不同的语言文化负载词，和采用不同译法的语言文化负载词分别举例分析，分析译文是否达到了翻译目的（译法或表现形式完全一致的便不再赘述，下同）。

原文：虫蛆，也许是不干净的，但它们并没有<u>自命清高</u>……从来没有竖过"公理""正义"的旗子。使牺牲者，直到被吃的时候为止，还是一味佩服赞叹它们。

松译：虫けらや蛆なぞはきたないかも知れぬ。しかし彼等は決して<u>自ら清高なりと威張っている</u>わけではない…彼等は未だ「公理」だの「正義」だのといった旗を振りかざしたことなく、犠牲者をして食われる瞬間まで、なおひたすら彼等を崇拝讚美せしめてやめない。P11

竹译：虫けらやウジはきたないかもしれない。しかし彼らは、<u>みずから清高なりと称している</u>わけではない…彼らはこれまで「公理」とか「正義」とかの旗をふりかざしたことはなく、むしろ犠牲者の方が、食われる瞬間にいたるまで、彼らをひたすら崇拝讚美しているのだ。P85

"自命清高"一词出自清代吴趼人所作的《二十年目睹之怪现状》："还自命清高，反说富贵的是俗人。"表达自认为高贵，看不起他人之意。原文这段话是把人和"虫蛆"进行对比，意思是"虫蛆"哪怕有什么缺点，也不会恬不知耻地把缺点当作优点，但是人却想方设法掩饰自己肮脏无耻的行为。此处鲁迅是为了讽刺旧社会中品格恶劣的人。

松译和竹译都采用了直译的翻译手法。但是在翻译"自命清高"的"命"的时候，两者的翻译表现形式不同。松译用的动词"威張る"，意思是"威勢を張って偉そうにする"[1]，把当时社会上人们"高傲，摆架子，逞威风"的姿态展现得淋漓尽致。竹译用的动词"称する"，根据大辞泉，"称する"的意思有"①称える・呼ぶ。②偽って言う。③ほめたたえる"[2]。从语境来看，第二个含义解释符合原文，用来讽刺当时的人们虚伪的言行。他的翻译挖掘出了鲁迅所要表达的深层含义。两个译文采用不同的表现形式翻译出了原文作者所要表达的讽刺含义，忠实于原文的

---

① 趾高气扬——笔者译。

② .读、诵 2. 在别人面前假称。3. 表扬——笔者译。

内容，达到了传递鲁迅思想内涵的翻译目的，符合忠实性原则和目的性原则。同时译文也贴合语境，语意连贯，对目的语读者而言具备可接受性，符合连贯性原则。总的来说，松译和竹译都采用直译的方法保留了源语的概念意义和文化意义。

原文：后来，却愈加巧妙了，能飞石击中它们的头，或诱入空屋里面，打得它<u>垂头丧气</u>。

松译：ところが後になるほど、いよいよ巧妙になって、石を投げて彼等の頭にぶっつけたり、空部屋の中に誘い込んで、<u>ぐったりと首垂れて息も絶え絶えになる</u>まで打ちのめしたりした。P19

竹译：後にはますます巧妙になり、石を投げて頭を投当てたり、空部屋におびき入れて、相手が<u>へとへとになる</u>まで殴ったりした。P90

垂头丧气一词出自唐代韩愈的《送穷文》："主人于是垂头丧气，上手称谢。"垂头丧气是形容人因失败而萎靡不振的样子。原文描写的是鲁迅和他家的猫斗智斗勇的经历，最终他将猫打的落荒而逃。

松译采用了直译的翻译方法，将"垂头丧气"一词具体化，ぐったり是"疲れたり弱ったりして、力が抜けたさま"①。"首垂れて"②和"息も絶えになる"③的描述把猫被打的低首下心，无精打采的神态刻画出来，其落败的神态和样貌跃然纸上。而竹译的描写不如松译的生动，竹译用意译将"垂头丧气"翻译成"へとへと"，根据《日本国语大辞典》，意思是"からだに力がなくなってしまうさま"④。但是这个仅指的是身体上的疲惫，和精神上没有什么关系，缺乏情绪低落的描写。两位译者的译文符合目的语读者的阅读习惯，能被目的语读者理解，符合目的论的连贯性原则。但是从目的性原则来看，松译的描写将"垂头丧气"的文化内涵呈现给了目的语读者，而竹译的描写稍有不足，因此松译遵循了目的性原则，竹译稍有欠缺。总的来说，松译采用直译传递了源语的概念意义和文化意

① 疲惫不堪，全身无力的样子——笔者译。
② 垂头——笔者译。
③ 气息逐渐断绝——笔者译。
④ 身体逐渐无力的样子——笔者译。

义，竹译采用意译传递了概念意义，但是在文化意义的传递上有所欠缺。

原文：可是，一班<u>别有心肠</u>的人们，便竭力来阻遏它，要使孩子的世界中，没有一丝乐趣。

松译：ところが<u>別に考えのある</u>方々は、極力これを禁止して、子供の世界にいささかの楽しみも無いようにしようと努めておられる。P31

竹译：しかるに<u>心なし</u>の連中は、極力それを阻止して、子供の世界にいささかの楽しみも残すまいしている。P104

"别有心肠"和成语"别有用心"是近义词，指人心怀叵测，有不良的目的。这里用作贬义，讽刺的是封建社会中企图剥夺孩童乐趣的人们。

松译采用了意译的翻译方法，翻译用了一般的表述"別に考えのある"①，这传递了源语词汇的概念意义，但是在表达原文作者欲所示的贬义程度上没那么深。松译虽然让译文有可接受性，但是没有达到传递出原作的神韵的翻译目的。因此松译遵循了连贯性原则，但没有遵循目的性原则。而竹译用意译的手法，说这群人"心なし"②，将源语词汇所包含的讽刺意味表达出来，加深了鲁迅所表达的讽刺程度，忠实了原文的隐藏含义，译文也语义连贯，译文符合目的论的忠实性原则和连贯性原则。另外，竹译也达到了传递鲁迅思想的翻译目的，遵循了目的论的目的性原则。总的来说，松译采用意译保留了概念意义，但是没有传递出文化意义，竹译采用意译保留了源语的概念意义和文化意义。

原文：无论贵贱，无论贫富，其时都是："一双空手见阎王"……自己做了一世人，又怎么样呢？未曾"跳到半天空"么？没有<u>"放冷箭"</u>么？

松译：貴賤となく、貧富となく、その時になれば「一双の空手で閻王を見るのみ」で…自分は現世の人間としてどうであっただろうか？「半天飛び上がった」ことはなかったとうか？<u>「放冷箭」</u>ことをしなかったろうか？P50

竹译：貴賤を問わず、貧富を論せず、その時はみな「空手で閻羅王の前に出」…いったい自分は、生きているとき、どうだったか。「空中

---

① 有其他的想法——笔者译。

② 没有良心——笔者译。

に飛び上がった」ことはなかったか。 「暗矢を放つ」 （両者いずれも魯
迅への罵辞） ことはなかったか。P123

　　"放冷箭"的"冷箭"指的是"暗箭"。词语的意思是乘人不备，放
箭伤人，比喻暗中伤人。这里引用的是他人对于鲁迅的辱骂之词。

　　松译保留了原文的汉字"放冷箭"，遵循了目的论的忠实性原则。但
是译文没有添加注释，那么目的语读者理解这句话的真正含义时会稍显生
涩，不利于译文的可接受性，也没有传递原作的神韵，因此松译没有遵循
连贯性原则和目的性原则。竹译采用的是直译加注释的翻译方法，直译忠
实于源语的内容，文后注释让目的语的读者了解这句话所表达的真正含义
是"魯迅への罵辞"[①]，增强了译文的可读性和可接受性，达到了传递鲁迅
思想的翻译目的。因此，竹译在此处遵循了目的论的忠实性原则、连贯性
原则和目的性原则。总的来说，松译采用移译翻译出了源语的概念意义，
但是忽略了文化意义的传递，竹译采用"直译+注释"保留了源语的概念意
义，也对其文化意义进行了解读。

　　综上所述，从忠实性原则和连贯性原则的角度来看，因为中国和日
本同属于东亚语言文化圈，在语言上有很多相类似的表达，而且日本汉学
兴盛，日本人学习汉学的历史由来已久，所以对于四字熟语的汉字表达并
不陌生。所以两位译者都忠实于源语言的内容形式，遵循了忠实性原则。
另外，译者贴合语境，用直译或意译的方法将译文想要表达的内容展示出
来，所以目的语读者可以理解到译文的原意，松译和竹译都符合连贯性原
则。

　　从目的性原则的角度来看，松译通过直译和意译的形式再现了原文，
但是部分文化负载词只再现了概念意义，没有翻译文化意义，也就没有达
到传递原作神韵、传播中国文化的翻译目的，译文没有遵循目的性原则。
竹译对于语言文化负载词中的口语词，或是通过移译的方法在字面意义上
无法理解的语言，采用意译翻译使译文符合目的语读者的思维模式，对源
语的内容和文化含义有更深的理解，达到了传递中国文化信息的翻译目
的。另外，对于原作者源语意欲表达的讽刺的话，竹译用意译或者是加注

———————————
① 对于鲁迅的骂词——笔者译。

的方式在表现源语的概念意义之外，还展示了其隐含的文化意义，达到了传递鲁迅思想的翻译目的。

总的来说，在翻译四字熟语时，松译和竹译都倾向于用直译来呈现源语的概念意义；在翻译日常生活用语时，松译倾向于通过意译来保留源语的概念意义，竹译则倾向于通过添加注释对文化意义进行解读。

## （二）社会文化负载词的翻译方法

根据社会文化负载词的定义，从原文中一共找出 35 个社会文化负载词，竹译和松译的对比如下表 4-2 所示，为了直观呈现，表格将所列的社会文化负载词分为传统礼仪和风俗文化、社会组织和行为、社会人物专有名称三大类，并按照翻译方法的异同进行排列。

**4-2　社会文化负载词的翻译方法对比**

|  | 原文 | 松译 | 翻译方法 | 竹译 | 翻译方法 |
|---|---|---|---|---|---|
| | 传统礼仪和风俗文化 | | | | |
| 1 | 请安 | おじぎ | 直译 | お礼儀 | 直译 |
| 2 | 问名 | 問名 | 移译 | 問名 | 移译 |
| 3 | 纳采 | 納采 | 移译 | 納采 | 移译 |
| 4 | 磕头 | 叩頭 | 直译 | 叩頭 | 直译 |
| 5 | 作揖 | 会釈 | 意译 | お礼儀 | 意译 |
| 6 | 舍妹出阁 | 舍妹の嫁入 | 直译 | 舍妹の出嫁 | 直译 |
| 7 | 观礼 | 婚礼の参觀 | 直译 | 参会 | 直译 |
| 8 | 续弦或再醮 | 後妻を娶たり再嫁した | 意译 | 後妻を入れたり二度と嫁に行った | 意译 |
| 9 | 裹脚 | 纏足 | 直译 | 纏足 | 直译 |
| 10 | 抬阁 | 擡閣 | 移译+音译 | 擡閣 | 移译+音译 |
| 11 | 灯节 | 燈節 | 移译+音译 | 元宵節 | 直译 |
| | 社会组织和行为 | | | | |
| 12 | 明社 | 明朝の国家 | 直译 | 明の国家 | 直译 |
| 13 | 衙门 | 役所 | 直译 | 役所 | 直译 |

续表

| | 原文 | 松译 | 翻译方法 | 竹译 | 翻译方法 |
|---|---|---|---|---|---|
| 14 | 文学革命 | 文学革命 | 移译 | 文学革命（1910年代に啓蒙運動、その目標の一つが国民教育から交語を駆逐するにあった） | 移译+注释 |
| 15 | 碰壁 | 壁にぶつかる | 直译 | 壁にぶつかる（行き詰まる意） | 移译+注释 |
| 16 | 做八股文 | 八股文を作る | 直译 | 八股文を作る（国家試験用の作文の形式） | 移译+注释 |
| 社会人物专有名称 | | | | | |
| 17 | 大脚色 | 千両役者 | 意译 | 千両役者 | 意译 |
| 18 | 傧相 | 附き添い | 意译 | 附添い | 意译 |
| 19 | 老妈子 | 婆 | 直译 | 老婆 | 直译 |
| 20 | 梁山泊 | 梁山泊 | 移译 | 梁山泊 | 移译 |
| 21 | 念佛老姬 | 念仏婆さん | 直译 | 念仏ばあさん | 直译 |
| 22 | 绿林 | 馬賊 | 意译 | 馬賊 | 意译 |
| 23 | 老爷 | えらいひと | 意译 | 閣下 | 意译 |
| 24 | 长毛 | 長毛 | 移译+音译 | 長毛（長髮賊すなわち太平天国） | 移译+注释 |
| 25 | 洪秀全 | 洪秀全 | 移译+音译 | 洪秀全（清末、太平天国の首領） | 移译+注释+音译 |
| 26 | 士子 | 士子 | 移译 | 士大夫 | 直译 |

续表

| | 原文 | 松译 | 翻译方法 | 竹译 | 翻译方法 |
|---|---|---|---|---|---|
| 27 | 师爷 | 師爺 | 移译 | 師爺(シイェ)（地方官の私説顧問の尊称、あるいは蔑称） | 移译+注释+音译 |
| 28 | 朱文公 | 朱文公 | 移译 | 朱文公（朱文公は朱子） | 移译+注释 |
| 29 | 闰土 | 閏土 | 移译 | 閏土(ルントウ)（作品集第一卷所収）「故郷」参照) | 移译+注释+音译 |
| 30 | 洋鬼子 | 洋鬼子 | 移译 | 洋鬼子(毛唐) | 移译+注释+音译 |
| 31 | 叶天士 | 葉天士 | 移译+音译 | 葉天士(清代の名医) | 移译+注释 |
| 32 | 遗老遗少 | 遺老や遺少 | 移译 | 遺老や遺少（遺老は前朝の遺それをもじった遺少旧弊な若者の意 | 移译+注释 |
| 33 | 新党 | 新党 | 移译 | 新党（康有為や梁啓超の改革案に組する一派) | 移译+注释 |
| 34 | 两江总督 | 両江總督 | 移译 | 両江（浙江江蘇総督）総督（たぶん劉坤一だったろう) | 移译+注释 |
| 35 | 孙传芳 | 孫伝芳 | 移译+音译 | 孫伝芳(スンチュファン)（国民革命が最初に打倒目標とした軍閥) | 移译+注释+音译 |

《朝花夕拾》中的社会文化负载词共计 35 例，其中和传统礼仪和风俗文化相关的社会文化负载词有 11 例。属于社会组织和行为的社会文化负载词只有 5 例，而和社会人物专有名称相关的社会文化负载词有 19 例。除此之外，可以发现松枝茂夫和竹内好在处理社会文化负载词上分别采用了不同的翻译方法，松译只采用了 4 种翻译方法，而竹译采用了 6 种翻译方法。松译大量采用了移译共计 12 次，直译采用了 11 次，其次他采用了 6 次的移译+音译，3 次的意译。而竹译采用了大量的直译共计 11 次，其次是移译+注释和移译+注释+音译分别采用了 9 次和 5 次，意译只采用了 6 次，采用移译的方法只有 3 次，移译+音译最少只有 1 次。通过对数据的分析可得，松枝茂夫和竹内好在翻译社会文化负载词时，虽然同样采用了大量的直译和移译，但是竹译在译文后添加的注释高达 16 次，而松译没有增添了解释。另外，根据表 4-2 可以统计出松译和竹译两者采用的翻译方法异同的个数。松译和竹译两者采用相同译法的一共 19 个，而采用不同译法的一共 16 个。所以下文将针对这两种情况，对采用相同译法但译文表现形式不同的语言文化负载词，和采用不同译法的社会文化负载词分别进行举例分析，分析译文是否达到了翻译目的。

原文：人们当配合之前，也很有些手续，新的是写情书，少则一束，多则一捆；旧的是什么"问名""纳采"，磕头作揖。

松译：例えば人間だって交合する前に、やはり相当面倒な手続きがあって、新式と情書を、少くとも一束、多いのになると行李一杯も書く。旧式だとやれ「問名」だ「納采」だといって、叩頭や会釈の百万遍だ。P13

竹译：人間にしたって、交合の前には、ややこしい手続きがいるのだ。新式ならラブレターが最小ひと束、多いのになるとコーリ一杯いる。旧式だと「問名」だ「納采」だといって、叩頭お礼儀の百万遍だ。P87

"磕头作揖"是中华民族的传统礼节之一，以表达自己的尊敬和虔诚。"磕头"是在地上跪下，双手接近地面，头着地，以昭示其忠诚之心，"随着社会的发展逐渐演绎成为敬天礼上的社会通行礼节"①。

"作揖"是两手交握，掌心向前推，身体微微弯曲，表示向人敬礼。这比拱手或普通的寒暄更正式，礼节更隆重。

在翻译"磕头"一词时，松译和竹译都采用了直译的手法，译文的表现形式一致。根据《日本国语大辞典》，"叩頭"是指"頭を地にすりつけておじぎをすること"②的意思，这与源语文化的表现相同，因此目的语言的读者也可以理解到中国独有的见面交际文化，达到了介绍中国文化的翻译目的，两个译者关于"磕头"一词的译文符合忠实性原则、连贯性原则和目的性原则。

在翻译"作揖"一词时，两位译者都采用了直译，但译文表现形式不同。松译把"作揖"翻译成"会釈"，"会釈"中有："①ちょっと頭を下げて礼をすること。軽いお辞儀。②配慮。思いやり。③仏教経典の中で矛盾しているように見えるものを、対照的に説明することで理解を深める。"③这三层意思，根据上下文，与源语文本的意思相近的是第一种解释。但是，这样的翻译无论从礼仪的轻重，还是从礼仪的动作，都与原文"作揖"的表达有偏差，同样没传递出中国传统作揖具体的礼节信息。松译同样没有达到传播中国传统礼仪文化的翻译目的，因此，此处关于"作揖"一词的松译没有遵循目的性原则。竹译把"作揖"翻译成"礼儀"。根据《大辞泉》的解释，"礼儀"仅仅包括"①敬意を表す作法。②謝礼。"④这两层意思。虽然表达了"表示敬意"的意思，但是中国传统社会文化礼仪中"作揖"特有的手势和动作的交际文化信息却没有传递给读者，没有完全达到介绍中国传统文化给目的语读者的翻译目的，因此，此处关于"作揖"一词的竹译同样没有遵循目的性原则。

总的来说，对于"磕头"一词的翻译，松译和竹译都很好地传递了词

---

① 帅培业. "鞠躬""磕头""作揖"起源考. [J]. 西华大学学报(哲学社会科学版)，2013(02)：1-4+67.

② 头贴地行礼——笔者译。

③ 1. 稍微低头行礼。轻微的鞠躬。2. 关怀。体贴。3. 佛教经典中看似矛盾的东西，通过对比说明来加深理解 ——笔者译。

④ 1. 表示敬意的做法。2. 谢礼(注：向人致谢送的礼物) ——笔者译。

语的概念意义和文化意义。而对于"作揖"一词，两位译者都没能完整地传递出词语本身的文化意义。因此，笔者认为译者可以在译文后对"磕头作揖"的礼节加以简单注释，这样能够在传达源语词汇含义的基础上补全其包含的文化内涵，加深读者对词语文化意义的理解。

原文：直到我熬不住了，快快睡去，一晔眼却已经天明，到了<u>灯节</u>了。

松译：とうとう我慢出来なくなって、快快として寝るのだが、はっと眼をあけると、もう夜が明けはなれていて、<ruby>燈節<rt>トンチェ</rt></ruby>が来たのである。P17

竹译：とうとう我慢できなくなって、ガッカリして睡ってしまう。そして眼がさめてみればもう朝で、<u>元宵節</u>の日が来ているである。P90

原文中的"灯节"指的是中国的"元宵节"。自古以来元宵节的习俗主要是喜庆观灯，所以正月十五也被称为"灯节"。在日本每年的正月十五，也有这样类似的传统节日元宵节也叫"小正月"，这一天人们赏灯猜谜以示喜庆。

松译采用"移译+音译"的方法，保留了源语的汉字，最大限度地保留了汉语的语音形式，丰富了目的语言的语言表达，不影响日文语序，松译遵循了忠实性原则和连贯性原则。但是，日语的表达中并没有"灯节"这个专业术语，松译没有其他的解释来传递"灯节"一词的文化信息，没有遵循目的论的目的性原则。如果在译文后加上简单的解释，可以有助于目的语读者直观地理解这个传统节日，更好地理解元宵节地文化内涵。竹译将"灯节"直译成"元宵节"，忠实于源语的内容，目的语言的读者能由此理解到源语文化，也不影响日语语序的连贯，达到介绍中国文化的翻译目的，竹译实现了忠实性原则、目的性原则和连贯性原则。总的来说，松译采用"移译+音译"保留了源语的概念意义，但是没有忽略文化意义的传递，竹译用"直译"将灯节一词的文化意义呈现给了读者。

原文：然而，妇孺们是不许看的，读书人即所谓<u>士子</u>，也大抵不肯赶去看。

松译：婦女子たちは見ることを許されなかった。読書人即ち<u>士子</u>も、大抵見物に行くことを屑しとしなかった。P41

竹译：女や子どもは見ることを許されなかったし、読書人つまり<u>士</u>

大夫も、多く見に行こうとしなかった。P114

"士子"一词在汉语中有四种定义："①年轻男子。②官员。③读书人。④名门或将军子弟。"

从上下文来看，这里的士子指的是读书人。士子指代读书人这一用法最早出现于唐代的《北齐书》："术题目士子，人无谤讟……"

松译采用移译的方法，保留了"士子"这一汉字词，再现了源语语言文化，丰富了目的语言的表达方式。虽然日语中不使用"士子"一词，但目的语读者根据上下文也可以理解到"士子"指的是读书人，译文达到了交际目的，符合目的论的目的性原则。竹译将"士子"直译为"士大夫"。在《日本国语大辞典》中，"士大夫"是指："①人格高潔な役人。②軍人。"[①]这两个意思，不像汉语那样可以表示喜欢读书的人。但是，根据原文的上下文"读书人亦士子"可以将源语文化的"士子"这一特殊的表示读书人的文化信息传达给目的语的读者，达到传递中国文化信息的翻译目的，所以竹译符合目的性原则。松译和竹译分别使用移译和直译的翻译方法，尊重了原文表达，句子也语义连贯，两者均符合忠实性原则和连贯性原则。总的来说，松译和竹译都翻译了"士子"一词的概念意义，其文化意义目的语读者可以通过原文的语境来理解。

综上所述，从忠实性原则和连贯性原则的角度来看，松译和竹译在处理社会文化负载词的大部分词汇时采用了直译、移译和音译的翻译方法，忠实于源语的语言形式和发音音韵，都符合目的论的忠实性原则。松译对部分社会文化负载词缺少解释，虽然不影响日文的连贯，但是可能会使目的语读者对其中的文化信息的理解造成一定的困扰，在连贯性原则上略有欠缺。部分风俗习惯的词汇或是人物的特殊称谓在日本文化中不存在或者没有类似的表达，竹译通过注释增加译文的可读性，让目的语读者对文化信息有更深的理解，竹译符合连贯性原则。

从目的性原则的角度来看，松译采用了大量的移译和直译保留了原文汉字，需要有一定汉学修养的读者通过原文的语境，才能理解部分社会文化负载词的文化内涵。如果是普通的读者，则不一定能够理解源语意义，

① 1.人格高洁的官员 2.军人——笔者译。

那么松译就没有遵循目的性原则。当然，对于原作的讽刺内涵，松译选择意译传递了原作神韵，达到了目的性原则。竹译通过在译文后大量地加注解达到介绍社会文化的翻译目的，另外目的语读者有可能不能从社会文化负载词的语言形式上理解文化意义时，竹译充分考虑读者的文化背景，通过意译的手法翻译出原文作者隐藏的讽刺含义，达到传递原作者鲁迅思想的翻译目的，因此竹译从翻译目的的两方面来看都遵循了目的性原则。

　　总的来说，在翻译传统文化词汇时，松译和竹译都主要采用直译来传递源语的概念意义；在翻译社会行为词汇和人物名称时，松译主要采用直译和移译来保留源语的概念意义，而竹译主要采用"移译+注释"的方法在保留源语概念意义的基础上传递文化意义。当需要翻译原作的讽刺内涵时，松译和竹译都忽略了源语的概念意义，选择"意译"来传递原文的文化意义。

### （三）物质文化负载词的翻译方法

　　根据物质文化负载词的定义，从原文中一共找出 22 个物质文化负载词，竹译和松译的对比如下表 4-3 所示。为了直观呈现，表格将所列的物质文化负载词分为生活用品和食物两大类，并按照翻译方法的异同进行排列。

表4-3　物质文化负载词的翻译方法对比

| | 原文 | 松译 | 翻译方法 | 竹译 | 翻译方法 |
|---|---|---|---|---|---|
| | | | 生活用品 | | |
| 1 | 芭蕉扇 | シュロの団扇 | 直译 | ウチワ | 直译 |
| 2 | 小鼓 | 玩具の太鼓 | 直译 | オモチャの太鼓 | 直译 |
| 3 | 泥人 | 人形 | 直译 | 人形 | 直译 |
| 4 | 糖菩萨 | 飴の仏様 | 直译 | アメでできた仏像 | 直译 |
| 5 | 蓝布衫 | 紺木綿の上衣 | 直译 | 紺木綿の衫<sup>ながき</sup> | 直译 |
| 6 | 吹都都 | 「吹都都」<sup>チュイドゥドゥ</sup> | 移译+音译 | 「吹都都」<sup>チュイドゥドゥ</sup> | 移译+音译 |
| 7 | 瓜皮小帽 | 西瓜帽子 | 直译 | 西瓜型帽子 | 直译 |
| 8 | 牌票 | 牌票（召喚状） | 移译+注释 | 牌票（招捕状） | 移译+注释 |

**续表**

|  | 原文 | 松译 | 翻译方法 | 竹译 | 翻译方法 |
|---|---|---|---|---|---|
| 9 | 绣像 | 挿絵 | 直译 | 挿絵 | 直译 |
| 10 | 英洋 | 洋 | 直译 | 洋銀 | 直译 |
| 11 | 轿 | 轎 | 移译 | 轎 | 移译 |
| 12 | 红头绳 | 赤い紐 | 直译 | 赤いヒモ | 直译 |
| 13 | 马褂 | 馬褂<sup>マークア</sup> | 移译+音译 | 馬褂<sup>マークア</sup> | 移译+音译 |
| 14 | 毡帽 | 毛織り帽 | 直译 | 毛織り帽 | 直译 |
| 15 | 纸票 | 紙幣 | 直译 | 札 | 直译 |
| 16 | 摇咕咚 | 「摇咕咚」<sup>イヤオグードン</sup> | 移译+音译 | 「摇咕咚」<sup>イヤオグードン</sup>（がらがら） | 移译+注释+音译 |
| 17 | 旗袍 | 旗袍<sup>チーパオ</sup> | 移译+音译 | 旗袍<sup>チーパオ</sup>（婦人用の長衣、そのころ次第に袖や裾の露出が大きくなった） | 移译+注释+音译 |
| 18 | 药引 | 藥引 | 移译 | 薬引（薬の効果を高める為に一緒に服用するもの） | 移译+注释 |
| 19 | 水粉 | 水粉 | 移译 | 水白粉 | 直译 |
| 20 | 银十元 | 銀十元 | 移译 | 洋銀十円 | 直译 |
| 21 | 弓鞋 | 纏足靴 | 直译 | 纏足靴（刺繡がある） | 直译+注释 |
| 食物 | | | | | |
| 22 | 侉饼 | 侉餅<sup>チアピン</sup> | 移译+音译 | 侉餅<sup>チアピン</sup>（パンの一種 | 移译+注释+音译 |

　　《朝花夕拾》中和生活用品以及食物相关的物质文化负载词共计 22例，其中和生活用品相关的物质文化负载词有 21 例，和食物相关的文化负载词只有 1 例。除此之外，可以发现松枝茂夫和竹内好在处理物质文化负载词上分别采用了不同的翻译方法，松译 4 种，竹译 6 种。不过部分源语

词汇虽用同样的翻译方法，但译文呈现不同的形式。松译采用了 12 次直译、4 次移译、5 次移译+音译，而移译+注释的方法只有 1 次。竹译采用了直译、移译、直译+注释、移译+音译、移译+注释和移译+注释+音译的方法。其中，采用直译的手法高达 13 次，移译+注释和移译+注释+音译都只采用了 3 次，移译+音译的方法分别采用了 2 次，直译+注释只采用了 1 次。通过对数据的分析可得，在翻译物质文化负载词时，两位译者很大一部分选择了直译，部分采用移译的手法时会辅助以注释和音译进行补充说明。另外，根据表 4-3 可以统计出松译和竹译两者采用的翻译方法异同的个数。松译和竹译两者采用相同译法的一共 15 个，而采用不同译法的一共 7 个。所以下文将针对这两种情况，对采用相同译法但译文表现形式不同的物质文化负载词和采用不同译法的物质文化负载词分别进行举例分析，分析译文是否达到了翻译目的。

原文：只要望见一顶白纸的高帽子，和他手里的破芭蕉扇的影子，大家就都有些紧张，而且高兴起来了。

松译：白い紙の高帽子とその手に持っ破れたシュロの団扇の影を見さえすれば、みんなハット緊張して、気が浮き立って来るのである。P47

竹译：はるかに白い紙の長帽子と手にした破れたウチワが見えただけで、もう人々緊張の色をうかべ、興奮するのであった。P109

作为中国人的生活用品，芭蕉扇的作用是用来纳凉的工具。它的历史由来已久，早在《汉书》《晋书》中就有记载东晋大臣谢安被罢官回乡摇蒲扇，后人争相模仿。从文化的角度来看，芭蕉扇作为中国魔怪文化中的一部分，在文学作品里能看到它的身影，比如说《西游记》中的太上老君拿它扇风扇火、降伏青牛，孙悟空向铁扇公主三调芭蕉扇等。原文中的芭蕉扇是用作勾魂鬼"活无常"的代表道具，人们一见就紧张兴奋。

松译采用了直译的手法，不过他在"团扇"的基础上保留了"シュロ"①这一名词的修饰，最大化地保留了源语中的语言规范，即芭蕉扇的概念意义。团扇是日本人生活用品之一，"芭蕉做的团扇"的物品形象能够被目的语读者所理解，但是译文同样缺少芭蕉扇具有魔怪文化意义信息的

---

① 芭蕉扇是棕榈科植物制成——笔者注。

传递。因此，松译遵循了连贯性原则，忠实于源语的文字结构，但是没能达到传播中国文化的翻译目的，也就没有遵循目的性原则。竹译同样采用直译的方法，将"芭蕉扇"译为"ウチワ"，根据《日本国语大辞典》，ウチワ有两种含义："①戦陣で、指揮する軍配団扇。②相撲で勝者を指摘する団扇"。①译文翻译出了"芭蕉扇"是"扇子"的概念意义，在文中语义连贯，能让目的语读者读懂，符合连贯性原则。但是竹译没有传达出源语所承载的中国特有的魔怪文化信息，没有达到传递中国文化的翻译目的，所以此处竹译没有遵循目的性原则，在忠实于源语的文化意义方面稍有欠缺。总的来说，松译和竹译虽然都采用"直译"的翻译方法，但只翻译出了源语言的概念意义，没有传递出其文化意义。笔者认为二位译者可以通过在译文后加注释的方式来简要说明芭蕉扇在的中国魔怪文化中的内涵，还原源语的文化色彩。

原文：大王出了牌票，叫我去抓隔壁的癞子。

松译：大王様が牌票（召喚状）をお出しなされて、隣家の癩っかきを召捕りまいれとやつがれをつかわされた。P52

竹译：大王様が牌票（召捕状）を書かれ、拙者に隣のカサカキを召捕って参れとの仰せ。P125

"牌票"一词出自明代的《国榷》："总兵沈有容……且求臣免死加衔牌票。" 它是中国古代特有的为某具体目的而填发固定格式的书面命令，是差役执行任务时的凭证。根据原文的语境，原文应该表达的是上级对下级实施抓捕的命令。松译和竹译都采用了移译加注释的翻译方法，只是译文（注释）的表现形式不同。松译在"牌票"一词后加注"召唤状"。但是根据《大辞泉》，"召唤状"在日语中的意思是："特に、裁判所が被告人・証人などを召喚するときに発する令状。"②在日本召唤状的主体是特指法院传唤事件的当事人，没有上位者对下位下达进行抓捕的命令的含义。松枝的移译虽然保持了源语语言形式上的忠实，但在注释中对于文化意义的传递上出现了偏差，没有达到正确传播中国文化的翻译目

---

① 1. 指挥军队作战时的军备团扇 2. 相扑比赛中指出胜者的团扇——笔者注。

② 特指法院在传唤被告人、证人时签发的拘捕令——笔者注。

的。所以松译虽然遵行了忠实性和连贯性原则，但是最终没有遵循目的论的首要原则——目的性原则。竹译保留汉字"牌票"再到文后加注"召捕状"。根据《日本国语大辞典》，"召捕状"有"①上位者の命令で呼び取る。②官命によって罪人などをつかまえる。"①这两种解释，此处取其后者的意思"抓捕癞子"。

竹译再现了源语语言文化规范，注释也便于目的语读者更好地理解，同时达到了介绍中国传统物质文化的翻译目的，遵循了目的论的忠实性、连贯性和目的性原则。总的来说，松译和竹译都采用"直译+注释"的方法，既传递了源语的概念意义又传递了文化意义。但是，松译对于源语言文化内涵的阐释存在偏差，没有正确传递出文化意义。竹译的文后注释传递的文化意义最为准确，更切合原文实际。

原文：衍太太却决不埋怨，立刻给你用烧酒调了水粉，搽在疙瘩上，说这不但止痛，将来还没有瘢痕。

松译：ところが衍太太は決して愚痴をこぼさず、早速焼酎で水粉を煉り、瘤の上に塗ってくれて、こうしておけば痛みが止まるばかりではなく、後で傷が出来るようなこともないというのであった。P74

竹译：ところが衍太太は決して小言をいわない。すぐに焼酎で水白粉を煉って、コブになすりつけてくれる。こうしておけば痛みも止るし、跡が残らないから、というのである。P146

"水粉"一词在这里指的是"中药粉锡"，中国医药文化的一部分。明代医药学家李时珍的《本草纲目》中对"水粉"有过相应的记载："中国的水粉即铅粉。跌打瘀血……欲死者亦有效……。"此处就是文章的主人公衍太太按照传统的中医药方用它和烧酒混合给孩子们伤口止痛消炎。

松译采用移译的方法，直接保留汉字"水粉"，在日语中的含义是"①水おしろい。②（はるさめに似た）マメそうめんの一種"②这两种。竹译直译成"水白粉"，而日语中它的含义仅仅是"液状のおしろい、リ

---

① 1.上级的命令召唤 2.政府命令逮捕罪人等——笔者注。

② 1.水状的香粉。2.（像粉丝一样）豆子挂面中的一类——笔者注。

キッドファンデーションにあたる物"①。两位译者通过移译或直译保留了源语汉字，忠实了源语的语言规范，不影响日文语序。但是，两位译者没有传递出水粉的概念意义和所具有的中国药学文化意义。因此，松译和竹译都没能达到传递中国文化的翻译目的，没有遵循目的性原则。总的来说，松译和竹译采用移译或直译没有翻译出源语的文化意义。因此，笔者认为两位译者可以在译文后增加注释，简单阐释传统中药的"水粉"的功效和药用等文化信息来达到传播中国文化的翻译目的。

综上所述，从忠实性原则和连贯性原则的角度来看，松译和竹译在翻译物质文化负载词时都以直译为主，部分添加音译，这保留了源语汉字和语音形式。因为中日之间的物质文化有很多相通之处，部分物品在中日文化中有相似的概念意义和文化意义，所以即使保留源语的物质文化负载词，也不会影响语序连贯，目的语读者也能够读懂译文。但是松译可以在个别难懂词汇上添加注释，增强译文的可读性和可接受性，方便目的语读者连贯阅读。

从目的性原则的角度来看，松译对于物质文化负载词的翻译以直译和移译占多数。虽然保留了原文的汉字，但是部分负载词没有翻译出中国文化内涵，没有达到传播中国文化的翻译目的，也没有遵循目的论的目的性原则。而竹译通过给大部分物质文化负载词加注的方式（加注次数为6次），介绍其在中国的用处、材质和内涵，达到了介绍中国物质文化的翻译目的，遵循了目的论的目的性原则。而对于个别关于生活用品的文化负载词，竹译只翻译出了它的概念意义，而没有翻译出文化意义，则没有达到竹内的翻译目的，也没符合目的性原则。

总的来说，在翻译生活用品和食物的相关词汇时，松译主要采用直译和移译来传递源语的概念意义，但是忽略了文化意义的传递；而竹译在直译的基础上添加注释，既传递了源语的概念意义，又传递了文化意义。

### （四）宗教文化负载词的翻译方法

根据宗教文化负载词的定义，从原文中一共找出21个宗教文化负载词，竹译和松译的对比如下表4-4所示，为了直观呈现，表格将所列的宗

---

① 液体状的香粉，相当于粉底液——笔者注。

教文化负载词分为宗教人物、宗教场所和宗教仪式三大类，并按照翻译方法的异同进行排列。

表4-4 宗教文化负载词的翻译方法对比

| | 原文 | 松译 | 翻译方法 | 竹译 | 翻译方法 |
|---|---|---|---|---|---|
| 宗教人物 | | | | | |
| 1 | 地母 | 母なる大地 | 直译 | 母なる大地 | 直译 |
| 2 | 帝江 | 帝江（ていこう） | 移译 | 帝江（空想の動物） | 移译+注释 |
| 3 | 刑天 | 刑天（けいてい） | 移译 | 刑天（空想の動物） | 移译+注释 |
| 4 | 魁星像 | 魁星の像 | 直译 | 魁星像（文学の神）の像 | 直译+注释 |
| 5 | 活无常 | 活無常 | 移译 | 活無常（フォウーチャン） | 移译+音译 |
| 6 | 死有分 | 死有分 | 移译 | 死有分（スーヨウフェン） | 移译+音译 |
| 7 | 死无常 | 死無常 | 移译 | 死無常（スーウーチャン） | 移译+音译 |
| 8 | 走无常 | 走無常 | 移译 | 走無常（ソウウーチャン） | 移译+音译 |
| 宗教场所 | | | | | |
| 9 | 迎神赛会 | 迎神の祭礼 | 直译 | 迎神の祭礼 | 直译 |
| 10 | 城隍庙 | 城隍廟 | 移译 | 城隍廟（チョンホワンミャオ） | 移译+音译 |
| 11 | 东岳庙 | 東嶽廟 | 移译 | 東岳廟（トンユエミャオ） | 移译+音译 |
| 12 | 阴司间 | 陰司間 | 移译 | 陰司間（インスージィェン） | 移译+音译 |
| 13 | 包公殿 | 包公殿 | 移译 | 包公殿（裁判の神様、包拯を祭る | 移译+注释 |
| 14 | 关帝庙 | 関帝廟 | 移译 | 関帝廟（かんていびょう）（武神関羽を祭る） | 移译+注释 |
| 宗教仪式 | | | | | |

续表

| | 原文 | 松译 | 翻译方法 | 竹译 | 翻译方法 |
|---|---|---|---|---|---|
| 15 | "触犯天条" | 天の神にそむく | 直译 | 天の律に抵触 | 直译 |
| 16 | "一双空手见阎王" | 一双の空手で閻王をみるのみ | 直译 | 空手で閻羅王の前に出る | 直译 |
| 17 | 敬神灾 | 神を敬い、災を払う | 直译 | 神をうやまい、災を払う | 直译 |
| 18 | 还阳 | 陽間へ還してやる | 直译 | この世に帰そう | 直译 |
| 19 | 太极阵 | 太極陣 | 移译 | 太極陣<br>たいきょくじん | 移译 |
| 20 | 混元阵式 | 混元陣式 | 移译 | 混元陣式<br>こんげんじんしき | 移译 |
| 21 | 放焰口 | 施餓鬼をやり | 意译 | 施餓鬼を営んだ | 意译 |

《朝花夕拾》中的宗教文化负载词共计 21 例，其中和宗教人物相关的宗教文化负载词有 8 例，和宗教场所相关的宗教文化负载词只有 6 例，和宗教仪式相关的宗教文化负载词有 7 例。另外，可以发现松枝茂夫和竹内好在处理宗教文化负载词上分别采用了不同的翻译方法，松译只采用了 3 种，而竹译采用了 6 种翻译方法。松译的翻译方法较为单一，其中采用移译的频次高达 13 次，其次是直译 7 次，意译的频率最低只有 1 次。而竹译的翻译方法采用次数最多的是移译+音译，采用了 7 次，其次是直译和移译+注释分别采用了 6 次和 4 次，移译采用了 2 次，最少的是直译+注释和意译，只采用了 4 次和 1 次。通过对数据的分析可得，两位译者在翻译宗教文化负载词时，移译和直译仍是主要的翻译方法。相比于松译，竹译会通过添加音译和注释的方法对源语词汇进行补充说明。另外，根据上述表可以统计出松译和竹译两者采用的翻译方法异同的个数。松译和竹译两者采用相同译法的·共 9 个，而采用不同译法的一共 12 个。所以下文将针对这两种情况，对采用相同译法但译文表现形式不同的宗教文化负载词，和

采用不同译法的宗教文化负载词分别举例分析，分析译文是否达到了翻译目的。

原文：我的小同学，因为专读"人之初性本善"读得要枯燥而死了……看那题着"文星高照"四个字的恶鬼一般的魁星像，来满足他幼稚的爱美的天性。

松译：私の同窓は「人之初、性本善」ばかりを読まされ、その無味乾燥なのにうんざりしてしまって、せめて「文星高照」の四字を題した悪鬼のような

魁星（かいせい）の像をこっそりと盗み見して、彼の幼稚な、美を愛する天性を満足させるだけであった。P33

竹译：私の幼い同級生たちは「人之初（レンチチュ）、性本善（シャンベンシャン）」ばかりを読ませられ、その無味乾燥にうんざりして、わずかに「文星高照」の四字を題

した悪鬼のような魁星（かいせい）（文学の神）の像をこっそりと盗み見、辛うじておさない心に芽生うた美へのあこがれの本性を満足させるだけだった。P106

"魁星"是中国古代神话中掌管文章盛衰的神明。中国古代很多地方都建有祭祀魁星的"魁星楼"，学子在此处参拜以祈求能在考试中能一举成功。在日本，据《大辞泉》记载，魁星有"①北斗七星の先端にある第1星。②進士の試験に第 1 位の成績で及第した者。"[1]这两种含义。

松译通过直译保留了源语的汉字，忠实表达了源语的语言形式，传递了原作的神韵，符合目的论的忠实性原则和目的性原则。并且因为中日之间有相通的汉字文化，所以此处的松译不会影响目的语读者阅读的连贯性，符合目的论的连贯性原则。而对于是否理解"魁星"一词在中国传统文化中的内涵，取决于读者是否有一定的汉学文化修养。竹译同样采用的直译，在竹内好在保留汉字的基础上，加注解释魁星一词除了"北斗星"或"考试第一名"的意思，在中国还有代表"文学之神"的意思，体现了想参加科举的人祈祷及第的期待。有助于不太了解汉学文化的日本读者对于这个词的理解，达到了介绍中国文化的翻译目的。竹译遵循了目的论的

---

① 1.北斗七星之第一星 2.进士考试第一名及第者——笔者注。

三原则。总的来看，松译采用"直译"传递了源语的概念意义，而竹译采用"直译+注释"的方法在保留源语概念意义的基础上，翻译出了源语的文化意义。

原文：当我进去时，早填平了，不但填平，上面还造了一所小小的<u>关帝庙</u>。

松译：私は入学した時には、すでに埋め立てられていた。埋立てたばかりか、その上に小さな<u>関帝廟</u>さえ出来ていた。P78

竹译：私は入学した時には、もう埋め立ててあった。埋め立てたばかりか、その上に小さな<u>関帝廟（武神関羽を祭る）</u>さえこしらえてあった。P149

关帝庙是为了供奉中国古代蜀国大将关羽而修建的，是中华文化重要的组成部分。

松译采用了移译的方法保留了源语汉字"关帝庙"，不影响日文语序，松译遵循了忠实性原则和连贯性原则。松译虽然呈现了源语特色，但是对于源语文化内涵的理解取决于目的语读者的汉学文化修养。如果普通读者没有一定的汉学水平，那么松译没有达到传递中国文化的翻译目的，没有遵循目的论的目的性原则。而竹译在移译的基础上，添加了注释说明关帝庙是"武神関羽を祭る"[①]的地方，考虑到了不太了解关帝人物的目的语读者的认知情况，增强了译文的可接受，达到了介绍中国文化的翻译目的，因此此处的竹译同样遵循了目的论的忠实性原则、连贯性原则和目的性原则。总的来说，松译采用"移译"翻译了源语的概念意义，读者对于文化意义的理解取决于自身的汉学修养，而竹译采用"移译+注释"在保留了源语的概念意义的同时，考虑到了普通读者的认知情况，呈现了源语中的文化内涵。

所以，每年七月十五，总请一群和尚到雨天操场来<u>放焰口</u>。

松译：だから每年七月十五日には必ず一群の坊さんを呼んで雨天体操場で<u>施餓鬼</u>をやり。P78

竹译：每年七月十五日には、坊さんをおおぜい招いて雨天体操場で

---

① 祭拜武神关羽——笔者注。

施餓鬼を営んだ。P150

　　"放焰口"中的"焰口"一词是指地狱里的饿鬼，其"体形枯瘦，口吐火焰"。放焰口是中国民间对死者追悼的佛事，也是为了拯救陷于饿鬼道而被饥饿折磨的亡灵的一种法事。

　　松译和竹译采用意译的手法，将晦涩难懂的宗教词汇"放焰口"翻译成原本的佛教仪式及其含义，让目的语读者理解源语词汇的文化含义，译文达到交际的目的，达到了介绍中国传统文化的翻译目的，因此两个译本的译文符合目的论的目的性原则。同时，松译和竹译忠实于原文内容，语意连贯，都符合忠实性原则和连贯性原则。总的来说，对于从字面上难以理解的源语，松译和竹译忽略了源语的概念意义，都采用"意译"翻译出源语的文化意义。

　　综上所述，从忠实性原则和连贯性原则的角度来看，因为中国是以佛教、道教和儒教为主的国家，而日本也是多宗教的国家，也包含着佛教等多种宗教，所以大部分的日本民众对佛教并不陌生。另外中日所用汉字词意义大部分相同或相似，所以两位译者都考虑到了目的语读者的文化背景和认知情况，大部分的负载词通过直译或移译保留了大量的汉字，保留了概念意义，译文能语义连贯，目的语读者也能读懂，松译和竹译符合了忠实原则和连贯原则。

　　从目的性原则的角度来看，松枝茂夫通过直译和移译的方法保留了汉字，但是要达到传递中国文化的翻译目的，需要目的语读者有一定的汉学文化修养。否则对于汉学文化修养不高的读者来说，很难理解源语的文化内涵，译文也就不能实现目的性原则。当然，对于字面上难以理解的源语时，松译采用意译的方法传递了宗教文化负载词的文化内涵，在此处遵循了目的性原则。而松译考虑到可能有部分读者对某些宗教词汇比较陌生，通过在译文后添加注解的方式解释其文化内涵，或者是在把握原文意思的基础上采用意译，将原文的内容翻译给读者，竹译的两种方法达到了传递着宗教文化信息的翻译目的，遵循了目的性原则。

　　总的来说，在翻译宗教地点和宗教人物时，松译主要采用移译和直译的方法翻译源语的概念意义，竹译多采用"移译+注释"的方法，在保留源语概念意义的同时，补充了文化意义；在翻译宗教礼仪相关词汇时，面对在字面上难以理解的词语，松译和竹译选择忽略源语的概念意义，都采用意译翻译出源语的文化意义。

### （五）生态文化负载词的翻译方法

根据生态文化负载词的定义，从原文中一共找出 6 个生态文化负载词，竹译和松译的对比如下表 4-5 所示。为了直观呈现，表格将所列的生态文化负载词分为动物和植物两大类，并按照翻译方法的异同进行排列。

表4-5　生态文化负载词的翻译方法对比

| | 原文 | 松译 | 翻译方法 | 竹译 | 翻译方法 |
|---|---|---|---|---|---|
| 动物 | | | | | |
| 1 | 落水狗 | 水に落ちた犬 | 直译 | 水に落ちた犬 | 直译 |
| 2 | 美女蛇 | 美女蛇 | 移译 | 美女蛇 | 移译 |
| 3 | 螃蟹态度 | 蟹式態度 | 直译 | 蟹式の態度 | 直译 |
| 4 | 墨猴 | 墨猴 | 移译 | 墨猿 | 直译 |
| 5 | 张飞鸟 | 張飛鳥 | 移译 | 張飛鳥（張飛は「三国誌」に出てくる豪傑） | 移译+注释 |
| 植物 | | | | | |
| 6 | 福橘 | 蜜柑 | 直译 | 福ミカン | 直译 |

《朝花夕拾》中和动物以及植物相关的物质文化负载词共计 6 例，其中和动物相关的生态文化负载词有 5 例，和植物相关的生态文化负载词只有 1 例。另外，可以发现松枝茂夫和竹内好在处理生态文化负载词上分别采用了不同的翻译方法，松译只采用移译和直译两种翻译方法，其中直译有 3 次、移译 3 次。而竹译采用了直译、移译、移译+注释的翻译方法，其中采用直译的生态文化负载词一共 4 次，采用移译和移译+注释的生态文化负载词都是 1 次。对以上数据的研究可得，在翻译生态文化负载词时，两位译者使用的翻译方法最多的是"直译和移译"。另外，根据上述表可以统计出松译和竹译两者采用的翻译方法异同的个数。松译和竹译两者采用

相同译法的一共 4 个，而采用不同译法的一共 2 个。所以下文将针对这两种情况，对采用相同译法但译文表现形式不同的生态文化负载词，和采用不同译法的生态文化负载词分别进行举例分析，分析译文是否达到了翻译目的。

原文：我听父亲说过的，中国有一种墨猴，只有拇指一般大，全身的毛是漆黑而且发亮的……一听到磨墨就跳出来……。

松译：わたしが父から聞かされていた話によると、中国には墨猴というものがある、わずかに親指ほどの大きさで、真黒くてピカピカ光る毛が全身に生えている…墨を磨る音を聞きつけると、すぐ跳び出している…P19

竹译：私は父から、こういう話をきいていたのだ。中国には墨猿というものがある。大きさはわずかに親指大、全身の毛がまっ黒で、ピカピカ光っている…墨を磨る音を聞こえると飛び出している…P92

墨猴一词出现在清代的《武夷山志》中，有"猴大仅如拳"的记载。这种墨猴能够帮助主人取笔磨墨，累了就钻到笔筒里休息。清代诗人李如龙曾称赞墨猴："武夷笔猴倍珍奇。"

因为墨猴珍奇机灵通人性，所以它是中国古代文人缓解做学问辛劳和寂寞的特殊宠物。

松译采用移译的方法，直接保留了"墨猴"这一汉字词语，并且通过上下文能得知"墨猴"在中国的文化内涵，"墨猴"一词在形式和内容上忠实于源语言，松译遵循了目的性原则和忠实性原则。通过查阅《大辞泉》和《日本国语大辞典》，可以发现在日本有"猿""猴"这种灵长类动物的存在，但没有"墨猿"这一特殊动物名词。竹内好虽将其直译为"墨猿"，但是通"墨猿"一词通过源文语义及下文的语境可见，原文作者对"墨猴"一词有简单的解释"一听到磨墨就跳出来"，竹译也能达到其介绍中国传统文化的翻译目的，遵循了目的性原则。

"墨猿"一词在形式上忠实于源语语言规范，遵循了忠实性原则。松译的"墨猴"和竹译的"墨猿"在译本中不影响日文的语序连贯，均符合了连贯性原则。两位译者的翻译方法和译文表现形式虽然不同，但是都达到了各自的翻译目的，都遵循了目的论的三原则。总的来说，松译和竹译在此处分别用"移译"和"直译"的翻译方法，着重翻译出了"墨猴"的概念意义，因上下文的而省略了其文化意义。

原文：辞岁之后，从长辈得到压岁钱，红纸包着，放在枕边。只要过一宵，便可以随意使用。然而她进来，又将一个福橘放在床头了。

松译：辞歳の後、目上の人から圧歳銭をもらう。赤い紙に包んだのを、枕元に置いて、一夜過ぎると、勝手に使ってよっかたところが、彼女がはいって来て、また蜜柑を一つ枕元に置くのである。P24

竹译：年を送ってから、目上の人に年玉をもらう。赤い紙に包んであるのを、枕もとに置く。一夜あければ、勝手に使っていいのである。ところが、そこへ彼女がはいって来て、もう一つの、福ミカンを枕もとに置く。P97

这里的"福橘"是主人公保姆"长妈妈"在正月前一天留给"我"求福气的橘子。在中国的南方地区，民间有过年吃"福橘"的风俗。"福橘"因果香甘甜、色泽鲜艳，又与"福、吉"谐音，具有福寿吉祥之意，是传统文化活动——春节中的重要角色。特别是在鲁迅的故乡浙江绍兴，按照当地旧时的风俗，正月起床后人们要吃福橘、元宝茶等才能开口，讨个一年的吉祥兆头。"这一风俗寄托着底层劳动者对美好生活的渴望。"[1]

松译把"福橘"直译成"蜜柑"，但他将表示福气的"福橘"形象泛化成一般种类的"柑橘"。日语中的"ミカン"指的是"蜜のように甘い柑橘"[2]的意思，用汉字表示为"蜜柑""蜜橘"等，但是翻译为普通的"蜜柑"并没有招财纳福的意思。所以松译只翻译出了"橘子"的概念意义，但是忽略了文化意义，松译并没有传达出原文作者想要表现的绍兴传统文化信息，所以松译没有达到传播中国文化的翻译目的，没有遵循目的性原则。尽管松译在文本中能够符合原文的句式结构，使得读者阅读流畅、语序连贯，符合连贯性原则，但是目的论中连贯性原则从属于目的性原则，所以总体来看松译没能达到目的论的要求。而竹译采用直译手法保

---

① 李惠芳.《朝花夕拾》与绍兴民俗[J].山西高等学校社会科学学报.2014（12）：119.

② 像蜜一样甜的柑橘——笔者译。

留了"福橘"招福招吉的原文意象，最大化地保留源语中的文化信息，向目的语读者展示了绍兴的正月风俗"吃福橘"这一异国文化特色，竹译达到了介绍中国传统文化的翻译目的，符合目的性原则和忠实性原则。并且译文符合源语语义及语境，对目的语读者而言具备可读性，符合目的论的连贯性原则。总的来说，松译用"直译"的方法着重传递源语的概念意义，而竹译同样用"直译"的方法着重传递的是源语的文化意义。

综上所述，从忠实性原则和连贯性原则的角度来看，从松译和竹译采用的移译和直译的翻译方法，忠实了源语的语言规范，展现了源语词汇原本的动物/植物属性的概念意义，并且由于中日之间有相通的汉字，相关的生态文化词汇不会影响日文的语义连贯，读者也能理解。所以，两位译者的译文都符合忠实性原则和连贯性原则。

从目的性原则的角度来看，松译对关于动物的生态文化负载词的翻译都通过保留原文的方式，达到了传递中国文化的翻译目的，符合目的性原则。但是松译在关于植物的生态文化负载词的处理上，只翻译出了源语言的概念意义而忽视了文化意义，没能传递出词汇所包含的文化内涵，此处的松译没有遵循目的论的目的性原则。而竹译通过翻译出植物词汇的文化意义、在个别生态词汇加注释的方式，达到了向不太了解源语文化的目的语读者介绍中国文化的翻译目的，竹译遵循了目的论的目的性原则。

总的来说，在翻译动物和植物的相关词汇时，松译倾向于用直译来翻译表现源语的概念意义，竹译则在保留概念意义的基础上，注重呈现源语的文化意义。

# 第五章　中国文学典籍中术语及文化特色词的日译方法

　　典籍作为中华文化瑰宝，在研究历史文明、传承优秀文化中发挥着不可替代的作用。翻译是传播一国文化的最佳途径之一，其目标在于准确性和文化性的再现，一方面要准确、忠实地向世界传递中国文明、文化，传递源文本的内容信息，另一方面要尽可能地再现中国古典文学的文体特点与语言风格。

　　本章以《文心雕龙》和《论语》为例，探讨中国文学典籍中术语及文化特色词的日译方法。

## 一、中国文学典籍中术语的日译方法

### （一）典籍介绍

　　《文心雕龙》是中国南朝文学理论家刘勰创作的文学理论巨著，成书于齐梁时期，是中国文学理论批评史上第一部有严密架构体系、体大虑周的文学理论著作。主要以儒家思想为基础，兼采道家思想和佛教思想之精华。全面总结了中国传统人文风格、文学成果以及民族文化精髓，详尽地论述并高度概括出文学创作、文艺批评的认识论、方法论以及发展规律，揭示了中国诗学运行的体制与腠理。根据1986年版《中国文学理论》可知，其中包含了中国文学批评范畴内全部六种文学理论要素。之所以选择《文心雕龙》进行中国文论术语日译研究，主要是因为它对当时的文学成果以及文学创作理论规律进行了系统且全面的梳理论述，奠定了后代文学发展的基石，在中国诗学研究方面起到了承前启后作用。其次，文中既有儒家思想也有道家思想，当然也兼蓄了佛教思想，具有深厚的哲学思想底蕴。概言之，《文心雕龙》术语具有丰富的学理与文化价值，对国外读者了解中国学术理论乃至思想文化来说，堪称必携之书。但是，因其内涵博大精深，国外学者理解上有一定的难度。在正因为如此，其学理价值也是显而易见的。

### （二）《文心雕龙》术语日译方法分析

根据"译文学"理论，"翻"与"译"中，"译"主要指的是平行式传译，如中国古代翻译史上的"口译""音译"以及"迻译"。此处"音译"指的是用译入语对文本在原文中的发音进行标注，比如说中文中"可口可乐"即是根据英语发音音译过来的。而简单的"译"是无法满足人们日渐提高的翻译质量要求的，因此出现了更高层次的"翻"，恰如日语中「翻訳」的近义词为「反訳」，译文是原文的翻转因此就是如同其反面。"翻"就如其字面意义所表达的不再是简单的语音上的平移而是更高程度的翻转，是对原文意义在译文中的转换对应表达。既然说的是翻转，就存在程度的不同，即"翻译度"的问题。既有严丝合缝的翻转，也有不完全但大体吻合的翻转，当然也存在过度的翻转，相对应的便是翻译度的不同。因此根据上述阐述构架，此处笔者对于《文心雕龙》术语生成翻译度的分析从其翻转幅度以及贴合程度两个层面展开。译者"翻"的过程，始终伴随着对"翻译度"的把握与控制，并从中体现出译者的"翻"的技术与艺术。"译文学"理论中在对传统的"直译"与"意译"二元对立的方法的辨析基础上提出了"迻译""释译""创译"三位一体的方法论体系。对应到"翻"与"译"上，"迻译"属于平行式移动的"译"，因此此方法的翻转程度是零，而另外的"释译"与"创译"则是翻译度比较大的"翻"，且"创译"的翻译度大于"释译"。

为明确划分依据，在此进一步阐述迻译、释译以及创译三者在字词翻译上的分类依据。根据"译文学"理论，迻译主要分为四种类型，其一是传音不传字的"音译"，就是在译入语无法找到相对应事物时，用译入语文字将其发音传递出来；其二是通过迻译保留一些独特的原文文化特色，主要用于引入外来语以丰富译入语词汇，比如在佛经翻译中将"涅槃"

"般若"等词保留下来，而不是译成相对应的中文；其三便是译字不译音，这种情况在中日翻译中经常出现，因为中日两国同属汉字圈，因此在翻译时经常出现直接将汉字词汇搬过来表意的情况，一定程度上可以保持其中所包含的特殊内涵；最后一种便是与以上从原文迻译不同的，从既存的译词或译法迻译，具体表现为前人第一次翻译后逐渐成为一种既定的译法后收录进双语词典中，后人沿用这一译法便是对其迻译。另外，"译文学"理论在阐述时特别提出了对于一些特别的术语、概念，一般是需要迻译的，才能保持这些术语或是概念所带有的特性。

释译指解释性翻译，具体有三种情况，分别是"格义""增义"以及"以句释词"。"格义"指以译入语文化来解释原语文化，比如明治时期日本人用「革命」来翻译 revolution 等；"增义"是指用译入语来解释原语时，增加、延伸了译入语原来所没有的意义，即把源语语义灌输到译入语中进而使译语在既有含义基础上进一步扩容，比如佛经翻译中经常出现的"色""空""法"等词，其在中文中本来就有一定含义，通过佛经翻译使其内涵进一步扩充；"以句释词"是用译入语句子或词组来解释原语。

创译指的是在词语翻译过程中利用译入语本有的形音义，来创造译入语中没有的新词，以对应原语词汇。

在本章中对于《文心雕龙》日译本术语分析是根据笔者整理出来的语料进行的，语料的选取过程如下：首先是根据施友忠先生所译的《文心雕龙》英译本中的附录选取 17 个重要词语（施友忠的《文心雕龙》英译本为第一个全译本，具有重要研究意义且具有重要影响力），然后对照周振甫先生所著的《文心雕龙辞典》中第二部分"术语及近术语释"共选取 12 个术语及近术语（分别是：气、志、情、风、心、理、神、势、思、体、辞、文），并按照周振甫先生的《文心雕龙今译》附录中的"词语简释"对于这些术语所做的词义解释及例句制作相应的列表进行对比（完整表格见文后附录）。从而统计其对于"迻译""释译""创译"三种翻译方法的使用频率，进而选取例句对具体翻译方法翻译度展开分析判断。

1. 迻译

迻译按照"翻"与"译"的划分来说属于平行移动的"译"，所以翻转幅度为0。接下来，根据三个译本中的术语日译译文统计，讨论该方法翻译效果方面的翻译度，即究竟是严丝合缝的翻转，还是不完全但大体吻合的翻转，或者是过度的翻转。迻译是翻译方法中最基本的，翻译幅度最小的，看起来也是最省心省力的，貌似只是单纯地将原文平移到译入语中即可，但通过翻译实践可知并不是毫不费力的移动，而是译者在不同情况下有意识的选择。而在术语翻译上，"译文学"理论中特别提到，这一类型的翻译不宜加以解释性的翻译，而是迻译，才能保留原词的特殊内涵，且不会失了原词的范畴与概念的特性。迻译虽然是翻译中最主要的方法，但不是万能的，因此虽然该译法看似最基本也最简单，但为了不破坏译文整体表意或是读者理解，是否使用如何使用便体现了译者的主体性，需要译者基于翻译水平的判断和能动发挥。

例1. 天高气清，阳沉之志远。

目加田诚译：空高く気の澄んだ秋になると、はてしなき物思いに沈み。

例2. 则圣人之情，见乎文辞矣。

户田浩晓译：しからば、聖人の情（こころ）は文辞に顕現しているはずである。

例3. 言立而文明，自然之道也。

目加田诚译：言語が成り立つとそこに明らかな文があらわれる。それは自然の道理である。

例4. 颂主告神，义必纯美。

兴膳宏译：頌は神に告げることを役割とするから、内容も純粋な賛美に終始する。

例5. 夫化偃一国谓之风，风正四方谓之雅。

兴膳宏译：いったい教化によって一国をなびかせるものを「風」といい、風俗をもって世界を正しく導くものを「雅」といい。

从以上5个例句可见直接迻译汉字的情况主要是两种。一种是所表含义在日文中也有相同表意，如例1中的"气"表达的是"空气"的意思，而日语的"气"根据《大辞泉》以及《日本国语大辞典》（精选版）可知

具有"天地に生じる自然現象。空気・大気や、水蒸気などの気体。"的含义，表意相同。例 2 的"情"指"感情"，而日语中的"情"在现代汉语中基本不会用"こころ"读"情"，但根据《全訳古語辞典》（第四版）可知"こころ"可写作"心・情"，且其中表意有"気持ち、気分、感情"的内涵，此处户田浩晓在译文中，明明"情"读作"じょう"时也有表达"こころ。心のうごきやはたらき。"的意思，为什么用"情"来译此处的"感情"呢？笔者认为因为一方面是为了突出此处的"情"与平时说的"情"不同，强调了圣人的文章都是发端于心之所感所思，突出"心"，且通过此译法既能表达"情"的含义也能包含"心"的内涵，另一方面可能是为了保留一定的古风韵味。例 3 的"文"指"文章、言辞"，根据《スーパー大辞林 3.0》可知"文"可以表"思考や感情を言葉で表現する際の、完結した内容を表す最小の単位"以及"複数の文から構成され、あるまとまった思想を表したもの。文章"，表意相同。例 4 中的"神"是表最基本含义即"神仙、天神"，日语"神"主要表意也是"人間を超えた存在で、人間に対して禍福や賞罰を与え、信仰・崇拝の対象となるもの"，二者相互对应。以上 4 处例句都是属于第一种情况即中日双语之间意思直接对应的。第二类主要体现在类似例 5 中的对于某一类型下定义的情况。如例 5 中是对"风"的定义，因此此处译文也直接用了"風"，当然此处的意义也是相互对应的，此处的"风"具体指风俗，日语中的"風"也有表"ある範囲の土地や社会にみられる生活様式。あらわし。"的含义。兴膳宏直接迻译汉字的两处译文是例 4 和例 5，兴膳宏译本中较少使用直接迻译汉字的用法。

直接迻译汉字这一译法在同属汉字圈的中日互译中较为常用，对于《文心雕龙》术语日译，直接迻译汉字可以保留原词所带有的特殊范畴与概念，进而保留中国经典文化内涵。但同时《文心雕龙》术语内涵丰富，既有文学文论层面内涵，也有哲学或是中国儒道文化内涵，如一味地直接迻译汉字可能会导致术语所指不明，进而造成译文读者将不同语境下表意不同的术语相混淆，最终导致作品思想内涵扭曲，反而适得其反。因此虽然该译法看似最基本也最简单，但为了不破坏译文整体表意或是读者理解，是否使用、如何使用便体现了译者的主体性。

迻译中对既存的译词或译法的沿用这一翻译方法是目前统计中出现频率最高的用法。既存译词译法经过不断反复的沿用，得到不断验证确认，对应关系不断增加固定，进而形成双语词典，为这些词语确定了相对应的常用解释译词，为后人提供了可供迻译的词库。因本文以《文心雕龙》术语日译为研究对象，因此以中日词典为参考，根据彭广陆教授《日本で出版された中日辞典とわが国で出版された日中辞典との比較》①一文阐述可知日本首次编撰以现代汉语为主要内容的中日词典可以追溯到 20 世纪初期，在 60 年代到 90 年代，在日本甚至出现了中日词典的出版热潮。三个日语全译本都是出版于 70 年代，当时中日词典的出版已处于热潮期。此处，笔者对于该方法的判定，是以三省堂《超級クラウン中日辞典》以及白水社《中国語辞典》为依据。此外，对于字典中出现的日语译词，存在同义词的也认定为是对于既有译词译法沿用。

2. 释译

"释译"从字面可知指的是解释性翻译，根据统计可知，除了迻译以外，基本上《文心雕龙》术语日译使用的就是释译，与"迻译"归属于平行移动的"译"不同，释译已经是涉及"翻"的范畴，其翻转幅度高于迻译但低于创译。释译包括格义、增义、以句释词三种具体方法，在《文心雕龙》术语日译中较多用格义与以句释词的方法，而增义则较少使用。如前所述，在"译文学"理论中，释译中的"格义"是指用译入语固有概念来比附、格量、解释原作中的有关概念。"增义"是用译入语原有词语来解释原作词语的时候，拓展延伸了译入语词原来所没有的意义。"以句释词"是用句子或词组来解释翻译词语。根据抽选术语日译文统计结果可知，释译使用频数仅次于迻译，其中以句释词使用最多，其次是格义，增义最少。而具体到三位译者来说，对释译具体方法的使用频率也同上，从以句释词到格义到增义依次减少。在以句释词方面，使用频率最高的是户田浩晓译本，而在格义方面，户田浩晓译本中的使用则相对少于兴膳宏译

① 彭広陆. 日本で出版された中日辞典とわが国で出版された日中辞典との比較[J]. 日中語彙研究, 2012(01): 23-36.

本以及目加田诚译本，增义在选取的术语日译文中只出现了 4 例，三个译本中都有出现。

当译者在译入语中实在找不到词与原文词汇相对应时，便采取"以句释词"的方法，即用句子或词组来解释翻译原文术语。

例 1.惊才风逸。

兴膳宏译：驚異の才智は風と駆け。

目加田诚译：驚くべきその才は風のように駆けり。

户田浩晓译：世をぬく才は風と馳け。

例 2.百龄影徂，千载心在。

目加田诚译：現し身は百歳もすぎずとも、その文の心は千歳の後に伝わる。

兴膳宏译：肉体は現し世を去ろうと、かの精神は永久に在ます。

例3.孔明之辞后主，志尽文畅。

兴膳宏译：諸葛亮（孔明）の蜀の後主（劉禅）に別れる表（『出師の表』）は、彼の思想を述べ尽して文章はのびやかであり。

目加田诚译：諸葛孔明（亮）が、蜀の後主に別れて出陣する「出師の表」は忠節の志をのべ尽くし、文章は暢達であり。

户田浩晓译：諸葛孔明が蜀の後主に別れを告げる表は、志が述べ尽くされており、文章は暢達である。

例4.皇帝御宇，其言也神。

兴膳宏译：皇帝はが下をしろしめし、そのことばは霊妙な働きを持つ。

目加田诚译：皇帝は天下を統治したまい、その発言は神のごとく尊厳である。

户田浩晓译：皇帝が天下を治める際に発した言葉は、神秘そのものである。

例5.良由世积乱离，风衰俗怨。

户田浩晓译：たしかに、久しく内乱がつづいて、人々は離散の憂き目にあい、温和な気風が衰えて不満が鬱積したために。

从以上例句及术语日译统计可知,有时三位译者对同一处术语都会采用以句释词的方法以寻求语义的对应。具体到每一处来说,使用以句释词这一方法主要有三种情况。第一种情况以例 1 和例 2 为例,主要是中日两国语言特点不同导致。例 1 中的"风"是一个描述性的词,表示该文人影响力或者感染力大,在《文心雕龙》中为求文体工整,因此用字精简,便删去一些字,只用"风"这个字表形容之意"似风"。这在中文中可以理解,但对于日语译文读者来说单一个字则难以理解此处具体含义,因此需要将其对应到日语表达中,即用"と","のように"等词来表现出此处"风"的描述性。同样例 2 全句表意是"人的寿命不过百岁,但其思想可长久存续",此处刘勰也是为了保持文体对仗,只用"心"字来表达"其思想"之含义,省略前文指代关系,体现了中文精简但同时表意准确的特点,日语译者为了让读者更容易明白此处所表含义便用指代词点明此处"心"之所指。第二种情况是像例 3 将该术语所指代的具体典故进行简单的介绍。此处的"辞"是指诸葛亮给后主上书的《出师表》,此处三位译者除了户田浩晓以外,其余两位译者都将该处的"辞"点明为《出师表》,户田浩晓则是用「別れを告げる」这一比较郑重的说法进行对应。例 4 和例 5 的情况与前两种有些不同,是将原文的隐含之意通过释译给具体化了。例 4 的"神"表"神圣的、绝对的",此处三个译本中的日译都将其具体展开说明。例 5 的"风衰俗怨"的"风"指的是当时的风气、风俗,此处户田浩晓将此处的"风"具体解释作「温和な気風」,与其他两位译者在此处只是简单地用「風俗」「風気」对应不同,将长久的内乱对于民俗风气所带来的影响阐明。以句释词作为当译者无法找到词语相对应时常用的方法,可以将原文所表含义阐明或是具体化、具象化,但是使用以句释词时,就难以沿袭原作的文体,有时甚至会让译本读者觉得冗长啰唆。不过面对《文心雕龙》术语如此表意丰富且晦涩难懂的情况下,译者通过以句释词的方法来翻译,才能保证将该文论著作所要表达的内容完整传达。

"格义"的使用在《文心雕龙》术语日译中相对"以句释词"较少。

"格义"与"以句释词"不同在于是"以词释词",即用译入语文化的概念来比附及解释原语文化的概念。

3. 创译

在《译文学——翻译研究新范型》一书中是这样说的:"在词语,特别是在术语、概念的翻译上,'创译'的方法常常是必然的选择。在这种情况下,'创译'既是创造性的翻译,也是翻译中的创制。"[①]可见"创译"在术语翻译中是常用的方法,因为不少概念或者术语在译入语中并不存在。"译文学"理论中"创译"在字词翻译中具体指翻译过程中利用译入语原本的形音义,来创造译入语中没有的新词,以求对应原文中的词语。而抽取的《文心雕龙》术语日译译文中使用创译方法的共有以下 6 处。相较于"译"的"迻译"以及"翻"的"释译","创译"属于"翻",且由于其首创性、创造性,其翻转幅度可想而知更进一层。在迻译、释译、创译三种方法中,创译在三位译者的术语日译中都属于出现频率最低的。

例 1.辞为肌肤,志实骨髓。

目加田诚译:文辞は枝葉、情志は根本。

例 2.夫设情有宅,置言有位;宅情曰章,位言曰句。

目加田诚译:文を構成するのに、心情を托するにはその場所が必要だし、ことばを布置するにはその位置が定まらねばならぬ。文の情志を順序立ててその場所に設定してゆくこと、それを章といい、ことばをその位置にそれぞれ置いてゆくこと、それを句という。

例 3.百龄影徂,千载心在。

户田浩晓译:寿命尽き果てみまかれど、精神は永久にここに在り。

例 4.楚人理赋。

户田浩晓译:楚人が乱辞で歌い理めた賦は。

例 5.而《乾》《坤》两位,独制《文言》。言之文也,天地之心哉!

兴膳宏译:そして 乾 と 坤 の二つの卦には、特に 『文言』 が書かれている。まさに、「文」ある「言」こそは、天地の心なのである。

---

① 王向远.译文学 翻译研究新范型[M].北京:中央编译出版社,2018:112.

例 6. 夫《易》惟谈天，入<u>神</u>致用。

兴膳宏译：『易経』はもっぱら宇宙を論じ、<u>超人間的な</u>作用をもたらす。

例 1 和例 2 中是用「情志」分别对应"志"与"情"二字，且是同一位译者的译文，可见某种程度上的沿用以及固定。笔者在词典中查询发现，日语词典并没有收录"情志"一词，可知该词并不是日语中常用词语。例 1 中的"志"表"意，即文章所要表达的含义"，例 2 的"情"同样也是表"情理、内容"之意，可知此处"情志"一词表达的都主要是诗词文章中文人所要表达的情感、志向、内容之意，并不是单独的"情"或"志"所要表达的。而此处用"情志"一词，虽然口译本读者看到并不能马上明白其含义，但是"情""志"二字本身都是读者看到就能明白其含义的词，将二者结合起来读者也能自动结合起来理解其含义。例 3 则是将"心"译作「精神」，该词的常用读音应该是「せいしん」，而「こころ」是日语「心」的读音。此处"心"所表含义是与人的肉体区分，指能够永存的精神或者是思想。根据日语词典《大辞林》可知日语中的「心」并没有这一层含义，因此此处用「精神」一词将原意译出的同时，在其上标音以对应中文的"心"字。例 4 中是将「おさめた」的汉字用「理」表示，根据字典可知「おさめる」的汉字分别有「治」、「収」、「納」以及「修」，并没有「理」。其他两位译者此处都用了「しめくくる」一词，以表示"结束"之意，而此处使用「おさめる」可表多层含义，既可以表达"结束"之意，也可以表达"归纳""治理"的含义，既能使读者明白其含义，也能与原文的"理"相对应。例 5 则是将「文」一词标作「かざり」，而「かざり」在日语中对应的汉字为「飾」，可见此处移用汉字以对应原文的同时，通过该译法既表达了「文」的含义也表达了「飾」的含义。例 6 此处的"神"表达的是"微妙难穷的境界"，同样此处的「超人間的」在日语词典中也未能查到。此处的创译与前面几例不同，并不是汉字与读音的改造，而是用了日语中常用的造词方法，在原词「人間」前面加上「超」，以表其高深难穷，再于其后加上「的」使其具有描述性，成为一个形容动词。虽然是创造出来的词语，但是因为该造词法日语中常见因此读者轻易便能看懂。从以上分析可以看出《文心雕龙》三位译者使用创译主要是两种情况三种用法。第一种情况是例1、例2、例3、例4、例5中用单一词语来表达多层含义的情况,其中第一种用法是如例1和例2中将已有的两个独立使用的日语单字词拼合创造新词,另一种用法则是如例3、例4和例5中,在已有日语单字词上进行读音标注,标注作另一个词的读音,这两种创译方法都使该词同时具有多重含义。第二种情况如例6是使用日语常用的造词法,加上接头词或是接尾词,借此用一个词表达本来需要多个词才能表达的含义,既能简洁表达,译文读者看到该词也能理解表意。

4. 翻译度分析

通过以上分析研究可知,创译相对迻译及释译,翻转幅度更高。从翻译效果的贴合程度来看,虽然创译属于创造性翻译,但在《文心雕龙》术语日译中译者使用的造词方法都能让译文读者明白表意,因此基本上属于翻译度较高的译文,比较完整地传达出原文的含义。

从以上分析研究可知迻译、释译、创译这三种方法具体在《文心雕龙》日译本术语译文中的使用情况如下。迻译主要使用直接迻译汉字和沿用既有译词或译法两种方法。直接迻译汉字主要应用于中日汉字相同表意的情况以及下定义的情况。沿用既有译词或译法主要是采用汉字词对应。释译包括以句释词,格义以及增义。使用以句释词这一方法主要有三种情况,分别是中日两种语言特点不同所导致需要使用句子进行解释的情况,将指代典故具体说明的情况,以及将原文的隐含之意具体化的情况等。"格义"的使用是由双方文化差异造成的,因此译者需要使用译入语文化概念解释原语文化。"增义"则是将该译入语字词原有的含义范围进行延伸扩展。创译即"创造性翻译",在《文心雕龙》日译本中主要是两种情况三种用法,第一种情况是用单一词语表达多层含义的情况,其中第一种用法是将两个独立使用的日语单字词拼合形成新词,另一种用法则是在已有的日语单字词上进行读音标注,且标注的是另一个词的读音,这样的做法都能使该词同时具有多重含义。第二种情况则是日语常用的造词法,加上接头词或是接尾词,既简洁表达,也能传达含义。

翻译效果的贴合程度方面，直接迻译汉字可以保留原词所带有的特殊范畴与概念，进而保留中国经典文化内涵，翻译度较高。但同时由于《文心雕龙》术语内涵丰富，如一味地直接迻译汉字可能会导致术语所指不明，将不同语境下表意不同的术语相混淆，进而对作品思想内涵产生误解。但大多数是属于翻译度较高的译文，存在极少数表意总体吻合但不完全贴切的情况。沿用既有译法可以完整传达原文含义，同时通过使用和语词汇能够丰富表达，对同一术语的不同表意进行区分，基本都可以做到严丝合缝。释译中的以句释词是用句子去解释原文，虽对文体造成了一定程度破坏，但因此得以保证原文表意的传达，可以实现较高翻译度。而格义是用译入语文化概念比附源语文化概念，因此会出现部分译文表达不完全但大体吻合的情况。增义拓宽了译入语文化词语的内涵外延，改变其原本表意，对读者来说容易在理解上出现困难，翻译度相对较低。创译在术语译文中多是使用常用易懂的造词法进行创造性翻译，虽然翻转幅度较高，但基本都可以做到严丝合缝。

翻转幅度偏低的方法其使用频率越高，整体的翻转幅度就越低。这有很大一部分原因在于中日同属汉字圈，有不少情况可以直接挪用汉字，且中日文化交流密切，中日两国对译方面已经形成了一些相对固定的译法，同时尽可能地保留汉字可以为日语读者保留阅读中国古典文论的整体氛围。但是，一味地保留汉字容易让读者对于同一个汉字术语的表意产生混淆，导致理解不清。因此，译者不仅直接迻译汉字，也采用和语对应，或是采用解释性翻译"释译"以及利用译入语已有字音进行创造性翻译"创译"。而且尽可能低的翻转幅度能够尽量保留原文韵味及所要表达的含义。翻译效果的贴合程度方面，结合使用频率以及贴合程度，整体术语日译的贴合程度是较高的，基本都能实现严丝合缝的翻译，存在少数表意不完全但大体吻合的译文。总体上，《文心雕龙》三个日译本术语日译在译文生成层面翻译度表现为翻转幅度较低，翻译效果的贴合程度较高。

## 二、中国文学典籍中文化特色词的日译方法

### （一）典籍介绍

《论语》是孔子思想的代表作，是儒家思想的经典之一，是中华典籍的代表。全书共 20 篇 492 章，内容涉及政治、教育、文学、哲学等多方面，语境中承载着中国的文化和哲学，内含诸多文化特色词。本文以《论语》为例，探讨文化特色词的翻译策略。由于《论语》使用的是古汉语，语言言简意丰，《论语》语言的简约性为读者留下了巨大的阐释空间，造就了翻译的多样性。[①]同时，由于《论语》产生的年代早，文中反映出的风俗习惯、思维方式、物质生活等方面都与现在具有很大的差异，使得《论语》中的文化特色词极具时代和地域色彩。《论语》传入日本时间早，产生了多个《论语》日译本。翻译方法呈现多样化。

本章选取加地伸行、宫崎市定及贝塚茂树三名译注者的日语译文（之后简称为加地译、宫崎译和贝塚译）为研究文本，以各个文化特色词为对象，以目的论为指导，探究译者在处理文化特色词时的规律性策略，明确《论语》日译本中文化特色词的翻译方法，为其他典籍的翻译研究提供参考。因篇幅所限，本章仅选取部分有特色的例子进行分析。

### （二）《论语》中文化特色词的日译方法

1. 意译

（1）生态文化特色词

"各民族生活的地域不同，生态条件也呈现出不同的特点，表现在动物、植物、气候、地形面貌等方面，而生态条件也必然影响到各民族的文化，使文化表现出鲜明的地域性。"[②]在生态文化特色词中，除本身概念意义之外，可能还隐含褒义或贬义的色彩、比喻义和象征义等。

例 1.子曰：言忠信，行笃敬，<u>虽蛮貊之邦</u>行矣；言不忠信，行不笃

---

① 邸爱英.《论语》语言的简约性与《论语》英译的多样性[J].电子科技大学学报（社科版），2008（06）：47–50.

② 张万防.奈达的文化分类及其视角下的翻译研究[J].新余学院学报，2012（06）：54–56.

敬，虽州里行乎哉？①

加地译：老先生はこう教えられた。「発言にまごころがあり、行為に〔発言に対する〕慎みがあれば、<u>文化のない野蛮国</u>であっても、実現されるであろう。発言にまごころがなく、行為に〔発言に対する〕慎みがなければ、組織された秩序ある文明国であっても、実現できるであろうか。②

例2.虽之夷狄，不可弃也。③

加地译：〔常にそうあるべきであって、たとい文化の香なき〕<u>野蛮</u>な地に行っても、それをやめないことである」と。④

贝塚译：そういう人なら、たとえ<u>野蛮人の住む地方</u>に行っても、けっしてほうっておかれないはずだ。⑤

古代将东方部族称为夷，西方部族称为狄，南方部落称为蛮，北方部落称为貊。《尔雅·释地》云："九夷、八狄、七戎、六蛮，谓之四海。"[38]"夷、狄、蛮、陌"在先秦典籍中内含贬义，是对文化落后地区的称呼。诸夏是"礼仪之邦"，夷狄是被发左衽、未臻开化，孔子强调以礼（文化）来区分夷夏。⑥

例1和例2的译文中，使用意译的翻译方法，将原文中的意义传递给读者，指出"夷狄""蛮陌"是文化落后的地方，避免了对夷狄蛮陌的具体描述，保持语句连贯性。

（2）物质文化特色词

在物质文化词中，如"木铎""瑚琏""器"等，都被赋予了深刻的文化内涵，而词汇的文化意义大于其本身的概念意义。为消除词汇带来的陌生感，使用归化翻译策略，译出词汇的内涵，增强译文的可读性。

---

① 朱熹. 论语集注 [M]. 北京: 商务印书馆, 2015: 242.

② 加地伸行. 論語増補版 [M]. 講談社学術文庫, 2009: 255.

③ 朱熹. 论语集注 [M]. 北京: 商务印书馆, 2015: 219.

④ 加地伸行. 論語増補版 [M]. 講談社学術文庫, 2009: 306.

⑤ 貝塚茂樹. 論語 [M]. 中公文庫, 1973: 371.

⑥ 李帆. "夷夏之辨"之解说传统的延续与更新——以康有为、刘师培对《春秋繁露》两事的不同解读为例 [J]. 近代史研究, 2011 (06)：93-101.

例3.夺伯氏骈邑三百，饭疏食，没齿无怨言。〔70〕225

加地译：〔管仲は〕大夫の伯氏の知行地である骈の三百戸の地を
奪い取った。〔ところが〕奪われた伯氏は粗食の貧しい生活をしながら
も、生涯、管仲への恨みのことばを発しなかった。〔管仲の人物に敬服
していたからである。〕」①

宫崎译：伯氏の骈という邑にある三百戸の知行を没収した。伯氏は
食べ物にも不自由しながら、死ぬまで怨みごと一つ言わなかった。②

例4.天下之无道也久矣，天将以夫子为木铎。〔70〕110

加地译：天下は乱れ続けております。しかし、みなさんのこの旅は
先生の教えを広めるためとして天がお与えになったものです」と。③

宫崎译：天下に道のすたれたことは久しいものでした。しかし天道
さまは今やこれを昔に返そうとして、先生を送って警世の鐘をつかそう
としておいでになるのですぞ。④

例3中"疏食"指糙粝的饭食，引申为生活简朴、贫困。例4中
"铎"起源夏商，是以金属为框的响器，以木为舌的称为"木铎"，古代
天子发布政令时摇其以召众来宣政布政。文中喻指上天借助孔子教化百
姓。若采取逐词翻译的翻译方法，读者将无法理解"木铎"所代表的文化
意义。其本意不在"疏食""木铎"之物本身，而是分别强调生活贫困、
教化民众的隐含意义。在翻译过程中虽然弱化了词汇的具体意象，不能完
全忠实于原文，使目的语读者无法联想到"疏食""木铎"的具体形象，
但使用意译的翻译方法翻译其文化意义，成功传递了原文信息，提高了译
文的可读性。

（3）社会文化特色词

《论语》记录了孔子与弟子谈论时政、评价弟子、说诗品乐、臧否人
物等。在对话中透露出较丰富的社会与文化方面的信息。如何对这些信息

---

① 加地伸行. 論語増補版［M］. 講談社学術文庫, 2009: 321.
② 宫崎市定. 現代語訳論語［M］. 岩波現代文庫, 2000: 226.
③ 加地伸行. 論語増補版［M］. 講談社学術文庫, 2009: 78.
④ 宫崎市定. 現代語訳論語［M］. 岩波現代文庫, 2000: 53.

内容进行传达，是翻译时一个比较大的挑战。

例5.子曰：二三子以我为隐乎？①

加地译：老先生の教え。諸君は、私がなにか教え吝みしているとでも思っているのであろうか。②

宫崎译：子曰く、各々方は私が知識の出し吝みをしているとでも思っているかね。③

贝塚译：先生がいわれた。「諸君は自分がなにか隠しだてしてると思っているのか。④

"二三子"是孔子对弟子的称呼。译文中对于"二三子"的翻译，均采用了意译的翻译方法，译成日语中常用的称谓，意义明确，缩短了与目的语读者之间的距离，增强了目的语读者在阅读时的连贯性。舍弃原文形式，注重意义的传达，便于阅读。在文化缺失的情况下，意译是一种常用的翻译手段。一定程度上，使用意译的翻译方法对保持译文连贯性有积极的作用。

例6.子曰："雍也可使南面。"⑤

加地译：老先生の評価。冉雍は人君となれる人物である。⑥

贝塚译：先生がいわれた。「雍という男は、人の頭に立てる人物だ。」⑦

例6中"南面"并表示"地理方位"。《朱熹集注》云："南面者，人君听治之位。"⑧，即"南面"指"天子诸侯"；李炳南指出："凡从政者，皆可以南面称之。"⑨可知"南面"属于社会文化特色词，"可使南面"就是指"可以使他面南（为君）"，杨伯峻译文中译为"让他做一

---

① 朱熹. 论语集注[M]. 北京: 商务印书馆, 2015: 152.

② 加地伸行. 論語増補版[M]. 講談社学術文庫, 2009: 159.

③ 宫崎市定. 現代語訳論語[M]. 岩波現代文庫, 2000: 113.

④ 貝塚茂樹. 論語[M]. 中公文庫, 1973: 198.

⑤ 朱熹. 论语集注[M]. 北京: 商务印书馆, 2015: 132.

⑥ 加地伸行. 論語増補版[M]. 講談社学術文庫, 2009: 121.

⑦ 貝塚茂樹. 論語[M]. 中公文庫, 1973: 145.

⑧ 朱熹. 论语集注[M]. 北京: 商务印书馆, 2015: 132.

⑨ 李炳南. 论语讲要[M]. 武汉: 长江文艺出版社, 2011: 91.

部门或一地方的长官"①。加地译文选择将"南面"的隐含意义即"从政做官"之义译出，贝塚使用意译这一归化的翻译方法，将"南面"译为「人の頭に立てる」，日语中「頭」也有「上に立つ人。首領」之意，在译成日语时改变了"南面"的句子成分，翻译成了动词「人の頭に立てる」用来直接修饰人，但同样能够表示冉雍有治世之才之意，虽然在形式上与原文有所差异，但能够使译文更加贴近目的语读者。当词语的文化意义大于概念意义时，译者多采用归化的翻译方法，确保读者在阅读时的连贯性。

（4）语言文化特色词

《论语》篇短而精，包含了丰富的语言文化特色词。本文以四字成语为例，探讨了语言文化特色词的翻译策略。本文将收录于《论语》且无发生变化的成语作为研究对象。经统计可知，意译法在语言文化特色词的翻译中被广泛应用。

例7. 有鄙夫问于我，空空如也，我叩其两端而竭焉。②

加地译：〔たとえば〕ある無知な人が私のところに質問に来たことがあったが、本当に誠実であった。そこで私は、あれこれといろいろな面から教えて説き尽くしたものだ。〔そのときのような多面的教導をもって物知りとしているのであろう。〕③

宫崎译：それに聞き方の下手な者がやってこられるのは一層こまる。私の袋からは何も出てくるものがないのだ。これこの通りと、二つの隅を叩いて振って見せるばかりだ。④

贝塚译：しかし、名もない男が訪ねてきてわたしに質問し、その態度がばか正直だとしよう。わたしは話のはじめから終わりまで問いただして、じゅうぶんに答えてやってるまでだよ。⑤

从译文中可以看出加地译和贝塚译中将"空空"理解为"诚实"之意，宫崎译将"空空"理解为"无知"。由于《论语》原文言简意深，不

① 杨伯峻. 论语译注（简字体版）[M]. 北京：中华书局, 2006：56.

② 朱熹. 论语集注[M]. 北京：商务印书馆, 2015：169.

③ 加地伸行. 論語増補版[M]. 講談社学術文庫, 2009：195.

④ 宮崎市定. 現代語訳論語[M]. 岩波現代文庫, 2000：139.

⑤ 貝塚茂樹. 論語[M]. 中公文庫, 1973：241.

同译者可能存在不同的理解。贾延利（1989）指出，如今大都将"空空"理解为无知，但"实是'诚实'之义"。[①]《论语注疏》注："空空，虚心也。"[②]句中主要是强调孔子谦逊的求知态度，在翻译时表达出原文的准确含义即可，不必照着原文形象进行翻译。宫崎的理解与另两个译本在意义的理解上有差异，但同样使用了意译的翻译方法，在结构上补充主语等内容以适应目的语的语言环境。尽管译者对原文有不同的理解，但使用的翻译方法相同，将原文内容化隐为显，有助于目的语读者理解原文。

2. 省略

省略即"完全删除 ST（原文文本）中的要素"[③]。译者在翻译中国文化典籍时必须考虑每个词语可能包含的文化意蕴，尽可能地予以迻译。但当翻译过程中无法再现原文的每一个细节时，译者有时会使用省略的翻译方法，故意省略与目的语语言习惯和表达方式不一致的词语，或避免烦琐使译文行文更流畅。这些被省略的信息通常对整体的影响不大，使用省略的翻译方法容易实现与目的语读者之间的交流，同时又保证了原文文化信息的有效解译。根据统计可知省略的翻译方法在《论语》的三个译本中并不多见。省略的翻译方法主要用于社会文化特色词的翻译；在宗教文化特色词、语言文化特色词、物质文化特色词的翻译中各出现一次；在生态文化特色词的翻译中未见省略的翻译方法。

例 8. 子谓子夏曰："女为君子儒，无为小人儒。"[④]

加地译：老先生が子夏に教えられた。「教養人であれ。知識人に終わるなかれ」と。[⑤]

"儒"原指专职为贵族祭祀的祝官、占卜的巫师、办理丧事的司仪，是官职名称，后指尧舜文武周公等具有人文传统的人物。朱熹注："儒，学者之称"。加地译文中对"儒"的翻译进行了省略。加地指出："「君子」

① 贾延利.《论语》析疑三则 [J]. 孔子研究, 1989（03）: 128.

② 论语注疏, 何晏注, 刑昺疏 [M]. 中国致公出版社, 2016: 133.

③ 藤涛文子. 翻译行为与跨文化交际 [M]. 蒋芳婧, 孙若圣, 余倩菲译, 天津: 南开大学出版社, 2017: 57.

④ 朱熹. 论语集注 [M]. 北京: 商务印书馆, 2015: 137.

⑤ 加地伸行. 論語増補版 [M]. 講談社学術文庫, 2009: 130.

と「小人」というのは、「士」について言っていることばと思ったのです。「士」たる者、民の指導者たる者、まず必要なのは「知識」です。"（"君子"和"小人"是有关"士"的词汇。为"士"者，作为人民的领导者，首先需要的就是"知识"。）①加地认为"君子"与"小人"都是有学问的人，暗含"儒"的含义，故其译文将"小人"译为「知識人」。因此，为避免重复，对"儒"进行了省略。此时翻译方法的选择主要是受译者自身的理解的影响。可见根据译者对词义的理解，翻译呈现出多样性。

例 9.樊迟出。子曰："小人哉，樊须也！上好礼，则民莫敢不敬；上好义，则民莫敢不服；上好信，则民莫敢不用情。夫如是，则四方之民襁负其子而至矣，焉用稼？"②

贝塚译：樊遅が帰ると先生がいわれた。「なんとつまらない人物だろう、樊須という男は。政治家が礼をたいせつにすると、国民は彼を尊敬しないものはなく、正義を愛すると、国民は彼に服従しないものはなく、信用を尊ぶと、国民は誠実でないものがなくなる。ほんとうにそうなると、四方の国民が幼い子供を背負ってこの政治家のもとに集まってくる。どうして農作などをやる必要があるだろう」③

例 9. 体现了孔子的仁政思想。"上"多次出现，其意义无变化均指"统治者"。由于日语中人称代词的使用频率低于汉语，因此，在贝塚的译文中仅在出现第一个"上"时进行了逐词翻译，将首次出现的"上"作为主语。在后面的句子中，为了避免重复使用省略的翻译方法，对主语不再交代，使句子简洁明了。

3.解说

"有时候由于文化背景知识缺乏或者语言本身的差异，读者要读懂译文必须付出相当的努力，所以著名翻译理论家纽马克认为：'万不得已时，解释就是翻译'。（Newmark, 1982）"④对于目的语中缺少的文化内涵，可以

① 加地伸行. 第 13 回「教養人と知識人と（一）」[J/OL]. 「論語指導士」養成講座. http://rongokikou.com/pdf/no13.pdf. 2018.
② 朱熹. 论语集注[M]. 北京：商务印书馆，2015：214.
③ 貝塚茂樹. 論語[M]. 中公文庫，1973：256.
④ 滕梅. 英汉数词的翻译方法[J]. 解放军外国语学院学报，2003（02）：96-99.

通过解释说明的形式进行翻译。解说还常常与移植、逐词翻译和意译共用，即先对词语使用移植、逐词翻译或意译的方法进行翻译，再在文中进行解释说明。在解说的翻译方法中，加地的使用频率要高于另两位译者的使用频率。解说主要有两个作用：补充说明背景知识和使句子通顺流畅。

例 10.宰我对曰："夏后氏以松，殷人以柏，周人以栗，曰使民战栗。"①

加地译：宰我がお答え申し上げた。「夏王朝では松、殷王朝では柏、現周王朝では栗を用います」と。〔すると哀公が「現王朝がなぜ栗を使うのか」とお問いになったので〕宰我はついでこう述べた。「〔栗（クリ）は慄に通じますので〕人民に〔畏怖させ〕戦慄せしめるためです」と。②

例 11.季氏将伐颛臾。③

加地译：〔魯国の重臣の〕季氏（当主は季康子）が〔魯国の属国である〕顓臾に侵攻しようとしていた。④

例 12.伯夷叔齐饿于首阳之下，民到于今称之。⑤

加地译：伯夷・叔斉の兄弟は〔諸侯である周国の君主が、仕えている殷王を伐とうとするのを諫言したが、結局、周の国君は殷王を倒して周王朝を建てた。兄弟は周王朝治政の下の農作物を食べるのを恥じ〕首陽山に隠れ、〔わらびを採って生活していたが、最期は〕餓死した。人々は彼らを今に至るまで賞讃している。⑥

例 10 至例 12 都对词汇的文化背景进行来解说，例 10 中指出植物"栗"与暗含使人民"战栗"的「慄」相通；例 11 中补充说明了"颛臾"是鲁国的属国的文化背景；例 12，加地译文中添加大量的文字描述伯夷叔齐"耻食周粟"饿死山下的故事，尽可能地向读者传播异文化知识。通过

① 朱熹. 论语集注 [M]. 北京: 商务印书馆, 2015: 108.
② 加地伸行. 論語増補版 [M]. 講談社学術文庫, 2009: 73.
③ 朱熹. 论语集注 [M]. 北京: 商务印书馆, 2015: 252.
④ 加地伸行. 論語増補版 [M]. 講談社学術文庫, 2009: 375.
⑤ 朱熹. 论语集注 [M]. 北京: 商务印书馆, 2015: 257.
⑥ 加地伸行. 論語増補版 [M]. 講談社学術文庫, 2009: 375.

解说的翻译方法，在达到交际目的的同时，使目的语读者了解词汇的文化背景，加深对原文的理解。

4. 逐词翻译

在异化翻译策略，逐词翻译是一种重要的翻译方法。逐词翻译的翻译方法被认为是可以较为忠实地将文化特色词所表达的形象、意义和感情色彩传递给读者，保留词汇本身的文化特色的翻译方法。根据上下文语境，当词汇的文化意义在源语和目的语中相同时，往往使用逐词翻译的翻译方法。

例 13. 子曰："朽木不可雕也，<u>粪土之墙</u>不可杇也，于予与何诛。"①

加地译：〔それをお知りになった〕老先生はこうおっしゃった。「腐った木には彫ることはできない。<u>ぼろぼろになった土塀（牆）</u>は塗って修復することができない。宰予に対して責めてもしかたがない」と。②

宫崎译：子曰く、朽ちたる木では雕刻にならぬ。<u>腐植土を積んだ垣根</u>では上塗りができぬ。予に教えるのはもうあきらめた。③

贝塚译：先生がいわれた。「ぼろぼろの木に彫刻することはできないし、<u>泥土の垣根</u>に上塗りはできない。宰予にはもうこれ以上何を叱ろうぞ。」④

例 13 原句是孔子看见宰予偷懒而表现出的失望之情。由于原文读者和目的语读者的认知环境相似，在翻译"粪土之墙"时，选择逐词翻译的翻译方法，能够最大限度地保持原来的形象，符合目的论的目的性以及忠实性原则，同时又使译文通俗易懂，最大限度地达到了词内连贯。

当词汇的文化意义不明显，或目的语中有相似的文化意象时，使用逐词翻译的翻译方法就能完成原文信息的传递，达到很好的文化交流效果。

例 14. 子所雅言，<u>诗、书</u>、执礼，皆雅言也。⑤

宫崎译：孔子が標準語を用いて誦するのは<u>詩経と書経</u>とである。な

---

① 朱熹. 论语集注 [M]. 商务印书馆，2015：123.

② 加地伸行. 論語増補版 [M]. 講談社学術文庫，2009：106.

③ 宮崎市定. 現代語訳論語 [M]. 岩波現代文庫，2000：75.

④ 貝塚茂樹. 論語 [M]. 中公文庫，1973：123.

⑤ 朱熹. 论语集注 [M]. 商务印书馆，2015：151.

お礼を執行する間の言語も標準語であった。①

貝塚译：先生が標準語で発音されるのは、『詩経』と『書経』とである。礼を行なう人もみな標準語で発音した。②

例14的意思是孔子在讲述《诗经》《尚书》和行礼时都使用周代的官方语言雅言，此句中"诗""书""礼"分别指代《诗经》《尚书》和行礼，说明了孔子对于文明传统的尊重。使用逐词翻译的方法，译文自然流畅。

5. 借用翻译

借用翻译是指译出词语各构成要素的意义，以原文文化为依据，要求译文尽可能适应原文文化和作者的遣词造句习惯，并保持原文的异国情调。借用翻译与逐词翻译方法容易混淆。逐词翻译是指在以句为单位翻译出语义内容，借用翻译是以词为单位翻译各构成要素的意义，借用翻译更侧重词语的对应而非语句的对应。此种翻译方法所占比例并不大。

例15.朝，与下大夫言，侃侃如也；与上大夫言，訚訚如也。③

加地译：政庁において、先生より下位の大夫と話されるときの口調は、和らぎ楽しく、上位の大夫とのそれは、〔追従などされず〕ごくふつうであった。④

宮崎译：朝廷で下級の大夫と話すにはいと物柔かに、上級の大夫に対しては臆するところなく言う。⑤

貝塚译：会議場で下役の下大夫と話されるときは、なごやかで、同役の上大夫と話されるときは、ほどがよかった。⑥

例16.私覿，愉愉如也。⑦

宮崎译：公式の宴会にはゆったりした構えになり、個人的な付きあ

---

① 宮崎市定. 現代語訳論語 [M]. 岩波現代文庫, 2000: 111.
② 貝塚茂樹. 論語 [M]. 中公文庫, 1973: 194.
③ 朱熹. 论语集注 [M]. 商务印书馆, 2015: 179.
④ 加地伸行. 論語増補版 [M]. 講談社学術文庫, 2009: 216.
⑤ 宮崎市定. 現代語訳論語 [M]. 岩波現代文庫, 2000: 152.
⑥ 貝塚茂樹. 論語 [M]. 中公文庫, 1973: 264.
⑦ 朱熹. 论语集注 [M]. 商务印书馆, 2015: 181.

いになると、もっとくだけてにこやかにしていた。<sup>①</sup>

贝塚译: 公式の行事がすんで、私的の会見になると、楽しげな表情
になられる。<sup>②</sup>

例 15 讲的是孔子在朝堂上的言行，对不同的官员持有不同的态度。
其中，"下大夫"是古代官职名。"周王室以及各诸侯国官员皆设卿、
大夫、士三等，每一等又分为上、中、下三级。下大夫于此泛指官位低
者。"<sup>③</sup>但在三个译本中将"下"与"大夫"分开翻译，将"下"理解为修
饰"大夫"的词语。例 16 中"私觌"是指奉使他国的使者以私人身份见出
使国国君的礼仪，表达对国君的敬重。"觌"根据词典解释是指"见，相
见"。（觌：见，相见。《荀子·大略》："私~，私见也"。<sup>④</sup>）"私
觌"即私下会面。

经统计，借用翻译方法仅出现在社会文化特色词的翻译中，贝塚译文
中比加地和宫崎译文中出现的次数更多。例句用"借用翻译"的方法，能
够在保留原文的要素和意义的基础上，再现原文的意义（符合目的）。能
在形式、内容上忠实、准确地表达原文的意义，保证意义的连贯。

---

① 宫崎市定. 現代語訳論語 [M]. 岩波現代文庫, 2000: 155.

② 貝塚茂樹. 論語 [M]. 中公文庫, 1973: 268.

③ 于淮仁. 论语通解 [M]. 兰州: 甘肃人民出版社, 2014: 129.

④ 古汉语常用字字典 (第 4 版) [Z]. 北京: 商务印书馆, 2009: 76.

# 第六章 《红楼梦》日译探究

自第一本《红楼梦》远涉重洋开始的两个多世纪以来，《红楼梦》共被翻译成约17种语言，在世界各地拥有千百万读者。其中，又以日译本最为成功，这主要是因为日本文化和汉文化有着极深的渊源关系。截至目前，《红楼梦》共有38种日译本，含摘译本12种、编译本12种、全译本10种、节译本3种、转译本1种，且全译本种类之多非其他语种可比。《红楼梦》日译史有近130年之久，其日译本在国别红学研究中占据着举足轻重的地位，日本的红学研究也堪称红学研究的重要阵地之一。

本章主要探讨《红楼梦》颜色词与花卉隐喻日译及饮食词汇日译的方法。

## 一、《红楼梦》颜色词与花卉隐喻日译

本章依据认知语言学的概念隐喻理论，从《红楼梦》中选取色彩概念隐喻、花卉概念隐喻，以国译本、松枝本、伊藤本和新译本这四大日译本为研究对象展开论述。

### （一）《红楼梦》颜色词隐喻日译

《红楼梦》中有丰富的色彩描写，运用了大量的颜色词。这些颜色词与色彩描写，不仅与全书主题密切相关，且有助于人物肖像描写的逼真、鲜活、传神，更能状物写境、以景寓情，起到发展故事情节或暗示事件进程的作用，可以说《红楼梦》中的色彩概念隐喻是作品庞大的概念隐喻世界的重要组成部分，是与作品主题和人物塑造密切相关的重要概念隐喻体系。

正是由于色彩概念隐喻的重要性，作为《红楼梦》翻译的重要一环，颜色词的翻译也成了必须跨越源语与目标语在色彩感觉、色彩意象、审美意识等等各方面的文化差异的一大难点，同时也对译本中人物形象和人物关系的重塑及作品主题的再现构成巨大影响。

1. 同一事物名词的"色彩仿生运用"

日本传统文化深受中国传统文化影响，在传统色仿生颜色词中，有相当一部分直接源自中文，也有一部分因对自然界各种事物的关注点和审美感觉的相似性而取色自同一事物名词，表示的色调也相近。这就为《红楼梦》中仿生颜色词的日译提供了一定便利。笔者且将与源语颜色词取色自同一事物、且是日本传统色固有仿生颜色词的译词总结归纳为表6-1。

**表6-1 取色自同一事物的源语颜色词和日语译词**

| 源语颜色词 | 国译本 | 松枝本 | 伊藤本 | 新译本 |
|---|---|---|---|---|
| 猩红（猩、猩猩、大红猩） | / | 猩猩绯 | 猩猩绯 | 猩猩绯 |
| 胭脂 | / | えんじ色 | えんじ色 | 臙脂色 |
| 墨 | 墨 | 墨 | 墨 | 墨 |
| 桃红 | 桃色 | 桃色 | 桃色 | / |
| 柳黄 | / | / | / | 柳葉色 |
| 葱黄 | / | / | 浅葱色 | / |
| 金黄 | / | 黄金 | 金色 | 金 |
| 葱绿 | / | / | 浅葱 | / |
| 漆黑 | / | 漆黑 | / | 漆黑 |

表6-1中的"猩猩绯"就直接来源自中文的"猩红"，只是将"红"换作了"绯"，形成了日本自己的传统色颜色词。这一颜色词最早出现于文献是江户时代初期，用于形容南蛮商船运来的鲜红色罗纱、天鹅绒、羊毛毯等织品，也用于描述战国武将的阵羽织的颜色，其用法与《红楼梦》中用以描写毛毡、门帘、斗篷等颜色的"猩红"系列颜色词有不谋而合之处。

"臙脂色"应该也是源自中国传统色颜色词"胭脂"。"胭脂"又名"燕脂""燕支"，"是用红蓝花捣碎的汁制成，用于化妆和绘画的红色颜料"。据文献记载，中国早自商纣时，便"以红蓝花汁凝作燕脂，以燕国所生，故曰'燕脂'""到了大约南北朝时期，人们在这种又加入了牛腩、猪胰等物，使其成为一种稠密润滑的脂膏，由此，'脂'有了真正的意义"[1]，"胭脂"一词也由此而生。有趣的是，"臙脂色"这一色名在日本出现要晚得多，已是明治时代开始之后的事。之前在指相同染法的相似颜色时，用的是"紅色"，即取色自作为原材料的"紅花"（红蓝花），指代女性腮红、口红等化妆品或绘画材料时，也用的是同一词源的"紅"。可见，"胭脂"这一颜色词被吸收进日语也是近代以后的事。

此外，"桃花""柳叶""葱"等植物和"墨""金""漆"等矿物质和原材料，在中日文颜色词中得到了同样的仿生运用，则反映了中日传统文化在审美视角、文化生活等方面的交集。

然而，还有很多源语颜色词不能在目标语日语中找到取色自同一事物的传统色仿生颜色词，各个译本就会选择取色自其他事物的日本传统色仿生颜色词，或采取保留源语汉字加音读自造颜色词等等多种译法。从传统色颜色词对事物的仿生运用的不同选择和偏好中，恰恰能反映中日传统文化审美视角、色彩感觉的差异，以及形成这种差异的自然环境、生活习惯等认知、文化体验的差异。

2. 植物类仿生颜色词的日译

除了上文列举的"桃红""柳黄""葱黄""葱绿"之外，《红楼梦》中还有很多植物类色名不能在日语中找到取色自同一事物的传统色仿生颜色词。

例如，"藕色""藕合""莲青"等一系列与"莲"这种植物有关的色名。莲属植物在中国文化中扮演着非常重要的角色，既是庭院、室内重要的观赏植物，也是工艺品、绘画的重要素材以及常见的重要食材，同时包含了丰富的文化和审美意象。取色自莲属植物的仿生颜色词自然也很多，除了上文列举的《红楼梦》中出现的几个，还有"藕褐""石莲褐""藕丝色""藕丝褐""莲红"等等。

受中国文化影响，再加上佛教的传入，莲属植物在日本文化中也有

---

[1] 青简. 古色之美 [M]. 长沙: 湖南人民出版社, 2019: 51.

一定的存在感，但其地位远不及在中国文化中那样举足轻重。日本传统色颜色词中几乎找不到取色自莲属植物的根茎叶等的仿生颜色词。不仅是莲花，《红楼梦》中诸如"玫瑰色""玫瑰紫""荔色""杏子红""海棠红""石榴红"等植物类仿生颜色词所取色自的"玫瑰花""荔枝""杏子""海棠花""石榴花"等花卉或果实，在日本传统色仿生颜色词中也鲜有被运用，自然也找不到取色自同一植物的日本传统色仿生颜色词作为译词。四个日译本大都采用的是保留源语汉字加注音自造颜色词的译法，也有用取色自其他事物的颜色词作译词的，如"松枝本"和"伊藤本"就加文中注或注音将"海棠红"译为"镐色"，即"朱鹭鸟翅梢的淡粉色"，也有加文中注或尾注对源语颜色词的色调进行补充说明的，如"新译本"就在保留源语汉字和加音读的基础上，再加文中注将"荔色"释译为"赤紫色"（紫红色）。不过，也有如"柳绿""松绿"之类的植物类仿生颜色词，日本传统色中本有"柳色"（柳叶的绿色）、"松葉色"（松叶的颜色）等取色自同一植物的仿生颜色词，色调也相差无几，四个日译本却几乎都未采用。或许是因为这类植物的色彩仿生运用在中日传统色中都十分常见，译者认为光凭汉字就足以转换其色调和色彩意象了吧。

3. 动物类仿生颜色词的日译

《红楼梦》中取色自动物的仿生颜色词较少，除了上文列举的"猩红"系列颜色词取色自中国神话传说中的动物"猩猩"的血色之外，还有"驼绒""鹅黄"两例。这两词都不能在日本传统色颜色词中找到取色自同一事物的仿生颜色词作译词。

"驼绒"取色自骆驼的毛色，"松枝本"译为"駱駝色"。"駱駝色"是日本当代比较常见的颜色词，特别是在二十世纪六七十年代，是日本毛织品的代表色之一，也可用外来语camel表示。但这一颜色词在英文中出现就比较晚，是二十世纪初的事。而在日本成为广泛使用的色名则要更晚，并不属于传统色颜色词。其他译本则将"驼绒"译为"薄毛"（意为薄毛，未译作颜色词），"駝絨色"（保留源语汉字的自造颜色词）等（"新译本"因底本不同，此处底本作"酡"，是另一颜色词）。

4. 矿物类仿生颜色词的日译

《红楼梦》中出现了大量取色自矿物质的仿生颜色词，其中

"金""银"两色用例众多,但其作为颜色的含义已成为与作为金属材质的原义同样常见、同等重要的含义,笔者认为可视为单一颜色词。除此之外,还有"银红""翡翠""金黄""石青""靛青""黛""铁青""玉色"等多种。其中,"金黄""石青"能在日本传统色中找到同样取色自矿物质的仿生颜色词,如"金黄"在"松枝本"中译为"黄金"(黄金的颜色),在"伊藤本"中译为"金色"(金色),在"新译本"中译为"金"(金的)。

又如"石青"的翻译,除"国译本"外的三个译本都曾选用"群青色"作译词。"石青"是"一种蓝铜矿,一种古老的玉料,呈鲜艳的微蓝绿色"[①],是中国传统绘画颜料和宫廷、贵族乃至民间服饰的重要色彩。而"群青色"原本也是源自中国的颜色词,中国的"群青"原本是以青金石为原料的颜料和染料,呈深蓝色,比"石青"色泽更深,后因青金石昂贵,也用蓝铜矿代替,而这一色名及其制造工艺也传入了日本。

至于其余几个颜色词,则在日本传统色中难以找到取色自相同或相近矿物质且色调相仿的仿生颜色词,四个日译本采用的是①保留源语汉字加注音自造颜色词;②注音为日语普通颜色词;③注音为取色自别类事物的传统色仿生颜色词等;④加文中注或尾注对色调进行补充说明等译法。

**(二)《红楼梦》花卉隐喻日译**

1.《红楼梦》中的花卉及"人花对应"关系

日本学者森中美树在2019年的第65次日本中国四国地区中国学会大会上做了题为《〈红楼梦〉花的研究史》的研究报告、对《红楼梦》中的花的研究史做了整理和概述。根据她的考证和总结,对《红楼梦》中的花的研究,始于20世纪20年代俞平伯等人对绛珠草、桃花与林黛玉人物形象的关联性的研究,而后历经A——考证时代、B——港台地区的艺术论时代、C——研究盛行的时代、D——"意蕴""意象"时代、E——花与其他意象之关联研究的时代、F——花意象与水意象研究的时代、G——"花园"的意义研究的时代、H——"花魂""落花"与作品悲剧性研究的时代、I——回顾和细分化研究的时代等九个阶段而发展至今。

---

① 红糖美学.国之色——中国传统色彩搭配图鉴[M].北京:中国水利水电出版社,2019:76.

　　这篇研究报告中还指出，从C阶段的吕启祥的《花的精魂诗的化身——林黛玉形象的文化蕴含和造型特色》一文中明确提出"以花喻人"的概念开始，到D阶段花的"意蕴""意境""意象"成为研究的关键词，花对人物塑造的意义和作用以及人花一体化的研究逐渐成了对《红楼梦》花的研究的主体，乃至I阶段兴起了对花的字义、种类及关联人物进行细分化的研究。

　　不过，森中学者在日本中国中世文学会2018年度研究大会上，已经对细分化研究的可能性和必要性提出了质疑[①]。同时，在其研究报告中以"芙蓉""海棠"等花卉为例，分析和论证了《红楼梦》中花卉描写及人花对应关系的多义性和多重性，以及由此可能导致的多样性解读，从而指出了《红楼梦》描写整体所呈现的暧昧性特点。中国也有部分学者持类似观点，如上文所提到的吕启祥的论文中就曾提出："这种象征和寓意，虽然有其相对确定的含义，但不必过分拘泥，变成对号入座。有时，同一种花可以喻不同的人，或不同的花可以喻同一个人。"[②]换言之，不仅同一人物可能借多种花卉来隐喻，同一花卉也有可能隐喻多个人物，甚至由于同一花卉名称可能包含多重含义，也有可能与同一人物之间形成多重映射关系。

　　根据陈平、邓双文的统计，"《红楼梦》全书共写树木七十八种；花草藤蔓五十八种，食物蔬菜二十七种；中草药三十五种"[③]，共有植物198种。中国台湾学者潘富俊的《红楼梦植物图鉴》则收录了所有在《红楼梦》中出现的植物共242种，前八十回中出现的植物235种[④]。刘世彪的《红楼梦植物文化赏析》一书中，又对各回中出现的植物做了更详细的统计，列出了植物244种。在此基础上，该著作又从植物的文化功能的角度，将《红楼梦》中的植物归类为援引植物来投射人的情感比喻人的品行的品格植物65种；包含了植物崇拜、与节庆风俗等相关的习俗植物22种；有着丰富的国家与国家、

---

① 该研究报告尚未以论文形式在刊物上公开发表。

② 吕启祥. 花的精魂　诗的化身——林黛玉形象的文化蕴含和造型特色 [J]. 红楼梦学刊, 1987（03）: 49.

③ 陈平, 邓双文. 丰富的植物学知识 [C] //中国社会科学院文学研究所《红楼梦研究集刊》编委会. 红楼梦研究集刊. 上海: 上海古籍出版社, 1985: 437.

④ 潘富俊. 红楼梦植物图鉴 [M]. 上海: 上海书店出版社, 2005: 2.

民族与民族之间引种和传播历史的传播植物25种；出现在相关神话、传说和故事中的传说植物25种；反映植物图腾崇拜和宗教信仰的宗教植物6种；以及用于园艺、家饰且具有一定象征意义的观赏植物122种[①]。

　　《红楼梦》"以花喻人"的隐喻手法，早在道光年间就已有人有了清楚的认识和把握。历年来，众多文人、学者将红楼群芳比成众花，列出一人对一花的红楼群芳谱。如道光年间诸联的《红楼评梦》、王希廉《石头记评赞》中的群芳花谱，当代早期的戴敦邦、陈诏的《红楼梦群芳图谱》，以及近年来方明光、丁丽莎的《红楼女儿花》、上文提及的刘世彪的《红楼梦植物文化赏析》、李万青的《花影魅红楼——〈红楼梦〉花文化鉴赏》中的群芳花谱，还有日本学者合山究『「紅楼夢」新論』中的「『紅楼夢』花」一章等等。但由于《红楼梦》"以花喻人"的复杂性、多样性，即一人对多花、多人对一花、一人对一花等对应关系及花名的多义性，加之学者们各自理解的差异性，历代学者在论及红楼梦"以花喻人"现象时，其所列红楼群芳谱都各有不同。早期的花谱更多体现了整理者自己对人物的理解，偏重于鉴赏和点评，缺乏文本依据和文本分析，有一定牵强之处，有的甚至与文本花喻体系全然不同。近期刘世彪、合山究等人整理的花谱开始重视文本，大多基于文本花喻体系拟出，但文本分析仍不够深入、全面。

　　在前人整理和研究的基础上，刘霜的论文基于《红楼梦》人花对应关系的多义性和多重性原则，对文本中客观存在的花喻体系做了一个更为全面的梳理，并依据文本描写手法分为了"判词花喻""红楼梦曲花喻""花签花喻""直譬花喻""名号花喻""居室花喻""咏花诗花喻""意境花喻""其他花喻"[②]等多个类型，为本章的研究提供了极具参考性的基础数据和语料。但在一些细节上，笔者仍与之有不同意见。例如，该论文将所有咏唱过某种花卉的人物都视为与此花卉有隐喻关系，但笔者认为同一种花卉在不同人物笔下关注的是其不同的品格，这已然属于诗词隐喻的范畴，因此只将咏唱某种花卉而夺魁的人物视作与该花卉存在

① 刘世彪. 红楼梦植物文化赏析[M]. 北京: 化学工业出版社, 2011: 2.

② 刘霜.《红楼梦》以花喻人研究[D]. 西宁: 青海师范大学, 2017: 71—80.

隐喻关系；此外，同一花卉可能表述为不同的花名，同一花名亦可能代表不同的花卉，笔者认为在罗列花名时应以细分，比如，"海棠"与"白海棠"虽都名"海棠"，且都与湘云存在隐喻关系，但实则两种截然不同的花卉，花签花喻为"海棠"，而咏花诗花喻为"白海棠"，笔者以为不可混为一谈；此外，刘霜的整理仍存在少量人物或花卉的错漏。综上所述，在以刘霜整理为主的各种《红楼梦》群芳花谱的基础上，参照其他"以花喻人""人花一体化"个例研究的论著，笔者将《红楼梦》前八十回中出现的对人物有隐喻作用的花卉及其可能隐喻的人物归纳总结为表6-2。

表6-2　《红楼梦》"以花喻人"对应关系

| 番号 | 花卉 | 人物 | | | | | | | | | | | | | | | | | | | | | | | | | |
|---|---|---|---|---|---|---|---|---|---|---|---|---|---|---|---|---|---|---|---|---|---|---|---|---|---|---|---|
| | | 黛玉 | 宝钗 | 湘云 | 元春 | 迎春 | 探春 | 惜春 | 李纨 | 宝琴 | 妙玉 | 邢岫烟 | 香菱 | 袭人 | 晴雯 | 麝月 | 小红 | 芳官 | 藕官 | 龄官 | 平儿 | 娇杏 | 文杏 | 莲花儿 | 夏金桂 | 尤三姐 | 五儿 | 大观园众儿女 |
| 1 | 绛珠草 | √ | | | | | | | | | | | | | | | | | | | | | | | | | | |
| 2 | 菱花 | | | | ○ | | | | | | | | ○ | | | | | | | | | | | | | | | |
| 3 | 莲花 | | | | | | | | | | | | ○ | | | | | | | | | | | | √ | ○ | | |
| 4 | 玫瑰 | | ○ | | | | ○ | | | | | | | | | | | √ | | | | | | | | | √ | |
| 5 | 梨花 | | | ○ | | | | | | | | | | | | | | | | | | | | | | | | |
| 6 | 海棠 | | | | | | | | | | | | | √ | | | | | | | | | | | | | | √ |
| 7 | 兰 | | | | | | | | √ | ○ | | | √ | √ | | | | | | | | | | | | | | |
| 8 | 荷花 | ○ | | | | | | | | | | | ○ | | | | | | | | | | | | | | | |
| 9 | 石榴花 | | | | ○ | | | | | | | | | | | | | | | | | | | | | | | |
| 10 | 桂花 | | | | | | | | | | | | | √ | | | | | | | | | | | | | ○ | |
| 11 | 稻花 | | | | | | | | √ | | | | | | | | | | | | | | | | | | | |
| 12 | 白海棠 | ○ | | ○ | | | | | | | | | | √ | | | | | | | | | | | | | | √ |
| 13 | 蘅芜 | | √ | | | | | | | | | | | | | | | | | | | | | | | | | |
| 14 | 藕花 | | | | | ○ | | | | | | | | | | | | | √ | | | | | | | | | |
| 15 | 菊 | ○ | ○ | | | | ○ | | | | | | | | | | | | | | | | | | | | | |
| 16 | 并蒂秋蕙 | | | | | | | | | | | | | | | | | | √ | | | | | | | | | |
| 17 | 老梅 | | | | | | | | ○ | | | | | | | | | | | | | | | | | | | |
| 18 | 红梅 | | | | | | | | | | ○ | ○ | | | | | | | | | | | | | | | | |
| 19 | 并蒂菱 | | | | | | | | | | | | ○ | | | | | | | | | | | | | | | |
| 20 | 夫妻蕙 | | | | | | | | | | | | √ | | | | | | | | | | | | | | | |
| 21 | 牡丹 | | ○ | | | | | | | | | | | | | | | | | | | | | | | | | |
| 22 | 杏花 | | | | | | ○ | | | | ○ | | | | | | | | | | | √ | √ | | | | | |
| 23 | 蔷薇 | | | | | | | | | | | | | | | | | | | ○ | | | | | | | | |
| 24 | 荼蘼 | | | | | | | | | | | | | | | ○ | | | | | | | | | | | | |
| 25 | 并蒂花 | | | | | | | | | | | | ○ | | | | | | | | | | | | | | | |
| 26 | 芙蓉 | ○ | | | | | | | | | | | | | ○ | | | | | | | | | | | | | |
| 27 | 桃花 | ○ | | | | | | | | | | | | ○ | | | | | | | | | | | | | | |
| 28 | 芍药 | | | ○ | | | | | | | | | | | | | | | | | | | | | | | | |
| 29 | 蓼花 | | | | √ | | √ | | | | | | | | | | | | | | | | | | | | | |
| 30 | 芭蕉 | | | | | | √ | | | | | | | | | | | | | | | | | | | | | |

2.《红楼梦》花卉名的日译

四个日译本在花卉的翻译上，基本是忠实于原著的。这是文化和文字的同源性为翻译工作提供的便利。诸如"莲花""桂花""菊花"等大多数花卉，早在古代便已从中国传入日本，在日本文化中也是十分常见的花卉，甚至表记方式也沿用了中文汉字。所以在翻译时，大多只需保留源语汉字，标注音读或训读即可，甚至无须标注读音也可起到翻译转换的作用，但其中也有小部分例外情况，按源语文本中花卉的含义可归纳为两大类。

（1）用作花卉原意的情况

第一，源语文本中的花卉名为作者虚构，具体所指不详。如"绛珠草"这一花卉名便是作者自创的，具体指的是哪一种植物，在学界一直是争论和研究的课题。在翻译这一花卉时，四个日译本都采用的是保留源语汉字并标注音读的译法，但国译本和伊藤本通过注释，进行了更为明晰化的注解。国译本在保留甲戌本侧批"细思'绛珠'二字岂非血泪乎"的同时，加注释指明了花卉名为作者虚构，也指出这是一种现实中并非真实存在的仙草、灵草，并且还进一步明确了此花卉的隐喻作用，即为黛玉转生。而伊藤本的注释则更为详细，援引了左思的《吴都赋》中的"绛草"、《山海经》中的"瑶草"以及曹寅的七律诗《樱桃》中暗喻"樱桃"的"绛宫珠"等，以说明"绛珠草"的出处和典故以及其可能具体所指的植物，同时也补充说明绛为赤色，绛珠暗指血泪。

第二，源语文本中的花卉在日本文化中罕见，目标语读者可能对其概念模糊。这样的例子有"茝兰""蘅芜""蕙""荼蘼"等。

根据《汉语大词典》的解释，"茝兰"是"白芷与兰草的合名，通常泛指具有香气的草本植物"[1]，最早出现于《楚辞》，有"兰茝幽而独芳"（九章）、"茝兰桂树"（大招）、"怀兰茝之芬芳兮"（九叹）等句[2]。《红楼梦植物图鉴》也将"茝"释为"白芷"，并引《楚辞》中的用例，指出"屈原用香草白芷来喻君子"[3]。在《红楼梦》前八十回中，"茝

---

① 罗竹风等.汉语大词典[M].北京:汉语大词典出版社,1990.

② 汤炳正,李大明,熊良智,等注.楚辞今注[M].上海:上海古籍出版社,2012:70,252,253.

③ 潘富俊.红楼梦植物图鉴[M].上海:上海书店出版社,2005:73.

兰"共出现了两次，一处是第十七回所描写的大观园蘅芜院中的众多异草之一，另一处是第七十八回宝玉悼念晴雯所作《芙蓉女儿诔》中的"茝兰竟被芟锄"一句。四个日译本两处均采用了保留源语汉字并标注音读的译法，但国译本和新译本在此基础上通过注释，进行了更为明晰化的注解。国译本的注释指明其为一种香草，且列举了其用例之一即《礼记内侧》中的"妇或赐之饮食、衣服、布帛、佩帨、茝兰"一句，释曰中国古代常将茝兰用作佩帨，但认为这种植物多存在于书中，现实中并不真实存在，又在第七十八回的"茝兰"的注释中阐明这是一种香草，以喻晴雯。

"蕙"在《红楼梦》中出现多次，除了"佳蕙""蕙香"等人名外，作为花卉原意的用例主要出现在第十七回、第五十回、第七十八回中与"兰"对仗或并称的"蕙"、第四十四回中宝玉为平儿簪戴的"并蒂秋蕙"以及第六十二回"斗草"游戏中香菱找到的"夫妻蕙"。根据《汉语大词典》的解释，"蕙"可指"佩兰"，也可指"蕙兰"。"佩兰"是菊科泽兰属多年生草本植物，"蕙兰"则是兰科兰属的地生草本植物。《红楼梦植物图鉴》中将第四十四回的"秋蕙"释为"秋天开的兰花"[①]，即"建兰"，又将第六十二回的"夫妻蕙"释为"花序上并头结花的兰花"[②]。可见，"蕙"通常指的就是品种众多的中国兰中的一种，如蕙兰、建兰等，或是花型与之相近的泽兰、佩兰。

四个日译本在翻译"蕙""秋蕙"和"夫妻蕙"时，基本采用的是保留源语汉字并标注音读的译法，同时也都通过文中注等形式，注明"蕙"是"与兰近似的香草""兰的一种"。值得注意的是，唯有新译本在以上译法的基础上，还将"秋蕙"标注为"藤袴"，"藤袴"属菊科泽兰属植物，与中国的"泽兰""佩兰"近似，严格来说虽与源语文本中的"秋蕙"相近但不是同一植物，可参照图6-1对二者的花形、花色略做比较。但在日本文化中，"藤袴"作为"秋之七草"之一，可谓家喻户晓，既可植于庭院也可供室内插花、观赏，虽原产自中国并于奈良时代传入日本，但由于气候相宜，很快就在日本广泛种植和生长，并得到日本人的喜爱，

---

① 潘富俊. 红楼梦植物图鉴 [M]. 上海: 上海书店出版社, 2005: 136.

② 潘富俊. 红楼梦植物图鉴 [M]. 上海: 上海书店出版社, 2005: 178.

早在《万叶集》中就已被广泛歌咏，《源氏物语》中亦有一卷题为"藤袴"。可见，新译本的注解不仅使译词更为明晰化、具体化，也更容易被目标语读者所理解，并在其心中形成以日本文化语境为基础的相应的隐喻概念和意象。

蕙兰　　　　　　　　泽兰　　　　　　　　藤袴

**图6-1　"蕙"及其译词的花卉比较**

当然，源语文本中出现的在日本文化中罕见的花卉，也有极少数四个日译本都未作明晰化翻译的。例如"蘅芜"，四个日译本都仅采用了保留源语汉字并标注音读的译法，未加注释。"蘅芜"是菊科下属的"杜衡""芜菁"等植物的统称，也可泛指生长在地上的匍匐状且具有香气的草本植物。在《红楼梦》中既是大观园蘅芜院中的代表性植物以至该院以之命名，亦是该院主人宝钗的雅号。但在日本文化中，"蘅芜"是非常陌生的花卉名，各大工具书和历代文学作品中都难见其踪影。四个日译本的译法恐怕很难令日本读者对这种植物产生明确的概念，也很难转换其对宝钗人物形象塑造所起的隐喻作用。

第三，源语文本中的花卉品种范围较广或存在多义性。针对这种情况，笔者暂举两例加以说明。

首先是"玫瑰"。从通俗意义上讲，"玫瑰"可以被理解为蔷薇科蔷薇属植物的统称。在欧洲诸语言中，蔷薇、玫瑰、月季等蔷薇科蔷薇属植物就都使用一个词来表示，如英语的rose。在日语中，"蔷薇"也有另一个汉语音读词汇的别称"玫瑰"。但在中国古代，人们很早就能清楚地将蔷薇科或蔷薇属植物分为月季、玫瑰、蔷薇、荼蘼等品种。其中，"玫瑰"指的是蔷薇科蔷薇属桂味组宿萼大叶系的植物，学名*Rose rugosa Thunb*，在日本被称作"バラ"。第五十六回李纨提到大观园怡红院的出产时说：

"怡红院别说别的，单只说春夏天一季玫瑰花，共下多少花？还有一带篱笆上蔷薇、月季、宝相……"，可见《红楼梦》中也将玫瑰、蔷薇和月季等区分得很清楚，三者具体区别参见图6-2。"玫瑰"还用于第四十四回宝玉挨打后吃的以及第六十、六十一、六十二回芳官赠予五儿并引发纷争的"玫瑰清露"，还有对尤三姐的戏称以及探春的诨名等等。

玫瑰　　　　　　　　蔷薇　　　　　　　　月季

图6-2　"玫瑰""蔷薇""月季"花卉比较

　　四个日译本中，国译本尚有将"玫瑰卤子""玫瑰膏子"的"玫瑰"以及探春诨名都注音为"ハマナス"，却将"玫瑰露"的"玫瑰"注音为"バラ"的情况松枝本也有将尤三姐戏称和探春诨名"玫瑰"注音为"バラ"，其他"玫瑰"均注音为"バラ"的情况，但后来的伊藤本和新译本则基本注音均为"ハマナス"。而"蔷薇"则均译为"蔷薇"，可见细分化的程度越来越高了。

　　另一例是"芙蓉"。芙蓉，可分为水芙蓉和木芙蓉。水芙蓉即睡莲科的草本水生花卉——荷花，而木芙蓉则是一种锦葵科的陆生木本植物，参见图6-3。关于《红楼梦》里的"芙蓉"究竟是水芙蓉还是木芙蓉，一直是中国学界争论的一大课题。但在日本学界，有很长一段时间都未意识到"木芙蓉"的可能性，并且理所当然地认为"芙蓉"就是"水芙蓉"。四个日译本中除伊藤本之外的三个译本，基本都采用了保留源语汉字标注音或训读等译法，都将"芙蓉"译作"莲"（莲花），即"水芙蓉"；只有伊藤本，在保留源语汉字标注音读的基础上，特别在翻译第六十三回黛玉所抽花签上的"芙蓉"时加文中注注明花，而在翻译第七十八回晴雯专管的"芙蓉花"时又加文中注注明"木芙蓉、木莲"，对"芙蓉"的双重含义已有明确的细分。

水芙蓉　　　　　　　　　　　木芙蓉

**图6-3　"水芙蓉""木芙蓉"花卉比较**

不过，有的花卉名的多义性四个日译本都未明确意识到。例如，第十七回中出现的"海棠"和第三十七回中出现的"白海棠"，其实是两种不同花舟，"海棠"是蔷薇科苹果属植物，乔木，而"白海棠"则指的是"秋海棠"，是秋海棠科秋海棠属，灌木。两种"海棠"无论是品种、花形还是文化审美意象都既有相似之处亦各有特点，对《红楼梦》中两种"海棠"的细分和相互关系，也是中国学界一直以来探讨的课题。但四个日译本对这一点却全无注解和说明，日本学界在很长一段时间也并未特别将之视为一个问题。

（2）借用花卉表达其他含义的情况

《红楼梦》中的花卉，并非都用作本义，其中也有一小部分被用来美化、修饰或指代他物，具体说来有以下几种情况。

第一，用花卉来比喻或修饰他物，以达到美化后者的作用。如"莲"就可用作"莲步"，是中国古代对美女脚步的美称；又如"桂""兰"，可用作"桂楫兰桡""兰桨"等，来形容华美的船只，又可用作"桂殿兰宫"来形容高贵华丽的殿宇；再如"芙蓉"，可用作"芙蓉簟""芙蓉绦""芙蓉帐"等，来形容精美的饰物，又可用"筵开玳瑁，褥设芙蓉""屏开鸾凤，褥设芙蓉"等相对固定的对偶四字熟语来形容盛大隆重且布置华美的宴会场景。表6-2的花卉用作此类用法的用例共有26例左右。

四个日译本大都在保留源语汉字的基础上通过训读或加文中注、尾注等形式进行了明晰化处理，对源语花卉的美化、形容或比喻等作用进行了说明。上述26个用例，采取了此类的译法的，国译本有5例，松枝本有9例，伊藤本有3例，新译本有18例，可见新译本的明晰化程度是最高的。

第二，用花卉来指代别的事物。例如，“菱花”指代镜子，“莲瓣”指代美人足，“桂魄”指代月光，等等，这是中文尤其是诗词中常见的修辞手法。表 6-2 的花齐用作此类用法的用例共有12例左右。

四个日译本大都采用了保留源语汉字标注音读的译法，但其中一部分又通过加注等形式，对该花卉的修辞作用和其实际指代的事物本义进行了说明。采取了明晰化处理的，国译本、松枝本、伊藤本各有 5 例，新译本有 7 例，可见仍是新译本的明晰化程度最高。

除了上述两种用法外，不完全用作花卉本义的花卉名还有很多。比如，骨牌牌面、词牌名、曲名等文化现象或以某传说、典故为背景的地名、品名等，共有16例，如舞蹈名“莲花落”、曲名“梅花笛”、古迹名“桃叶渡”等等，四个日译本中做了明晰化处理的，国译本和松枝本均有12例，伊藤本有13例，新译本有15例。或用作谐音，如“英莲”谐音“应怜”、“娇杏”谐音“侥幸”、“莲心”谐音“怜心”等共3例，四个日译本中，国译本只对“英莲”一词的谐音作用加注作了说明，松枝本和伊藤本只注解了“英莲”“娇杏”两词，只有新译本对三个词的谐音用法都加注做了详细说明。

另外，部分仿生颜色词也借用了花卉名，如“玫瑰紫”“海棠红”“莲青”，四个日译本在翻译时，既用目标语日语中的别的植物、花卉来转译源语颜色词中的花卉名，也保留原来的花卉名。

通过以上的比较分析，不难发现四个日译本在花卉翻译上的各自特点。首先，在涉及花卉品种时，国译本和新译本是明晰化程度相对较高的，其中新译本又比国译本略高一些，但新译本着重于花卉品种的精准还原，而国译本则侧重于对花卉在中国文化中的出处、典故和文化内涵的介绍和阐释。不仅如此，国译本还做了归化译法的大胆尝试，即用妖”（棣棠花）这一与源语花卉品种、花形和花色等都存在差异但在日本文化语境中更为人所熟知、文化和审美意象也更鲜明的花卉来转译对日本读者来说十分陌生的“荼蘼”。其次，对花卉品种的细分化，总体来说四个日译本都缺乏意识，相较之下后期的伊藤本、新译本要更加关注这一问题。最后，针对花卉名用作他义的情况，四个日译本都做了较大程度的明晰化处理，但其中前三个译本均有不同程度的简略化倾向，即忽略花卉名所起到的修辞作用而直译词汇的根本含义，相较之下新译本的注解和说明最为详尽，但涉及人物隐喻、情节暗示等文本深度解读时，新译本却未做过多注解，留给目标语读者自我想象和解读的空间。

## 二、《红楼梦》饮食词汇日译

在对《红楼梦》的饮食文化翻译中，笔者发现，目前大部分都是主要研究杨宪益和霍克斯翻译的英译本居多，研究德译本、法语等外语译本，数量虽然不多，也还是有，但研究《红楼梦》日译本中饮食文化的，笔者发现目前是比较少的。英语译本中由西方背景译者翻译的译作中，广受好评的是霍克斯的版本。日译本中，与霍克斯处于同一时代的伊藤漱平日译本也颇受好评。霍译本多偏向归化，而伊藤译本多偏向异化。下面笔者详细分析伊藤译本《红楼梦》中饮食词汇的翻译。

**（一）伊藤译本《红楼梦》饮食词汇译名分类**

1.按照原料命名（名词+名词）

表 6-3 词汇是《红楼梦》中，按照原料命名的部分饮食词汇，这类词汇的基本特点是：都是以"名词+名词"的形式构成。下面，笔者将对其对应日译本的翻译举例分析。

表6-3　饮食词汇中日对照表

| 中文 | 日译 |
|---|---|
| 枣泥馅儿的山药糕 | 棗のつぶし飴入りの山薬の糕子 |
| 鸽子蛋 | 鳩の卵 |
| 野鸡崽子汤 | 雉の雛のお吸い物 |
| 酸笋鸡皮汤 | 酸笋鶏皮湯（筍と鶏の血を凝らせたもののスープ。酔いを除く） |

例1：鸽子蛋

原文：李纨端了一碗放在贾母桌上，凤姐偏拣了一碗鸽子蛋放在刘姥姥桌上。（第四十回）

日文：鳩の卵

鸽子蛋能补肾养气，适用于肾虚引起的腰酸腿软、头晕等症。又加之鸽子的产蛋率不高（每月下一对，有时还停产），所以在封建社会里是公卿王侯之家的席上珍品。贾母乃年迈之人，自然是少不了吃鸽子蛋的。①

关于"鸽子蛋"的翻译，伊藤的做法是将翻译为"鳩の卵"，从形式上，原文是"名词+名词"的形式，译文也是"名词+名词"的形式。关于"鸽子"和"蛋"在日语中虽然没有相同的说法，但是很容易找到对应的平行词汇"鳩""卵"，从形式来看，并未改变原文词汇形式，用译入语文化中的平行词汇来对原文进行翻译。

句法结构上进行了微调，原文是名词直接加名词，两个名词之间虽然没有出现"的"，表明是"鸽子的蛋"，但是，在中文当中是自然的，不需要向读者解释的。译文则是在两个名词之间加了一个"の"，这个是译者将原文的句法结构调整成了日语的句法结构，这样一来，原文的主要信息有传达给读者，同时在日文读者来看，这种文章是"自然的"即达到了奈达所说的"动态对等"。

从文化传播的角度来看，这种翻译方法很好地保留了原文的同时，又符合译入语读者的阅读习惯，有利于中国饮食文化日本的传播。

例2.野鸡崽子汤

原文：贾母道："今日可太好了。方才你们送来野鸡崽子汤，我尝了一下，倒有味儿，又吃了两块肉，心里狠受用。"（第四十三回）

日文：雉の雛のお吸物

这里"野鸡崽子汤"是贾母受风寒后，王夫人派人送过来的。

原文当中"野鸡崽子汤"是名词（野鸡）+名词（崽子）+名词（汤）的形式。伊藤的译文中亦是"名词（雉）+名词（雛）+名词（お吸物）"的形式。"野鸡""崽子""汤"的说法，在日语当中明显是没有完全

① 秦一民.红楼梦饮食谱［M］.济南：山东画报出版社，2003：93.

对应词汇的，但是他们分别对应的平行词汇是很容易找到的。即"雉""雏"和"お吸物"，所以从词汇上来看，伊藤的翻译与原文一致。

从句法结构来看，中文当中直接将"野鸡""崽子""汤"三个词放在一起意义是成立的，对于中文读者而言是完全自然的事情，但是日语中将"雉""雏"和"お吸物"直接放在一起会使日文读者感到不自然，因为这样不符合普通日文读者习惯，所以，伊藤在最大程度保留原文信息的基础上，将原文的句法结构变为日语句法结构，这样日文读者可以如原文般自然阅读，和原文读者的反映基本一致，所以，从奈达的对等理论来看，我们可以看作伊藤的这一翻译达到了动态对等。

从文化传播的角度来看，伊藤的翻译既将原文的信息传达给了读者，又符合读者的阅读习惯，有利于中国饮食文化的传播，同时，有助于日本读者对于中国饮食文化的了解。

2. 按照制作方法（名词+动词+名词）

表 6-4 饮食词汇的名称中都涉及制作方法，从词汇构成来看，都是"名词+动词+名词"的形式，由于中日语法结构的不同，对于这一类词，由于中日语法结构额差异，句子结构改动较多。下面就"桂花糖蒸的新栗粉糕"和"牛乳蒸羊羔"两个具体的例子来进行分析。

表6-4 饮食词汇中日对照表

| 中文 | 日译 |
|---|---|
| 桂花糖蒸的新栗粉糕 | 桂花糖で蒸した新栗入りの糕子（蒸し菓子） |
| 枣儿熬的粳米粥 | 棗をたきこんだうるちのお粥 |
| 火腿炖肘子 | 火腿燉肘子（「火腿」はハム。「肘子」は豚のひじ肉。これを長時間醤油で煮込んだ料理 |
| 烧的滚热的野鸡 | 焼きたてほやほやの雉 |
| 牛乳蒸羊羔 | 羊の胎後を牛乳で蒸し焼きにしたもの |
| 糖腌的玫瑰卤子 | 砂糖づけの玫瑰の卤子 |

例3：桂花糖蒸的新栗粉糕

原文：袭人听说，便端过两个小摄丝盒子来，先揭开一个，里面装的

是红菱、鸡头两样鲜果；又揭开那一个，是一碟子桂花糖蒸的新栗粉糕。（第三十七回）

日文：桂花糖で蒸した新栗入りの糕子（蒸し菓子）

《清稗类抄》中说："栗糕，以栗去壳，切片晒干，磨成细粉，三分之一加糯米拌均匀，蜜水拌润，蒸熟食之，和入白糖。"《随园食单》中亦称："煮栗极烂，以纯糯粉加糖为糕，蒸之。其上加瓜仁、松子。此重阳小食也。"《随园食单》说这道点心是重阳小食，就是农历九月九日重阳节所吃的食品。书中做此糕时是八月，这是因为贾府是贵族阶级，各类节令食品都要尝新，故而比普通人家做得要早一些。依照以上两例，做糕时加进桂花，就是"桂花糖蒸的新栗子粉糕"了。

伊藤的翻译是：桂花糖で蒸した新栗入りの糕子（蒸し菓子），形式上是"原料+制作方法+原料"。从形式上来看，和原文的形式基本一致，日语当中，"桂花"一般写作"木犀"两个字，这里伊藤没有改变原文，只是在"桂花"上面标注了假名もくせい，来告诉读者，桂花具体是什么。

"糖"在日语中有直接的对应词"糖"。动词"蒸"也可以找到对应的平行词汇"蒸した"（蒸好的），新栗翻译成了"新栗入り"（含新栗子），粉糕翻译成"糕子"并用假名标注了中文发音，我们可以发现，在对"糕"的翻译上，伊藤统一翻译成了"糕子"。

伊藤的翻译与原文相比，在长度上较原文长了很多，但基本保持了形式上的一致。"新栗入りの糕子"（加入新栗的糕子）形式上来说，伊藤是尽量保持原文的形式的基础上，结合了日本习惯地对饮食的命名方式。但是，由于"糕子"的说法，在日语中并不使用。所以伊藤在后面还是做了解释（蒸し菓子）。这样一来，原文主要信息得到传达的同时，也尽量保持了原文风格，并且对于日文读者而言是自然的。所以是符合奈达的动态对等的。

从文化传播的角度来看，伊藤的翻译在形式上基本保持一致的基础下，用日本读者熟悉的方式表达出来，既有利于中国饮食文化的传播，也有利于日本读者对中国饮食的理解。

例4. 牛乳蒸羊羔（名词+动词+名词）

原文：一时众姐妹齐来，宝玉只嚷饿了，连连催饭。好容易等摆上饭时，头一样菜是牛乳蒸羊羔。（第五十回）

日文：羊の胎後(はらご)を牛乳で蒸し焼きにしたもの

我国很早就把羊羔视为滋补佳品。贾府用的是"没见天日的东西"就是剖腹取出的羔羊，那就更高级了。[1]

做法：将初生的羊羔洗干净，取净肉切块入碗，加入适量人参，再加入牛乳代水，入锅蒸之。要蒸极烂，吃时"以匙不以箸"——这是黄庭坚的蒸法，就是要把羊肉蒸到用筷子夹不起来的程度，只能用汤匙进食。回顾贾宝玉当时急得连连催饭，而厨房就是迟迟不送饭来，说明贾府蒸羊羔也是用了很长世间的。[2]

原文是"名词（牛乳）+动词（蒸）+名词（羊羔）"的形式。

伊藤将其译为：羊の胎後(はらご)を牛乳で蒸し焼きにしたもの（名词+名词+动词+名词的形式）。根据《スーパー大辞林》的解释，"蒸し焼き"意为：材料を入れた容器を密閉し、熱を加えて焼くこと。また、そうしたもの。[3]我们可以看出，伊藤的用词是很准确的，"牛乳"在日语中有对应的词汇"牛乳"，"羊羔"在日语中的平行词汇为"羊の胎後"，"蒸"对应的平行词汇为"蒸し焼きにした"，词汇方面来看，与原文基本是一致的，原文的主要信息得到了传达。

句法结构上来看，原文是"主谓宾"的结构，译文是"宾主谓"的结构。这里由于出现了动词，中日两国句法结构的差异性，如果还是直接按照中文原文结构的话，可能会造成译语读者的困惑。为了让日文读者能够读的"自然"，伊藤改变了原文语法结构。原文牛乳蒸羊羔，是主谓宾的结构，这里伊藤没有直接按照中文的语法结构直接译过来，而是换成了日语的宾语前置的句法结构。可见，这里伊藤更重视文章的自然性、流畅性，更加照顾读者。这与奈达的动态对等是一致的。

---

[1] 秦一民. 红楼梦饮食谱[M]. 济南：山东画报出版社，2003：109.

[2] 秦一民. 红楼梦饮食谱[M]. 济南：山东画报出版社，2003：110.

[3] 将装入材料的容器密封后烧烤，亦指这种制品。——笔者译。

从文化传播的角度来看，这种翻译方法有利于中国饮食文化的传播。

3. 按照文化或典故命名

对于表 6-5 这一类词语，中文原文本身的命名方式背后就隐藏了中国的一些文化因素，有与节日宗教相关的，比如"腊八粥"。也有用美好愿望命名的，比如"吉祥果""合欢酒"等词汇，这些饮食的命名方式与中国的传统文化有密切联系，对于国外文化而言比较容易出现缺省的词汇。下面我将就具体的例子来进行分析，对于这类词汇，伊藤是如何处理的，效果如何。

**表 6-5　饮食词汇中日对照表**

| 中文 | 日译 |
|---|---|
| 六安茶 | 六安茶（安徽省山県—昔、六安に属した一産の銘茶） |
| 老君眉 | 老君眉（銘茶） |
| 千红一窟 | 『千紅一窟』注文：千紅一窟　一窟の窟は哭（泣く）と通わせたもの。（脂注） |
| 腊八粥 | 臘八粥（七宝粥） |
| 粽子 | 粽子 |
| 月饼 | 月ぺい |
| 如意糕 | 如意糕（蒸し菓子） |
| 元宵 | 元宵（湯団のこと。餡入りの白玉団子、元宵にたべるのでこういう） |
| 吉祥果 | 吉祥果（果物） |
| 合欢汤 | 合歓湯（スープ） |
| 屠苏酒 | 屠蘇酒 |

例5.粽子（文化特有名词）

原文：粽子，林黛玉笑道："大过节的，怎么好好地哭起来？难道是为争粽子吃，争恼了不成？"（三十一回）

日文：黛玉は笑いながら、「おめでたいお節句だと申しますのに、どうしてわけもなしに泣いたりなさるの？まさか粽子の食べあいでもなさって、それで腹を立ていらっしゃるのではありますまいね」

晋代《风土记》云："仲夏端午，烹鹜角黍"，又云："五月五日，以菰叶裹粘米煮熟，谓之角黍，以象阴阳相包裹，为分散也。"鹜，指鸭，菰即茭白，用茭白的叶子裹住黏米煮熟，叫作"角黍"，也就是粽子。后来逐渐用糯米代替黍米，而且尖角犹如棕榈叶心之形状，故称粽子。①

自从粽子和屈原联系在一起，它才产生了巨大的生命力，不但逐渐传遍了全国，还传到了日本，现在日本的粽子也有很多品种。以后又相继传到了华侨聚居的东南亚诸国。②

日译中还是直接翻译成粽子，同时标假名"ちまき"做解释。在日语当中，其实"粽"一个字就可以表示粽子的意思，但是这里伊藤为了和原文保持一致，还是在后面加了一个"子"这样一来，在形式上和原文保持了高度一致，而且标假名的方式，可以迅速让日文读者理解粽子的含义。

端午节大约于 7 世纪由中国传入日本。端午节最开始传入日本的时候，只是在贵族之间或者宫廷之间举行，到后期才逐渐在民间流行起来。但是在历史的发展过程中，端午节的意义已和中国有很大的不同，现在的日本将公历 5 月 5 日定为端午节，是一个祝福男孩子健康成长的节日。虽然意义有所不同，但是还有吃粽子的习俗。由于端午节是由中国传过去的，所以对于日本读者而言，端午节吃粽子对于他们并不陌生，所以这里也就无须再对端午节和粽子作过多的解释。所以在读者反映上应该也是一致的，即达到了"动态对等"。

从文化传播的角度来看，有助于中国饮食文化的传播。

例6. 茄鲞

原文：贾母笑道："把茄鲞夹些喂他。"

日译：すると後室が笑いながら、「では、茄胙（注1）をはさんで食べさせてあげるさね。」

对于这道菜的解释，凤姐在文中对它的做法做了具体说明。"这也不难：你把才下来的茄子，把皮刨了，只要净肉，切成碎钉子，用鸡油炸了。再用鸡肉脯子和香菌、新笋、蘑菇、五香豆腐干子、各色干果子，都

---

① 段振离，段晓鹏.红楼话美食［M］.上海：上海交通大学出版社，2011：54.
② 段振离，段晓鹏.红楼话美食［M］.上海：上海交通大学出版社，2011：67.

切成丁儿，拿鸡汤煨干，拿香油一收，外加糟油一拌，盛在磁罐子里，封严；要吃时，拿出来，用炒的鸡爪子一拌，就是了。"这道菜是作者花了重笔详细描写的一道菜。对于这道菜，刘姥姥的评价是"我的佛祖！倒得十来只鸡来配他，怪道这个味儿！"

对于这道菜，伊藤的做法是原封不动，直接在上面标注假名读音，同时，后面加了注释。在后文的注释当中，我们可以了解到这道菜的具体做法，从形式上来看，日译本与原文是完全一致的。从读者反应来看，原文读者在只看到"茄鲞"的时候，也是不清楚的，但是往下看了解释之后就会明白。所以从读者反应来看，应该是一致的。而且这种表达方式对于日本读者而言，是"自然的、流畅的"即达到了"动态对等"。

**（二）关于伊藤译本《红楼梦》中饮食词汇日译方法分析**

1. 对等理论下的直译

通过上面的例子分析，我们可以发现，在对原料命名（名词+名词）的饮食词汇翻译中，伊藤基本都是原文词汇换成日语中的平行词汇，比如"鸽子蛋"翻译成"鳩の卵"。都是采取了直译的翻译方法，基本没有进行解释。

在对以做法命名的饮食词汇的翻译上，伊藤基本也是采取直译的翻译方法，用原文词汇换成译入语文化词汇，对于做法中的动词，为了使文章读起来"自然"，必然要将原文主谓宾的句法结构改为日语的主宾谓的形式。但也有完全不改变原文的，比如"火腿炖肘子"，但是这种情况下，伊藤一般会选择文内解释，也就是说这种命名方法是不符合日语习惯的，但是译者还是选择了直译。

总的来说，这两类饮食词汇的翻译是符合奈达的形式对等和动态对等的。从文化传播的角度来看，有利于中国饮食文化在日本的传播。

2. 文化缺省下的异化翻译

中国人认为，饮食烹饪应该满足人的生理需求和心理的双重需求，因此在命名点菜时，很注重实用美和意境美的互相结合。①

受中国传统哲学思想的影响，中国人对饮食的要求不仅是要可以果

---

① 吕尔欣.中西方饮食文化差异及翻译研究[M].杭州：浙江大学出版社，2013：80.

腹，更重要的是要有"美感"这就要求饮食除了"色香味俱全"外，还应当有一个与之相匹配的名字。

比如像"合欢酒""如意糕"等的命名，中国人除了要求味道好，造型好之外，还会给每一道菜起一个听起来寓意好或者令人舒服，为菜本身加分的菜名。这种想法与我们的审美和思维模式是分不开的。对于中国人而言，这种命名方式是自然且"美"的，但是这些词汇的翻译却给不同文化背景下的译者带来了巨大的挑战。

伊藤在翻译像"如意糕""粽子"等词汇时，仍然采用直译的方式。我们可以发现，在上文文化缺省的例子当中，"粽子""腊八粥"由于在日文当中已经有了类似词汇，且做法基本一致，所以很容易找到相应的"图式"，这些对于日文读者而言，已然没有那么陌生，所以直译是很合适的。对于"如意糕""六安茶"等，由于中日同属汉字文化圈，历史上日本受中国的影响比较大，所以在审美上有很多的共通性。所以对原文中的汉字多少是可以联想的。所以伊藤还是使用直译的方法，但是在文内对于缺省的部分进行了补偿。

具有本国特色的词汇一般而言对于外国译者是一个非常大的挑战，但是由于历史和地理等因素，中日之间的文化背景具有一定的相似性，所以在翻译中国文献的时候，日译者往往可以避免很多因"文化差异"带来的障碍。

# 第七章 金庸小说在日本的译介与传播

　　相较于泰国、越南、印度尼西亚等东南亚其他国家的广为流传，金庸小说在日本的传播起步较晚，在 20 世纪 90 年代之前，几乎没有什么知名度可言。然而随着香港武侠电影在日本的先声夺人，日本民众开始听闻金庸其名，继而引发对其人和作品的兴趣。1996 年起，日本最具规模的德间书店开始发行日文版《书剑恩仇录》，至 2003年《鹿鼎记》的出版，金庸武侠小说全集的译介出版全部圆满完成。此后经过多方面的宣传、推广、加工等形式，在日本受到日本读者的强烈欢迎，并掀起了一股"金庸热"的浪潮，这一现象引起了中日两国学术界的高度重视。中国学术界关于金庸小说在日本传播的研究成果颇多，基本上侧重于从宏观视角考察在日本的传播、译介、影响状况。日本学术界对金庸小说在日本的传播研究深度不容小觑，很多日本学者在对金庸小说的传播、翻译和介绍上作出了重大贡献。

　　本章分析金庸小说在日本的译介策略以及传播途径。阐述金庸小说在日本成功传播的特异性，从而对通俗文学的海外传播有着借鉴和启示意义。

## 一、金庸小说在日本的译介策略

　　香港武侠电影的引进给日本观众带来强烈的感官刺激和心灵碰撞，从而促使他们产生进一步了解中国武侠小说、了解金庸的想法。当时这些小说并没有翻译成日文，对于很多不会中文却想阅读原著的日本普通民众来说，是一件非常遗憾的事。一些电影评论家和报社的记者们对武侠小说也不是很清楚,甚至介绍《白发魔女传》的原著是《白毛女》。由此可见,当时武侠小说的翻译工作迫在眉睫。

根据金庸小说在内地和香港以及世界各地的畅销情况,日本最具规模的出版社之一德间书店凭借敏锐的商业眼光,花费巨资一举买下金庸武侠小说的所有版权。1996 年 4 月,金庸亲赴日本,日本德间书店与香港明河社正式签约,金庸小说日译本终于开始进行翻译制作,于 1996 年起进行文库版出版。一部好的译作绝对离不开好的译者。日本著名汉学家、早稻田大学的教授冈崎由美曾受德间书店编辑的邀请,主持监修金庸武侠小说翻译工作。作为金庸武侠小说爱好迷的她,可谓是一个绝好的机会。为了完成监修和翻译这项艰巨的工作,她还专门去香港拜访了金庸先生,并且先找了几位身边也同样爱看金庸小说的同事成立一个"翻译组"竭尽全力进行翻译。在她写给胡邦炜的信中曾自豪地说道:"中国的武侠小说从来没有在日本介绍过,这是第一次尝试……我现在是日本第一个翻译介绍中国武侠小说的人了。幸而现在销路相当好,有几位日本文艺评论家也给予最好的称赞。这条路还很远,我们一月推出一本,这是需要十年才能完成的事业。"①从信中所提及的话语可以得知此项工作之艰辛,如此地耗费时间和精力。冈崎由美担任翻译金庸小说日文版的主编,所有著作都经过她反复修正和润色,在这项工作上做出了巨大的贡献。除此之外,还有一些专业的译者教授们也是功不可没,如林久之、土屋文子、松田京子、阿部敦子等。

1996 年 10 月,《书剑恩仇录》第一卷开始出版,共四卷,接下来差不多每个月出一卷。刚出版就受到日本读者的喜爱,由于起初出版速度较为缓慢,很多读者迫不及待想要知道后续,有的打电话询问后文,有的甚至跑到书店问结局,出版形势一片大好。到 2003 年 3 月《鹿鼎记》第八卷完成,意味全部翻译工作圆满结束。金庸武侠小说全集长篇 12 部,中篇 2 部,短篇 1 部,共 55 卷,耗费七年多完成精译,其中《越女剑》与《白马啸西风》《鸳鸯刀》进行合刊。小说的高销量使得出版社一版再版,甚至出现了专门为残障人士发行的盲文本。笔者整理了金庸小说在日本的翻译

---

① 胡邦炜. 中国成人童话的东渡——记金庸武侠小说"登陆"日本 [J]. 文史杂志, 1997(05):38.

出版情况，译者和发行时间如下表所示：

表7-1　金庸小说在日本的翻译出版表

| 书名 | 日文译名 | 译者 | 卷数 | 发行时间 |
|---|---|---|---|---|
| 书剑恩仇录 | 書劍恩仇錄 | 冈崎由美 | 4 | 1996—1997 |
| 碧血剑 | 碧血劍 | 小岛早依 | 3 | 1997 |
| 侠客行 | 俠客行 | 土屋文子 | 3 | 1997 |
| 笑傲江湖 | 秘曲笑傲江湖 | 小岛瑞纪 | 7 | 1998 |
| 雪山飞狐 | 雪山飛狐 | 林久之 | 1 | 1999 |
| 射雕英雄传 | 射彫英雄伝 | 金海南 | 5 | 1999 |
| 连城诀 | 連城訣 | 阿部敦子 | 2 | 2000 |
| 神雕侠侣 | 神彫劍侠 | 冈崎由美，松田京子 | 5 | 2000 |
| 倚天屠龙记 | 倚天屠龍記 | 林久之，阿部敦子 | 5 | 2001 |
| 越女剑 | 越女劍 | 林久之，伊藤未央 | 1 | 2001 |
| 飞狐外传 | 飛狐外伝 | 阿部敦子 | 3 | 2001 |
| 天龙八部 | 天龍八部 | 土屋文子 | 8 | 2002 |
| 鹿鼎记 | 鹿鼎記 | 冈崎由美，小岛瑞纪 | 8 | 2002—2003 |

在这批专业精英译者团队的努力下，金庸武侠小说在日本广受欢迎，受到越来越多读者的青睐，德间书店出版社的销路也是呈现一片繁荣景象，也为后来古龙、梁羽生等武侠小说在日本的翻译出版提供了借鉴作用。

### （一）翻译技巧

金庸小说书名极富中国特色，在翻译时比如《笑傲江湖》日本读者就不太理解，但是译者为了保持原著的特点，就加了"秘曲"二字，来引起读者的阅读兴趣。译者还将《神雕侠侣》翻译成《神雕剑侠》。从中国人的语言思维中看，显然读起来不太顺畅，但是翻译成"剑侠"，日本读者却更能理解。很多作品采用了英译的名字，后来古龙的小说《绝代双骄》就被英译为《神奇的双胞胎》，更加通俗易懂（但也失去部分美感）。冈崎由美认为翻译的时候需要揣度读者的知识量和文化背景。这样就必然要考虑到日本读者的阅读思维和习惯，加入了大量富有日本文化的元素。

《射雕英雄传》中就出现了诸如"暖帘""知事""父上""香具师"等日语词汇。日译本中的人名也是不尽相同，冈崎由美翻译的《书剑恩仇录》中，就把"香香公主"称为"维吾尔族的美少女"；掌门人在日语词汇中是不存在的，译者便将它翻译成"总帅"。土屋文子翻译的《侠客行》中出现了"狗杂种"的词汇，决定采用直译的方法，将这三个字照搬进去，并在后面注明"野良犬"。早在 1949 日本导演黑泽明就拍摄过《野良犬》这部电影，译成中文就是野狗流浪狗的意思。日文版《神雕侠侣》中也没有把"姑姑"翻译成"奥巴桑"（おばさん），而是直接翻译"姑姑"，注上平假名"ここ"，这样更加贴切原著中小龙女的年龄身份。同样日语中没有"镖局"这个词汇，但是"用心棒"则是警卫、保镖的意思。用人物的职业行为来向读者阐明镖局的含义，日本读者就会很容易理解了。类似这样的解释说明还有很多，都是对照融合了各自文化背景中相通的部分，联结起中日读者对于阅读金庸小说产生的共鸣。书中的内容也是有很多的改动，在尊重原文内涵和神韵下，做出了适当的增添和删减。日本译者在翻译金庸小说时，没有按照中文版相同的卷数来划分。《射雕英雄传》的原著只有四卷，而在金海南的日译本中则将它分成了五卷。并且译者还给金庸小说每一卷重新命名，如《倚天屠龙记》的日译本每一卷的名字分别为：第一卷："被诅咒的宝刀"；第二卷："黑色刻印"；第三卷："盟主的条件"；第四卷："魔女与魔剑"；第五卷："被选中的人"。如此一来，日文阅读者便能很好地接收题目中所蕴含的信息了。

金庸小说故事历史背景雄大，描写场景纵横天南地北，出场人物职业身份遍布各个领域，三教九流囊括其中，景物描写富有诗情画意，文本运用大量的古典诗词，极大地扩充了语言的表现力。冈崎由美评价金庸是"中华社会的民族的作家"[①]，内容蕴含着丰富的中国传统思想和文化。翻译金庸小说全集这样具有高难度挑战的工作，实属不易。中日两国人民的思维方式、文化语言、社会背景方面等存在着一定的差异，并且中日语从汉字的意义、语法、文学上的表现方法来说也有所不同，翻译上的文化差异也在所难免，这正是翻译的度之所在。

---

① ［日］冈崎由美.武侠小说的巨人：金庸的世界［M］.东京：德间书店，1996：25.

日语的主语并不是动作的主体，主语太多显得多余，所以往往省略主语，意思也挺通顺。与其每个句子都有一个动作主体的主语，不如采用限制视角将笔墨集中在某一个人身上，省略通篇主语。金庸小说中经常有关于"某人道"的对话描写，尤其是多人谈话的场面，众说纷纭，运用"某人道"极其频繁，而日本类似武侠小说中，这种场面几乎没有，无疑增加译者的翻译难度。《射雕英雄传》中"郭靖道""黄蓉道"等类似用法更是不计其数。如果直接翻译成日语，通篇就会显得累赘啰唆。所以译者在翻译时有时候会省略"某人道"，并且日语中男女说话的语气和用词都有所不同，可以通过翻译使用的词汇和文法来判断是谁说的话。然而有时候这种方法也很难实行，比如《书剑恩仇录》中李沅芷女扮男装跟陈家洛对话这一段。虽然李沅芷的外貌是个青年模样，但是她一开口说话却是刁蛮姑娘的语气，但是陈家洛还以为她是男的。明明是男人说话却是女人的口气，并且不能让读者知道她是女扮男装，这样的翻译实在是让译者处于一种非常尴尬无奈的境地。

金庸小说中的人物，上有皇帝，下有乞丐，身份职业、社会阶级、背景地位不同，说话的场面翻译起来也千差万别。有时候皇帝说话，带有绝对统治者的权威令人害怕，有时候对话起来就跟老朋友般亲切热情，讲话风格完全判若两人。并且人物来自天南地北，讲话的语言带有一定的地域特色，为了引起日本读者的共鸣，译者在翻译时也采用了方言特色，更加符合当时的语境。翻译老顽童周伯通的对话时，考虑到他没有把自己当成一个长者，对待老幼都是一副玩世不恭的态度，那么相比标准的东京话，诙谐幽默的大阪关西方言就显得更加符合人物形象特征。

翻译的难点还在于原文的精简。有时候原文的字数越少，或是意思越简单，翻译往往越难。因为在武侠小说中经常会出现一些简单的话语，比如"看招""接招"等等，它并没有提示使用的是什么武器，直接翻译出来，日本读者会觉得很奇怪，不明所以。而对中国读者来说，则是再正常不过的习惯用语。

另外日语当中的一些寒暄语："我开动了"（いただきます）、"我吃饱了，谢谢款待"（ご馳走様でした）等，在日语中是有专门的话语

的，如果光看这些日语是很难翻译成中文这个意思。如同中文上习惯常用的客套话，"过奖过奖""承让承让"等，翻译起来的难度相当之大，这也反映出背后深层的文化背景差异。作为金庸小说全集日文版的监修[①]冈崎由美还指出，翻译最需要留意的是尊重原文的速度感。[②]一旦翻译成日文，词汇多了将近一倍，为了不歪曲原文意思，就必须使译文变得紧凑。所以在翻译的过程中就会运用各种翻译手法和技巧，直译、意译、超译等，并且省略一些无关紧要的场景描写，适当地删减，不让读者有速度慢下来的感觉。

直译可以说是和原文速度保持一致的最好方法。以《倚天屠龙记》为例，其中一些武功秘笈"打狗棒法""玉女剑法""泥鳅功""玄冥神掌"等都采用了直译的手法。还有像一些富有艺术场景的描写"百丈飞瀑""雨打飞花"以及使用的武器"狼牙棒""断魂枪""透骨针"等也是采用直译手法。同样对于经典人物称号如"绝灭师太""金毛狮王"等亦采用直译手法。另外像一些穴道名称、药物名称、俗语成语、门派口号、古典诗词等采用直译手法更是数不胜数。在保留原有中国特色文化意蕴的前提下，又给日本读者留下了无尽的想象空间和审美阅读体验。

译介是一件极其消耗时间、精力和体力的工作，翻译者则是幕后辛勤劳作的人员。对于读者来说，最好的翻译不是能觉察到翻译的好还是坏，而是感觉不到翻译者的存在。读者不用去了解知道译者是谁，而是发自内心地单纯地认为金庸小说很有意思。日本读者就像看日文小说那样看金庸的日译本，做到零翻译，这也是冈崎由美教授作为译者最大的心愿。

**（二）宣传技巧**

德间书店一举买断版权的明智决策，避免了出版乱象的发生。德间书店的老板德间康快先生，掌管着集电影、出版、报纸于一体的综合大企业。德间书店不仅出版日本文学相关书籍，还出版了很多中国古典小说，像《水浒传》《三国演义》等经典名著。翻译介绍中国武侠小说要有一定

---

[①] 监修乃日语词汇，意为主编，负责人。

[②] 2016 年 11 月 3 日，冈崎由美在上海师范大学的学术讲座："中国武侠小说在日本的传播与接受：以金庸小说为考察中心"中提出的。

的顺序和体系，如果随意乱出版，武侠小说的销量必将受到影响，并且没有办法进行长期出版规划。像古龙小说的出版，就没有那么顺利，高额的版权费以及版权问题也相当复杂，后因日本出版行业景气不太理想，就没有再进行出版，实为可惜。正是德间书店兼具敏锐商业眼光和雄厚实力，花费重金买断版权，一定程度上减少了版权纠纷问题。再加上专业译者精英团的倾力译介，他们连续不间断地进行翻译介绍作品。采用分期分卷的出版方式，基本一个月出一卷，既勾起了读者的阅读兴趣，又满足了读者的阅读期待。很多其他的武侠小说作品由于没有统筹规划、整理顺序，往往出了一册过后很长时间内没有后续，导致读者在漫长的煎熬等待中，阅读兴趣逐渐消失殆尽。

另外，金庸小说的日文版封面设计和插图相当考究。有评价说："在金庸小说的各国语言版本中，日语版是印刷最为精美、设计最为凝练"[①]的版本。德间书店本身就是一家在出版漫画方面极具特色的出版社，因此在封面设计上充分发挥了日本漫画优势，颇具日本文化特色。2009 年 2 月，德间书店开始连续出版漫画版《射雕英雄传》[②]日译本，由香港著名漫画家李志清创作，共 19 卷，仅仅耗费一年时间就全部出版完成。早在 1993 年，李志清便在日本出版了漫画《三国志》，并拥有了一大批的日本读者，此后李志清还为金庸小说日译本绘制了几百枚插画汇集出版，命名为《李志清侠士图》，成为金庸迷们的收藏品。他运用水墨画的手法画插图，笔下的侠客形象显得极其俊逸潇洒，整体制作极富东方情怀和古韵。如此精良用心的制作，自会得到读者的认同和喜爱。由于李志清在日本拥有一定的知名度，很多读者看过漫画后觉得意犹未尽，就会去购买小说，这样便形成了漫画带动小说销售的局面。

与此同时，德间书店不遗余力地进行重磅策划宣传金庸作品。1996 年《书剑恩仇录》出版之后，德间书店考虑到地铁途径车站之多，人流量之大，就花费大笔资金买下了当时地铁堪称黄金路线"丸之内"线整节车厢的广告席位。这种行走的广告宣传，让金庸无时不出现在日本民众的眼球

---

① ［日］吴伟明. 日本金庸武侠小说的受容[J]. 日中社会学研究, 2005（03）: 39.

② 金庸、李志清. 射雕英雄传（漫画版）[M]. ［日］冈崎由美, 土屋文子译, 东京: 德间书店, 2009.

之中。并且在日本的街头也出现了金庸小说中人物的海报,一些文人读者还会在相关报刊上发表评价文字,以此宣传金庸小说,大大地扩大了小说的阅读群体。人们纷纷迷恋上金庸武侠小说,经常会见到一些人聚集在一起讨论小说故事内容、武术招式,甚至一些武侠迷们还会互相"切磋"练习下书中描绘的武功。考虑到很多日本读者都是初次接触具有中国传统特色的金庸武侠小说,里面一些武功名称、江湖用语等极具抽象性,难免会给他们造成不可意会、难以言传的尴尬阅读局面,这也会大大降低他们的阅读兴趣。为了帮助日本读者深入理解武侠世界的特色和内涵,译者在每一册的日文版小说中都附上了精心书写的"武侠关键词"和"中华武器图解"。用本国人熟知的社会历史人物、文化知识现象进行注释解读,深层次探究金庸武侠小说的奥妙。

除了翻译金庸武侠小说内容外,为了让日本民众更快更好地了解金庸及其作品,还出版了一些专门介绍武侠小说的说明书,从而让日本读者更迅速地进入阅读状态。1996 年 8 月,德间书店出版了冈崎由美主编的《武侠小说的巨人:金庸的世界》。这可谓是一本金庸武侠小说入门阅读指南,兼具趣味性和科普性。全书由四个部分组成。开篇收入四篇文章,分别为金庸所写的《致日本读者诸氏》、冈崎由美所作的序文《欢迎来到中华传奇世界》、藤井省三的《读金庸和论金庸》以及田中芳树的《金庸作品翻译出版的意义》。除了金庸本人,这几位都是爱看中国武侠小说的日本文化人,他们的推广让日本读者对金庸以及中国武侠小说有了一定的了解,如同金庸武侠小说指路人一般的存在。正文由剩下的三部分组成。里面有请日本译者、作家学者、香港的漫画家、导演及电影相关人士等来介绍金庸小说。内容也非常详细,武侠小说里面一些极具中国特色的概念,比如"游侠""侠客""轻功""武功""武林"等都有介绍。还有一些门派类别"青城派""泰山派"和一些地域风俗习惯也都做了详解,使日本读者了解了武侠小说基础知识以及深入感受了武侠文化思想内蕴。正文的第一部分是有关金庸的介绍,主要由日本学界的教授文人讲述金庸其人的生平和文学创作历程;第二部分突出展现金庸作品的魅力,着重从其小说本身出发。其中金庸小说的三位译者冈崎由美、小岛瑞纪、小岛早依合编《金庸作品总览》，简要介绍金庸武侠小说全集中故事发生的社会背景、人物概况以及情节概述。值得一提的是，为了让读者更好地去阅读，早稻田大学讲师土屋文子撰写的《金庸武侠小说人物集人物名鉴》，由日本画家尾神董进行绘图，二者图文相配，再现金庸笔下生动传神的经典武侠人物形象。为了让读者对故事发生的中国历史背景有所了解，更是附上了历史年表。并对小说中的虚拟人物和历史中真实存在的人物用记号加以区分，细致用心程度可见一斑。第三部分即为介绍金庸作品的影视化。这部分较为有趣，宣传意味较为浓厚。里面包含很多的影视剧照，还有一些香港著名导演、影视明星的文章，甚至还有改编的漫画。这本金庸小说阅读说明书，对于不了解金庸及其武侠小说的日本读者来说，无疑起到宣传推广作用，带领人们走进金庸；另一方面，对于正在阅读金庸小说的读者来说，如同"助攻"一般，更加深入感受金庸作品魅力，可谓一箭双雕。如此费时费力费金钱、动用各种方法策略宣传金庸作品，在日本出版界上实属罕见，可见其本身具有的独特魅力。一时间，金庸武侠小说成了书店里最畅销的书籍，不仅让书店赚得盆满钵深，也给印刷厂等其他产业带来了莫大的经济效益。李光贞教授认为，现代传播学理论强调大众传播所需要的时间要快、空间要远、数量要多，质量要精等条件，金庸小说在日本的传播几乎全部满足。[①]可以说，日本的"金庸热"现象离不开专业出版社、精英译者团队等其他各界的大力宣传、辛苦付出以及翻译介绍中运用的各种有效策略。

　　中国武侠小说在日本的译介出版实属不易，很少出现像金庸武侠小说传播这样的成功案例，其中的原因值得人们去关注思考。首先，跟日本出版市场的行情相比较，中国武侠小说的版权费太贵，也正因为如此，梁羽生、古龙的小说很久都没再出版了。对于喜爱中国武侠小说，希望把他们翻译介绍给更多读者的日本译者来说，他们真心希望各界能够多向日本推销质量上乘、版权价格实惠的中国武侠小说。只有推荐介绍的数量多了，读者才会知道有这样一种文学类型作品的存在，很多日本读者对中国武侠

① 李光贞. 金庸小说在日本的翻译与传播［J］. 山东师范大学学报（人文社会科学版），2020（02）：61-78.

小说还是处于一种无知状态。在宣传推荐至关重要的第一步，我们做得远远还不够。人们需要抱着一颗推广中国武侠小说的本心，而不是一味追求商业化高额的利润。以离谱的版权费吓退出版商从而错失译介的机会，对各方而言都是不可估量的损失。其次，日本的出版商也有所顾虑，担心销路和效益不好，不敢贸然去出版中国武侠小说。如今在市场经济和商业化如此繁荣的年代，人们的内心浮躁不安，很难静下心来去好好阅读一本书，尤其是自己并不熟悉的文学题材类型小说。全国的出版物满目琳琅，数不胜数，想成为畅销小说读物简直异想天开。注重高效率追求快餐文化的人们，更愿意花时间去选择《清晨 3 分钟改变你一生》《晨间日记的奇迹》《唤醒心中的巨人》等诸如此类的畅销书。而如今，中国武侠小说在日本已经不复当年的风光景象，变得没有那么受欢迎。另外欧美小说占据日本出版市场绝对优势，销路好得惊人，其余各个国家的文学竞争翻译，局面惨烈。中国现当代也有很多文学作品在日本翻译介绍，由于出版数量较少，很多读者连已经出版的事实都不知道，实为遗憾。甚至《霸王别姬》原著是中文，后被翻译成英文，而日文版的《霸王别姬》却是根据英文版译介出版的，这也令人感到无可奈何，值得每一个想要更好传播宣扬中国文学的人们深思。最后就是多媒体的协调方式还不够好，各家出版社的翻译形式多样，没有明确的形式和目的规划，很多好的武侠小说作品翻译出版一半就夭折了，乱出版现象层出不穷。日本译者希望能出现一个专门出版中国武侠小说系列丛书的出版社，形成一个完整的、系统的出版模式，如同翻译出版金庸武侠小说的德间书店。日本翻译金庸武侠小说的译者以冈崎由美为代表，真心希冀中国武侠小说在日本有美好的将来，他们也为此孜孜不倦地探求合适的道路，一往无前。

## 二、金庸小说在日本的传播

### （一）金庸小说在日本的传播契机

对于拥有武侠梦的民众来说，金庸小说对他们的影响是深远巨大的。金庸的武侠小说几乎都被改编成影视作品，其中电视剧相对来说较多。由于书中情节过于丰富，电影的时长限制无法做到全面展现故事情节，于是改编的电影层出不穷。其中不乏一些优秀作品，1990 年代改编的金庸武侠电影尤其具有代表性。与此同时，香港武侠电影也陆续登上日本舞台，掀起一股"中国功夫"潮流，金庸的武侠小说开始在日本得到介绍。

1990 年代，香港上映的武侠电影有《书剑恩仇录》（1987）、《笑傲江湖》（1990）、《黄飞鸿》（1991）、《笑傲江湖 2：东方不败》（1992）、《白发魔女传》（1992）、《绝代双骄》（1992）、《仙鹤神针》（1993）、《边城浪子》（1993）、《方世玉》（1993）、《倚天屠龙记》（1993）……这些作品大部分都由香港顶级导演许鞍华、王晶、胡金铨等监督制作完成，水平之高毋庸置疑，在那个时代具有很大的影响力。很多香港武侠电影在日本被介绍，离不开香港武侠电影导演们的功劳。被日本观众誉为"香港的黑泽明"之称的胡金铨导演，为推广武侠电影，亲自去日本参加一些相关宣传活动，开座谈会。日本媒体方面也是不遗余力地引进介绍这些电影，并于 1988 年隆重举办了"胡金铨电影祭"，公开放映其监制的影片，发行影碟。这一活动不仅提高了胡金铨导演在日本的知名度和名气，更为香港武侠电影在日本的传播带来了很大的便利。其中塑造了很多经典武侠角色的香港明星刘德华、李连杰、林青霞等，更是被日本民众所熟知喜爱。徐克导演的《东方不败》一度风靡日本，影片中的主角李连杰和林青霞在日本的人气飙升，甚至超过了当时的国民偶像成龙。连日本的文化部都开始开会商量讨论这是否算作中国文化侵袭，是否应当采取干预措施。这些香港电影明星们凭借精湛的演技，英俊帅气的外形在日本备受欢迎，不亚于现在的韩流。很多观众都开始模仿他们主演的影片中的武打动作，甚至还出现了一些专门教授中国功夫的学校，可见当年风靡之盛。很多观众可能对香港武侠题材的电影并没有什么兴趣，但是因为有他们喜欢的香港明星参演，所以就会去观看支持，这在无形当中扩大了武侠电影的粉丝受众群体。

金庸本人也是极其关注电影和戏剧，所以他的小说中更是涉及大量电影的理论知识，大大丰富小说的艺术表现形式。因此，改编金庸小说的电影数量远远高于同类武侠小说，广泛流传到日本。值得注意的是香港武侠电影的片名同日文译名有很大的出入，如 1989年许鞍华导演的在日本东京上映的电影《书剑恩仇录之香香公主》，当时香港和内地民众都对金庸小说非常熟知，知道这是他的同名小说改编电影，也了解香香公主是小说中的主要人物。但是当时金庸在日本几乎无人知晓，为了引起日本民众的观看兴趣，将其电影译名改为看似介绍中国历史史实的影片《满清皇帝》，以此来带动影片在国内的上映。这些经典武侠电影作品往往会在荧幕上出现"原著金庸"四个大字。日本观众不免产生疑惑：金庸是谁？这些电影都是有小说原著吗？面对这些疑问，引起了日本学界的反思："作为早已蜚声中外的华人作家金庸、张爱玲，在酷爱研究中国文化的日本居然处于无名状态，这不能不说是现代文学研究界的缺失。"①从中我们可以看出当时金庸在日本民众心中毫无知名度和存在感可言。随着香港知名导演们的努力制作与宣传，以及香港电影明星们的个人魅力，香港武侠电影走上日本舞台，金庸开始走入日本民众视野。香港武侠电影除了在日本影院公开放映，还会以 DVD、录影带等方式在日本大肆发行，很多日本的观众已经对金庸小说中的一些专有术语和武功招式有了初步的了解。香港武侠电影在日本越来越流行，可谓是日本读者对金庸感兴趣的开端，为金庸小说在日本的传播开辟了一条崭新的道路。

金庸武侠小说在日本受欢迎以后，尤其是译介本的出现，使其群众基础日益扩大，日本读者已经不满足于对书中文字的阅读想象，开始通过影视作品改编、网络游戏等多媒体形式自主接受，形成一种"跨文类的流行现象"②。日本 NHK 电视台就有专门报道中国武侠小说的频道，来介绍香港、台湾拍的武侠片。2002 年，日本 NHK 电视台以《射雕英雄传》中文版为教材，冈崎由美担任讲师，播放了为期三个月的"中国语讲座"，金庸也被邀请接受了该节目组的采访。这种电视讲座的方式较为新颖独特，收视率也是不断上升。日本国内一些大学还把以金庸小说为主题的讲义和相关资料作为中国文学或中国历史的课程内容，"金庸热"也是进一步在

①　金文京. 关于"金庸学"的建议——鲜为人知的中国文化另一面//武侠小说的巨人：金庸的世界 [M]. 东京：德间书店，1996：26.

②　宋伟杰. 从娱乐行为到乌托邦冲动——金庸小说再解读 [M]. 南京：江苏人民出版社，1999：48.

日本升温。自 20 世纪 90 年代初起，日本 NHK 电视台就播放过中国古典名著《水浒传》《三国演义》等改编的电视剧，后来更是在日本地方台播放过像《康熙王朝》《雍正王朝》之类的相关历史剧。可见日本观众向来对中国古代历史感兴趣，金庸武侠电视连续剧在某种程度上就是中国历史文化对外的一个输出口。相较于日本观众熟悉的古装"大河剧"，中国央视版的武侠连续剧无论在场景布置还是人物装扮上的丰富性都给日本观众带来了耳目一新的体验。日本 NECO 电视台属于日本 MAXAM 有线影视频道，在日本拥有大量的在日华人观众和日本本土观众，拥有极高的收视率。随着金庸小说在日本的传播火热度，2000 年起日本 NECO 收费电视台积极响应号召，引进了张纪中导演的《射雕英雄传》《天龙八部》，以及《笑傲江湖》三部电视连续剧，并以一周两集的播放速度进行放映，获得了观众的热烈追捧，收视率也是居高不下。令人可喜的是 2005年 1 月，NECO 电视台开播的新版《神雕侠侣》在日本观众心中深受好评，反响巨大。日本电视剧有白天播放档和夜晚主力播放档，《神雕侠侣》作为主力档，一周两集都在夜晚黄金时间放映，一举成为当时最热门的武侠剧，以至当年电视台决定花费四个月时间再次回放这部武侠剧。金庸武侠剧还发行 DVD 正版影碟，在日本剧院没有上演的，购买或者租赁 DVD 也是可以观看，播出形式多样化。一时间，大量日本观众在网上热烈讨论武侠电视剧的人物和内容，日本国内大批金庸武侠迷诞生，掀起了一股金庸武侠电视剧狂热浪潮。

为了吸引金庸武侠小说青年读者群体，日本媒体将其加工为具有本国优势的特色产业——动漫。《神雕侠侣》是全球第一部动画版的金庸武侠作品。2001 年富士 BS 卫星播放了日文版动漫《神雕侠侣》，人物形象和情节动作均采用日式卡通风格进行制作，包含的中华元素有所减少，在日本青少年中颇有人气。另外，受徐克导演的《东方不败》影响，日本观众一直认为"人妖大人东方不败"是金庸小说中的武林第一高手，对《葵花宝典》的神功感到震撼。日本科幻动画片《机动武斗传 G 高达》中，就将主人公多蒙·卡修的师父身份设定为"东方不败"，擅长格斗，号称"亚洲尊者"，曾获得过第十二届高达格斗大赛冠军，与金庸小说《笑傲江湖》中日月神教教主"东方不败"同名。另外还将恶魔高达四天王之一的深水高达命名为"笑傲江湖",主人公多蒙·卡修和其师父东方不败使用的攻击名技"石破天惊拳",署名也是来源金庸武侠小说《侠客行》的主角"石破天",这些代表着金庸小说中的人物名称形象开始同日本动漫制作相融合。同样由金庸小说衍生出来的电脑游戏也风靡日本,金庸小说中的江湖和武侠这样的前提背景,成了游戏的主流题材,其中中国游戏公司智冠科技多次出品金庸武侠游戏。1997 年发行的单机 RPG 游戏《神雕侠侣》,在游戏中展示出了小说的经典场景;还有"金庸群侠传"网络版精品手游,融入了金庸十四部作品中的剧情,玩家们选择经典角色,一起冒险闯荡江湖;2002 年底,智冠科技再次推出武侠游戏"天龙八部",玩家可以任意扮演《天龙八部》中人物之外的自创角色,与游戏中的三百多名角色进行互动。部分中国制作的金庸武侠游戏在日本同样具有人气,台湾版的《神雕侠侣》电脑游戏还被翻译成日文版来进行出售。2000 年 11月,索尼公司发行了日语和中文双语版电子游戏《神雕侠侣》,并在日语版中增加了详细的专业术语介绍,让玩家更快更轻松掌握游戏的窍门,自由选择自己喜爱的门派。其实很多青少年们都是先通过接触电脑游戏和观看动漫才对金庸武侠小说有所了解,培养了一定的兴趣,从而再去阅读金庸的日译本小说。反过来,阅读过金庸小说的读者也会对动漫和游戏不会感到陌生,更愿意去观看和尝试。这种相辅相成的运营模式,在金庸武侠小说的传播过程中展现得淋漓尽致。

金庸武侠小说在日本互联网上拥有一批忠实粉丝,他们很热衷于观看武侠电影、阅读武侠小说等活动,沉迷于武侠世界,乐在其中。当然数量远没有中国的金庸小说迷之多,他们主要是 20 至 50 多岁年龄段的人群。这类人群,他们拥有一定的资金,这也是作为"追星"所必需的资本。他们创建粉丝群,平时就在线上进行沟通交流,谈论各种与金庸相关的东西,并自发组织一年召开一次"武林大会",即所谓的"大帮会"。全国的武侠迷都会聚集在东京,聚会的形式是选定一个中国菜馆,大家一边吃饭,一边进行沟通交流,如同志同道合的老友们相聚一起有聊不完的共同话题。他们用喜爱的金庸小说人物名字作为自己的名字,热情谈论自己阅读金庸小说的心得体验，玩一些像打武侠谜语这样的趣味游戏，展示自己的武侠漫画作品等，这一切的活动都围绕着金庸这个主题中心。武侠迷们选择中国菜馆也是因为金庸笔下描写的各种中国特色式美食令人垂涎欲滴，在这里可以品尝中国风味，感悟中华美食魅力。这样的"大帮会"活动都是自愿举办，自己承担花费，没有任何的资金赞助来源，日本金庸武侠迷们纯粹凭着自己的一腔热血和发自内心的喜爱，一直支持参加聚会到现在。对他们来说，身边很少有武侠迷，即使想交流也没有可以沟通的对象，平时也只能在网上参与讨论，这样的聚会机会对于他们来说尤为可贵，可以尽情地和一群来自日本各地的拥有共同兴趣爱好的武侠迷们交流心得体会，共享欢乐时光。

### （二）改造与衍生：金庸小说的日本化

金庸武侠小说在艺术界、学术界吸引了一批名人粉丝团，他们对金庸的小说也是十分的赞美和喜爱。日本文学界对金庸小说有着很高的评价，他们认为金庸小说中有着气势恢宏的历史背景，小说中的虚拟角色与现实中的历史人物高度融合，艺术素养也远远高于通俗读物，几乎相当于叙事史诗。如此神作让人佩服不已，日本本土作家中还未出现可以做到的人。还有日本著名动画片导演今川泰宏、科幻小说作家田中芳树等都是金庸武侠小说迷。今川泰宏为日译本《连城诀》精心撰写了注解的专文，收录在此书的后半卷中。

作家田中芳树对中国古代历史颇为精通和感兴趣，著有中国读者颇为喜爱的《银河英雄传说》，并对金庸的小说有着独到的见解和看法。读完金庸的《鹿鼎记》，他表示这部小说是在历史的大框架中游刃有余地进行虚构，是既没有累赘感又不违背历史大事件真实的优秀小说。他还在很多杂志上发表了许多对于武侠小说的高见，付出了诸多心血，为金庸小说在日本的传播做出了一番贡献。

日本创价学会会长池田大作先生也是一个不折不扣的金庸小说迷，他跟金庸的对话录《探求一个灿烂的世纪》可谓是一场灵魂交谈，收集了两人1995至1997年的座谈会议记录、书信往来内容，以及对武侠文学世界、中日关系发展、文史哲思等众多话题的探讨，从全新的视点去挖掘金庸内心深处的另一面。1996 年，池田大作主持授予金庸"创价大学名誉博士号"和"世界和平维持贡献奖"。另外，著名影视制作人柳川由加里在日译本《射雕英雄传》第五卷后记中写道："一看到《射雕英雄传》的开头部分，我就被这部作品所震撼了，为这部作品精美的画面、独特的传统武侠文化所折服。于是有了想了解这部同名小说的愿望。所幸的是这部小说在日本已经出版，拿到手之后，我就像海绵一样，尽情地吸收了武侠文化的知识，尽情地享受武侠小说的魅力。"①正是这份对金庸小说的喜爱之情，她才完成了对《射雕英雄传》电视剧的引进。

此外，以《魔法少女小圆：叛逆的物语》而闻名的日本动漫编剧虚渊玄也是极其仰慕金庸，家中的书柜中不乏金庸的作品。他曾在采访中公开表示金庸先生对他的创作有着非常大的影响。相传，他曾在创作《鬼哭街》游戏脚本时，仔细阅读了三遍金庸的武侠小说《笑傲江湖》。作为日本大名鼎鼎的编剧，他塑造了很多让人爱不释手的角色，然而每次却用惨绝人寰的方式结束了他们的生命，或者让他们生不如死。有网友统计惨遭他毒手的角色有的被丈夫掐死、被领导逼迫自杀、被儿子炸死、被虫子从内到外咬死、被怪物咬掉脑袋死掉、被分成五块，有的全家惨死、遭遇世界毁灭、被所有人遗忘、亲手杀死自己最好的朋友、拯救了故乡却背负污名。剧中人们喜欢的主角每次都不得善终，观众也曾多次发誓再也不看他的作品，然而由于他编的剧情极其精彩，观众们仍然会情不自禁地走进影院去观看他的编剧作品。相信他在金庸小说《天龙八部》中那位亲手杀死自己最爱的女人阿朱、走到哪里都会有人因他而死、蒙受无法洗清的冤屈，最后选择自杀的主人公萧峰身上会获得一定的创作灵感。这样一位领军二次元的佼佼者，采访言论说明自己的创作受到金庸的影响，一定程度上引发了金庸小说在日本的火势蔓延。

另外日本轻小说家柳野かなた在自己的推特社交账号上，极力推荐金庸的《射雕英雄传》，并且告诉人们原来在六十年前，金庸先生就已经把青梅竹马、傲娇、萝莉、病娇、大小姐等所有二次元套路都玩过了。并且剧情方面，像现在流行的"后宫""升级流""养成系"等素材也是金庸

---

① 金庸. 射雕英雄传五［M］. 金海南, 译. 东京: 德间书店, 1999: 493.

先生早就写过的。日本就很好地对金庸作品中的元素进行了借鉴和创新，转化为强有力的本土化产品，这点令人深思。如同之前在日本一直具有非常大影响力的《三国演义》，日本的很多动漫都是改编自它。甚至日本风靡全球的动漫《龙珠》，前期剧情取材也都来源于《西游记》。金庸的武侠小说在日本的借鉴与改造过程中，渐渐市场化和本土化了。

金庸武侠小说不仅是武林江湖的世界，还是吃货们的天堂和风景旅游胜地。这些对日本的饮食业和旅游业方面的发展有着一定的交流借鉴意义。像金庸笔下的美食，一直为人们津津乐道。光听菜名就觉得富有诗意，并且涉及各个地区的特色菜系，上至宫廷御宴精致点心，下至平民家常菜系，无不令人垂涎三尺。有美食的地方一定就有堪称"食神"的洪七公，《射雕英雄传》中黄蓉做的香喷喷的"叫花鸡"现在也成了很多饭店中的招牌中华菜。聪明伶俐的黄蓉想让洪七公教授郭靖武艺，更是献出了自己的拿手好菜，亲手做出了一菜一汤。即大家熟知的"玉笛谁家听落梅"和"好逑汤"，不仅名字听起来高雅脱俗，并且色香味一应俱全。书中描写的"好逑汤"："碧绿的清汤中浮着数十颗殷红的樱桃，又飘着七八片粉红色的花瓣，底下衬着嫩笋丁丁，红白绿三色辉映，鲜艳夺目，汤中泛出荷叶的清香。"[①]读完不禁令人羡慕洪七公的好口福。金庸笔下令人印象深刻的美食还有骇人听闻的炸蜈蚣，江南特色美食糯米糖藕，茭白虾仁、龙井茶叶鸡丁，云南美食汽锅鸡、过桥米线，此外还有各种地方特产扬州点心、湖州粽子等。在这样侠气豪天、刀光剑影的江湖世界，一道道生活化的美食给人味觉和视觉带来无穷的想象，如同一部舌尖上的武侠。很多读者看完小说后，都会在家根据书中的食材和方法尝试进行料理制作。甚至有的商家开了专门的金庸美食店，招牌菜的名称同小说中如出一辙，招揽了大量的金庸粉丝顾客，从而尽情体验武侠小说中的美食盛宴。有的电视台播出金庸笔下的美食节目专栏，邀请研究小说的专家教授进行讲解美食的出处，厨师现场进行制作，过后专家进行点评，可谓是美食与文化寓于一体，带给观众别样的新鲜体验。日本武侠迷"大帮会"选择中国餐馆也有品味金庸笔下中华特色式美食之意。

---

① 金庸. 射雕英雄传 [M]. 香港: 明河出版社, 1999: 462.

有"日本金庸"之称的时代小说家池波正太郎著有美食随笔《池波正太郎的美食散步》。里面包含东京、大阪、京都、名古屋等各个城市的美食，读者可以在书中跟随大作家一起边欣赏风景边品味美食。笔下的百年老店比比皆是，都是经过人们的味蕾检测，经得起时间考验的。读完过后，便会想方设法找到小说中描写的店面去品尝那美味的年糕汤、吃完忍不住舔手指的鲷鱼寿司、令人回味无穷的金枪鱼刺身……2012 年日本东京电视台制作的美食剧《孤独的美食家》，由著名男优松重丰主演，连续播放十季依旧热度不减，实际上这也是由日本有名漫画家久住昌之创作的漫画改编而成的。讲述一个经营进口杂货铺的小商人井之头五郎，每天工作之余独自前往各个餐馆吃饭的故事。这些餐馆全部都是日本各地真实存在的，五郎独自徜徉美食的海洋，孤独的心灵得到了莫大的满足和慰藉。该剧一经播出，人们纷纷去节目中推荐过的餐馆"打卡"，一时间美食文化蔓延日本大街小巷。

同样武侠小说家及其作品都在不自觉地承担了文化宣传的重任，这也是他们的魅力之所在。不仅武侠小说中的美食有如此功能，金庸小说中的景物描写如诗如画，依旧令人陶醉，如同一本旅游景点指南。笔下的嵩山、武当山、华山、泰山、恒山、峨眉山、西湖、钱塘湖、洞庭湖、雁门关等都是我国著名的风景旅游胜地，游客常年络绎不绝。桃花岛则是金庸旅游文化中人们最心驰神往的世外桃源，宛如人间仙境。世界各地的金庸小说读者会来中国参观游览胜地，大批日本读者对其笔下的风景名胜更是心向往之。当年日本旅行社增添了"桃花岛游"，一时间受到大批武侠小说迷们的欢迎，也给旅行社带来了丰厚的收益。武侠小说中虚构出来的乌托邦，在现实生活中也会被开发出来，成为带动当地经济的支柱产业，这也体现出了文学作品的文化魅力。

日本著名的时代小说家笔下的"海坂藩"足以见证日本武侠小说也能成为观光资源。藤泽周平习惯以江户时代为主要创作背景，描写底层武士以及市井平民的悲欢离合。藤泽周平出生于山形县鹤冈市，后来在东京生活，却一直对故乡怀有思念之情。于是他在自己的时代小说作品中虚构出来了一个背靠山坡面朝大海的雪国小藩镇，取名"海坂藩"，用来寄托对鹤岗的乡情。在藤泽周平的小说中经常以原型是鹤岗市的"海坂藩"为故事舞台，很多小说都被改编为电影。木村拓哉主演的《武士的一分》（原作《盲剑回音》）、宫泽理惠主演的《黄昏清兵卫》、北川景子主演的《花痕》都是由藤泽周平创作的小说改编而成的电影，都是以"海坂藩"作为故事场景地，这样鹤岗市自然也就成了电影取材拍摄地。当地也是依据这一形势，大力发展旅游业，还设有"海坂藩"系列的文学碑，制作鹤岗市观光局网页等，不仅给人们提供了游览"海坂藩"的机会，还提高了当地经济效益。游客们身处"海坂藩"，想象着自己如同《花痕》中的主角那样，在漫天飞舞的樱花美景中邂逅属于自己的真爱，从而展开一场浪漫绝美的爱情故事。在作者、小说、电影、明星的多重推动下，武侠小说一度成为最好的宣传广告，转化为不可或缺的观光旅游资源。武侠小说里面虚构的乌托邦，无不投射着现代人内心深处对自由和人情的向往，慰藉每一颗忧郁受伤的心灵。

### （三）日本武侠传统及其对金庸小说传播的影响

要想日本读者更加喜爱和深入了解金庸小说，首先必须从日本读者的阅读感受入手，深入分析其背后的原因。通过比较中日武侠小说的异同点，能够完善彼此对武侠小说的认知，对两国的文化差异、社会结构、武术地位、民族精神、国民性格等都有更清晰的认识，对后来的武侠小说创作都有相互借鉴影响的作用。

#### 1.中日武侠传统的审美间离

由于中日两国文化存在多方面差异，人们有着不同的价值观和人生观。同样在阅读金庸小说时，两国的读者也会有着不同的阅读感受。自金庸小说在日本出版发行以来，就有大批的读者写信寄到出版社和编辑部，表达自己对金庸小说的阅读感受和相关疑惑。

众所周知，金庸小说中有着丰富的文化知识、深厚的历史底蕴、跌宕起伏的故事情节、充满个性化的人物特征等。日本读者也是深有同感，一读起来便会如痴如醉、沉迷其中不可自拔。他们惊讶于小说中纵横天南地北、壮阔深远的故事背景。如东海、沙漠、草原、戈壁等自然景观无不化入书中，成为故事发生的奇特场景。也同样着迷于宋、元、明、清古代悠久的历史。更是佩服小说故事情节的引人入胜、出人意料。故事类型集冒险、历史、推理、言情等各种因素于一体，内容丰富，日本读者一般很难推测小说后面的情节发展，每次都能给人带来别样的阅读惊喜。日本读者对金庸小说中塑造的一系列个性突出、形象鲜明的人物也留下了深刻的印象。金庸自己就曾说过："小说的主要人物之一是创造人物：好人、坏人、有缺点的好人，有优点的坏人等等，都可以写。"[1]相较于中国读者喜欢的正面主角人物形象，如郭靖、杨过、乔峰、等英雄人物，日本读者则对小说中的反面配角人物形象更加青睐。像《神雕侠侣》中李莫愁，就很受日本读者的喜爱。在很多读者看来她不仅仅是一个作恶多端、杀人不眨眼的女魔头，更是一个拥有绝顶美貌、武功高强、用情至深、充满爱心的复杂人物形象。她对陆展元的感情真切地阐释了"问世间情为何物，直教人生死相许"的爱情观念。她也曾如同小龙女般冰清玉洁，痴迷爱情后被逐出师门，人生轨迹彻底发生改变。得知陆展元移情别恋后太过受伤，导致心理变态，变身杀人狂魔，最终葬身于绝情谷的火海之中。即便她杀人成性，仍然保留内心深处母性善良的一面，她从杨过手里抢到郭襄时，魔性消退，转为人性渐长，脸上充满了母亲般的慈爱。这个有血有肉、令人可恨又可怜的丰满女性人物形象，正是说明了金庸笔下没有绝对的好人和坏人之分，复杂的人性描绘得极其细腻。日本武侠小说中经常出现以反面人物作为主角的作品。日本小说家林不忘（1900—1935）笔下的人物丹下左膳是个独眼独臂的剑客，不仅身体残缺，并且性格也是十分古怪，为人正邪不分。柴田炼三郎创作的系列小说《眠狂四郎无赖抄》中的主人公眠狂四郎曾经一度成为剑豪小说风潮中的代表人物形象。他出身卑微，是荷兰传教士欺凌日本武家女子生下的罪恶混血儿。他的性格孤僻，命途多舛，置他人生死于不顾，是个天生的虚无主义者。手中执的剑不是武士高贵灵魂的象征，而是滥杀无辜的凶器。另外还有中里介山的《大菩萨领》的主角，也是一个邪恶化身的反面人物形象。中国武侠小说类型中几乎没有以反面人物为主角的作品，而日本武侠小说中这样的例子比比皆是，主角都有一定的生理和心理上的缺陷，但对于那些看腻了正派英雄人物完美

---

[1] 金庸. 鹿鼎记·后记［M］. 广州：广州出版社，2012：1.

形象的读者而言，这类人物的塑造显得更加具有人性和现实性，深受日本读者的欢迎。这样也就不难理解日本读者对金庸小说中的配角和反派人物更加情有独钟，能够产生一定的同理心的情况。

金庸小说中的武打场面描写也让日本读者觉得别具一格。尽管有很多的招式看起来不是很明白，但是依旧觉得名称富有诗情画意。金庸非常注重武功的描写，他既不像梁羽生那样狭隘地认为："宁可无武，不可无侠"，也不像平江不肖生（向恺然）那样真正精通武术，而是用自己的艺术想象和创造勾勒出一幅幅动人心魄的武斗场面。严家炎教授就曾评论说："金庸笔下的武功打斗，所以这样神异丰富、引人入胜。是因为作者把武功描写当作一种艺术创造，充分施展自己艺术想象的才能。"①金庸小说中所描写的武功已经被文人化和艺术化了，"琴、棋、书、画、诗、文、歌、舞，乃至渔、樵、耕、读，都被融进了武功技击"②，打造具有表演性和观赏性的诗意武打场面，一改以往武侠小说刀光剑影、

杀气逼人的粗俗场面。像"北冥神功""庖丁解牛掌""逍遥游掌"等名称均取自《庄子》，"般若掌"则明显出自佛家经典，《神雕侠侣》中杨过自创的"黯然销魂掌"，源于《别赋》中"黯然销魂者，唯别而已矣"，这些带有很强的文学典故性。另外小说中的武功招式几乎都用成语来命名，堪称一部"活辞海"。③《神雕侠侣》中，为李莫愁独创的武功分为"无孔不入""无所不至""无所不为"三招，杨过与小龙女分离后，比武较量时打出了"心惊肉跳""杞人忧天""无中生有""拖泥带水"这样的四招；《笑傲江湖》中翻天掌的招式"云里乾坤""雾里看花"，令狐冲使用的华山连技"白虹贯日""有凤来仪"，还有出现了"金玉满堂""天衣无缝""借花献佛""千刀万剐""对症下药""飞蛾扑火""过河拆桥"等大量的成语招式，其他的作品中这样的例子也是不胜枚举。此外，还有舞蹈、书法、音乐等运用到武功之中，充满艺术感染力。黄蓉父女的独门武功"兰花拂穴手"，使用时拇指与食指扣起，余

---

① 严家炎.金庸小说论稿（增订版）[M].北京：北京大学出版社，2017：28.

② 严家炎.金庸小说论稿（增订版）[M].北京：北京大学出版社，2017：28.

③ 冷夏.文坛侠圣[M]广州：广东人民出版社，1995：152.

下三指头微张，手指如同兰花般姿势绝美，这本身就是一种高雅的舞姿；《神雕侠侣》中朱子柳的武器就是一支笔，同对手进行较量时，更借用了楷书、草书、篆书的笔法，书法与武艺合二为一，意蕴相通；《射雕英雄传》中"东邪"黄药师的玉箫剑法，以箫为剑、剑化玉箫、将内力注入箫中，从而压制对手。"西毒"欧阳锋更是表演了一首西域古筝曲，筝声凄厉，令人心跳加速，大感不适。他们都是内力与音乐结合，转变为具有杀伤力的武功绝学。这些武功和招式技击描写，都让日本读者惊叹中国武术的艺术魅力，被充满诗情画意的武功名称所折服。

金庸小说中武打场面的描写非常具有戏剧性和表演性，往往注重整个打斗过程诗意的叙述，很少出现一招致命的现象，也绝没有大战三百回合，誓死不罢休的场景。《笑傲江湖》中，令狐冲和岳灵珊在嵩山顶上进行比武对决，二人出招的是青梅竹马时在瀑布边玩耍合创的"冲灵剑法"。双方使出十来招后，不自觉回忆起昔日华山一起练剑的美好场景，开始从比剑的竞争状态中脱离出来，转为之前每次练剑时的试演。二人舞动剑法尽显优美之态，连旁边观看的武林高手们都沉浸在如此美妙的画面中，不禁连连称赞，差点忘记这本是场激烈的比武大赛。他们二人仿佛不是来比武，而是双双化为精灵舞者，给台下的观众表演一场"剑舞"的视觉盛宴。金庸小说中的比武打斗场面众多，然而每一场都是独一无二的武术表演，其中包含丰富的武功技术，金庸本人也是极尽笔墨细腻地描绘一招一式。

日本的武侠小说基本上没有什么招式，虚构的武功也同金庸小说中充满奇幻诡谲色彩的武功大相径庭。柴田炼三郎笔下的虚拟人物眠狂四郎，最经典的武功莫过于"圆月杀法"。关于决斗片段的描写往往都是他用刀尖指向脚前方的地面，然后伸出自己的左臂在空中画圆，对方的眼睛跟随着转动的刀尖，渐渐显得消沉，斗志全无。还未画成一个完整的圆形时，对手已经仰面倒地，鲜血四溅。不仅文字上弄不明白这个"圆月杀法"究竟是何招式，就连改编的电影、电视上也只看见主角用日本刀画圆，紧接着白光一闪，敌人倒在血泊中。古龙小说的打斗场面描写非常类似日本武侠小说，双方对峙，从不直接正面描述武打招式，敌人怎么失败怎么死的都无从知晓，与此同时也给读者留下了一个想象的空间。《多情剑客无情剑》中，向来只写"小李飞刀，例不虚发"，刹那间刀光一闪，胜负就在一瞬间分辨出来，没人能够知道李寻欢是如何出手，这一刀的速度为何如此之快。"小李飞刀"和"圆月杀法"招式几乎如出一辙，刀光、剑气散发的白光一闪，对手便以失败和死亡告终。正因为如此，一些日本读者认为金庸小说中的武打场面过于烦琐，不知何时能够结束打斗，令人心生厌烦的情绪。

金庸武侠小说受众一般年轻的读者较多，并且主角基本也是处于青少年时期。而日本武侠小说则以中老年读者居多，五六十岁的侠客武士依旧作为主角的作品不在少数。由于读者群体的年龄差异，金庸小说里面中老年人物之间的恋爱很受日本读者的欢迎，他们对《书剑恩仇录》中以争吵著称的天山双鹰夫妻的恋情十分感兴趣，更是关注于这对夫妻同天池怪侠袁士霄之间的三角恋情发展状况。相较于日本武侠小说中着重描写成年人间成熟的恋爱，金庸小说中十几岁的少男少女们的爱恨纠葛略显幼稚。并且日本武侠小说中"武"和"女人"是不可以同时成立的。吉川英治的《宫本武藏》中就阐释了一个道理：为了追求剑道，一定要做个决不回头去顾虑女性的克己主义。当然也出现过会武功的女人，但是比男人更强的几乎没有。而金庸小说中决不能没有女侠的存在，他们是构成小说不可或缺的因素。塑造了一大批像小龙女、李莫愁、黄蓉等武功高强、外形靓丽的女性人物形象。还有人认为金庸小说中的塑造的人物虽然很有个性，但仍过于完美主义，缺乏真实性。一些读者还表示武打场面可以少一些，多一些言情成分。日本读者阅读金庸小说后既然有好的感受，肯定也会存在一些质疑，每个读者的感受都会存在或多或少的差异。"一千个人眼中就有一千个哈姆雷特"，金庸小说在日本读者看来有受欢迎和不受欢迎的因素，中日读者阅读感受上的不同，正是中日武侠文化差异的体现和理解层次上面的差距。

2. "剑客"与"侠客"：文化符号的差异

想要日本读者更好地去理解金庸小说，首先必须要了解中日武侠文化的差异。不妨以中日两国武侠小说中的"侠客"与"剑客"来进行比较，分析其在文化表征上的差异和在社会结构中的地位。

中国武侠小说中的"侠客"既拥有"武"的技能,又注重"侠"的精神。"'侠'是灵魂,'武'是躯壳。'侠'是目的,'武'是达成侠的手段。"①通过以武行侠来实现自己除暴安良、救世济民、舍身相助、惩恶扬善的目标。历史上对侠的起源、侠客形象的定义众说纷纭。"侠"的概念最早出现于韩非子的《五蠹》:"儒以文乱法,侠以武犯禁。"后来司马迁在《游侠列传》中给其下了基本的定义:"今游侠,其行虽不轨于正义,然其言必信,其行必果,已诺必诚,不爱其躯,赴士之厄困。既已存亡死生矣,而不矜其能,羞伐其德,盖亦有足多者焉。"②讲述了游侠的精神面貌特征。不可否认的是,随着侠的文学作品化,人们对于侠客形象的理解越来越具有主观性。侠客的形象,已经由历史上真实存在的侠士转变为文学作品中的侠客,进而演变为一种思想精神。刘若愚在他的《中国的侠》中认为中国史书、诗文、戏曲及小说中的侠,主要考虑的是中国文化中"侠"这一精神侧面。金庸小说中的侠客无不贯彻这一"侠义"精神气质,《雪山飞狐》中记录了苗人凤和胡一刀两位江湖豪侠之间的惺惺相惜、肝胆相照、有诺必诚;杨过为父报仇得知真相后化身正义使者,果断放下个人恩怨,凸显出江湖侠客的义薄云天;为了民族和百姓的利益,郭靖乔峰两位大侠奋不顾身、舍生取义,用生命践行"为国为民,侠之大者"③的理念;《鹿鼎记》中描写的康熙是一位爱民仁政的君王,某种程度上他也符合"侠"的精神层面。只要侠客心中存有一股浩然之气,无论身份地位尊卑贵贱,他们仗剑走到哪里,都会恩泽一方百姓。不会因为主角的来历、身份地位如何而改变他内在"侠"的本质。而日本武侠小说是按照主角的职业身份来分类的,分为剑豪小说、股旅小说、忍者小说等。由于主人公生活的条件和在社会上所处的地位都不相同,他们"行侠"的手段和方式以及呈现自我的价值观念都会不一样。

日本武侠小说——时代小说的故事背景基本都处于江户时代,在当

① 佟硕之(梁羽生).金庸梁羽生合论//梁羽生及其武侠小说[M].香港:伟青书店,1980:3.

② 司马迁.史记·游侠列传.

③ 金庸.神雕侠侣(第二十回)[M].北京:生活·读书·新知三联书店,1994:95.

时的封建社会，有着复杂严格的等级阶层。自镰仓时代以来，日本的政治一直是军事化政权，武士掌权治世。江户时代，武士作为统治阶级，代表着"士"阶层，下面分为农、工、商，再下还有贱民。将军为最大的封建主，是幕府的统领，直接管理全国四分之一的领土，全国其他地区实行地方分权，被划分为大大小小的"藩"，藩主（即大名）严格听从将军的命令，对幕府效力。将军和大名都养着自己的家臣也就是武士，给予他们俸禄，所有的武士都属于一个固定的组织——"藩"。武士持有带佩刀的特权，为将军与大名效忠卖命，构成了幕府统治的基础。日本武侠小说中的"剑客"就是武士，《日本杂事诗》中就用日本的武士来比喻中国的侠客。黄遵宪在这本书中说道："《山海经》既称倭国衣冠带剑矣。然好事轻生，一语睚眦，辄拔刀杀人，亦时时自杀。"[①]可以看出，日本武士手中的刀即为特权阶级的权威，是武士的精神与灵魂的象征。需要注意的是日本刀剑不分家，武士随身携带的剑也就是日本所称的刀，剑术是武士必须掌握、流传的武艺之一，这也不难理解为何总把带刀的武士称呼为"剑客"了。日本武侠小说中的武士因为自身身份阶层的原因，不像中国侠客那般远离官场世俗，不畏强权政治，相反可以更好地利用武士阶级特有的权利来伸张正义、帮助弱小、主持公道。

日本的"侠客"与"剑客"完全有着不同的概念。"剑客"属于特权统治阶级，"侠客"则属于庶民阶级，只接受"草莽英雄""江湖人士"的人物设定。[②]当时一些穷苦的农民离家出走，旁边的藩镇对他们来说如同另一个国家，既没有给他们的土地，也找不到工作，于是便流浪到江户城里。离开了主家的武士也变成了漂泊江湖、流浪在外的"浪人"，也来到江户城里。当时江户城里聚集着各种身份、阶级的人，他们不得不组织一些团体，由头目管理。因此，日本人通常所认为的"侠客"形象是带有几分侠气、做过好事且有一定威望的流氓、赌徒、贱民当中的领头人。一提到"侠客"，日本人便会想起历史上真实存在的两位著名人物幡随院长

---

① 黄遵宪.日本杂事诗//黄遵宪集（上）[M]天津：天津人民出版社，2003：48.

② 冈崎由美."剑客"与"侠客"——中日两国武侠小说比较//纵横武林——中国武侠小说国际学术研讨会论文集[M]台北：台湾学生书局，1998.

兵卫和清水次郎长。幡随院长兵卫称之为"日本侠客的鼻祖"，也是当时有名的赌徒。早在 1612 年左右，日本历史上就有关于黑社会的记载，当时参加帮会的分为两类人：一类是"旗本"奴，属于德川家直辖武士的家奴；另一类是"町奴"，属于城市的无业阶层。幡随院长兵卫出生于日本南方的浪人家庭，属于当时的"町奴"。他本身就是个有名的赌徒，在江户开设赌场，很多输了的人无力偿还，他便雇佣他们去自己主持的宫殿建造工程进行劳动，类似于现在的"包工头"。他管理着江户城里的流氓、赌徒、贱民这些人，不让他们为非作歹，打架斗殴，雇佣他们从事正当工作。同时调解平民与武士之间发生的争执纠纷，遇到武士欺负平民也会及时制止。他在当时的日本无业阶层很有威望，后来被称为"日本侠客的鼻祖"。清水次郎长意为清水港的次郎长，本是渔港渔夫之子，长大后也成了帮会的头目，他斡旋于各帮会之间，调节纷争，平息干戈，久而久之，成了声名远扬的"东海道第一大头目清水次郎长"。次郎长身为帮派人物，难免会做出违法反规、不合体制之事，人们依旧被他的帅气、侠义、男子气概所征服，受到大家的拥戴。这些"侠客"身上都有着"江户儿"的气质，即市井之辈之间的任侠之气。他们个性爽朗，好打抱不平，有着几分江户人的侠义情怀。他们处于社会的下级阶层，漂泊流浪在外时，经常要受到别人的饭宿照顾，日后若对方需要帮忙，他们便会舍命相助偿还这"一宿一饭之恩"。这些不成文的规矩也是他们心中的仁义之道，江户人对他们这种"有恩报恩，有仇报仇"的侠义气质也是极力歌颂。直到现在，学者们仍不禁称赞："对日本人游侠习气的歌咏，对时人影响最大。"[①]"侠客"成了以理想的赌徒为代表的江湖人士，身份职业都是属于庶民阶级，远离封建社会法治，甚至同属于武士阶层的"剑客"进行斗争反抗。日本的"剑客"只是在"武"的方面同中国文学之中的"侠"相类似。中国的"侠客"与"剑客"既可以剑术很高明，又可以具备任侠仗义的精神，他们是一个人的两种不同属性。而日本的"剑客"与"侠客"完全不可同日而语，分别属于两种不同的阶级，即使"侠客"的剑术多么高

---

① 陈平原. 晚清志士的游侠心态//中国现代学术之建立: 以章太炎、胡适为中心 [M] 北京: 北京大学出版社, 1998: 276.

明，他也得不到"剑客""剑侠"的称呼，反之亦然。

中国的武侠小说被称为"成年人的童话"，在虚构的武林世界中，侠客们远离当时封建社会的约束和法治，自由自在施展轻功武艺，实现人生理想抱负，找寻神仙侠侣。每次读完，不禁全身热血沸腾，幻想自己可以雄踞武林，笑傲江湖。日本读者对金庸小说中大侠不用工作、不愁经济就能行走江湖深感疑惑。道士们整天在深山老林处修行、各个教派收了一堆的徒弟，这些人没有收入，吃穿用住的花销从哪里来？他们为何可以做到每天只需练武行侠而不用考虑这些现实的负担？侠客们复仇杀人过后为何可以逃避法律的惩罚，不需要付出任何代价？甚至日本读者对金庸小说中的大侠们凭借轻功就能摆脱地球引力，在空中一直飞翔这一安排也是百思不得其解，严谨的他们认为这些缺乏逻辑性的情节过于超现实化，显得荒诞无稽。

日本历史上的剑客传说都是一些真人真事，他们潜心研究剑艺，依靠高超的剑术获得生存的资本，具有现实感。历史上两大著名的"剑圣"冢原卜传和上泉信纲，都是日本家喻户晓的人物。冢原卜传是"鹿岛新当流"剑术门派的开山祖师，一辈子未曾在比武决斗中吃过败仗，堪称战国时代最强剑客。其弟子上泉信纲原名武藏源五郎，是战国时代的兵法家。他开创了"新阴流"剑术，许多求道的剑客都慕名投入其门下，也因此培养了大批著名的剑豪，被人们尊称为"剑圣"。而将"新阴流"剑术发扬光大的则是他的弟子柳生宗严。柳生家可谓当时的豪门大族，宗严辞官后便一心研究剑术，创立了"新阴流"最大的一个分支——"柳生新阴流"。经过其后代不断将剑术发展和完善，成为江户时代最大的剑术流派之一，一种被当作德川幕府武功的示范。宫本武藏，是"二天一流"剑术的鼻祖，日本江户时期著名的剑客。从十三岁开始与其他流派比武，一直到二十九岁，总计比武六十余场，所向披靡，从未战败。最著名的莫过于与当时剑术高超、名传千里的战国末期剑客佐佐木小次郎的决斗，小次郎最终因为年龄差距以身殉剑，宫本武藏从此一战成名。他潜心修业，终其一生都在追求极致的剑术，创立了使用大小两刀的"二天一流"剑术。之后应藩主的邀请，在熊本藩开始正式教授剑术。江户末期，千叶周作创立了流行当时的剑术流派"北辰一刀流",当时有名的"江户三大道场"之一的玄武馆就是他在江户日本桥设立的剑术道场。他将剑道看作是技术与艺术的结合体,对现代日本剑道有着较大的影响。

日本历史上的剑客如数家珍,他们大都出生武士阶级,不仅要研究增强剑术,还要靠开道场,招募弟子,收入门谢礼来获得收入。很多剑客还通过巡游列国的方式来勉强维持生计,他们通常向当地最有名气的道场下挑战书,进行流派比试。如果跟道场的弟子比武挑战成功的话,便会获得一大笔钱,有时还能谋得在道场当武术顾问的工作。即使失败了,无疑会提高当地道场的声誉,失败者也会因此获得一点零碎小钱或一宿一饭之招待。他们有的受雇于藩主,领着藩主赐予的俸禄,处于体制内人员,遵循着藩镇的规矩,为藩主尽忠效力,领取俸禄,维持生活所需所。以在面对金庸小说中侠客们整天闯荡江湖、行侠仗义、不畏强权、不愁生计、逍遥自在的生活时,不免觉得虚幻。之所以产生这样的理解偏差,其本质在于中日"侠客"与"剑客"属于不同的文化范畴。

中国侠的生命姿态更多地存在于文学的塑造与想象中,成为人们茶余饭后娱乐、消遣的谈资或抒愤的工具。日本的"剑客"即武士阶级的思想及行为方式都在日本有着很大影响。日本战国时期剑客众多,内战频发,社动荡不安,各地封建藩主非常重视强兵习武的培养,"剑道"也随之发达起来。江户时期武士居于统治阶级地位,"武"是他们的本职所在,为了维护国家的安宁和阶级的权威性,禁止庶民带刀学习武艺,练武成了武士独享的权利。直到江户后期,社会较为安定,武士对武术的重视也逐渐减退,不会武功的武士也越来越多,但是依旧不放松对庶民带刀的禁令。武士阶级由于需要执掌政事,必须要文武双全,但是整体依旧呈现"重武轻文"的局面。"剑道"依旧象征武士特权阶级的权威,在发展的过程与"武士道"精神相结合,更加注重武学的研究和其中所蕴含的剑道的哲理性和思想性,所以不会出现各种飞檐走壁等荒诞无稽的武功技能。现在很多日本人学习剑术,目的在于强身健体,修身养性,学武则是为了更好地修道。另外,"股旅小说"中的赌徒们也很重视"武"的作用,他们凭借武力生存于世,打架乃稀疏平常之事。但是由于他们出身底层庶民阶级,根本没有机会学习真正的武功，更加不会钻研武学之道，只是凭借多次打架习得的经验来与对方进行打斗，跟金庸小说中的武打场面相差甚远。

中国由于长期处于封建社会，武侠一直受到封建正统势力的打压。汉武帝实行"罢黜百家，独尊儒术"的政策，"儒"的地位提高，"侠"自然会受到迫害与压制。美国华人刘若愚教授曾在《中国之侠》中提到中国游侠是封建社会的破坏力量。①虽然有失偏颇，但也说明太平盛世之际，当权者绝不允许侠客的存在感过强，难怪武侠小说中的故事背景都处于社会动荡不安的易代之际，从而给侠客创造宽松广阔的活动空间。清代公案小说中几乎都是不会武功的文官管理政治，像包拯这样的清官实施断案，主张正义，展昭来充当保镖的角色，而武侠小说中多的得是以卖艺为生的江湖杂耍艺人。梁启超曾去日本，日本国民"祈战死"的风潮让他很受震撼，他认为日本同中国国俗的差别在于"尚武和右文"。包括现在很多中国人依旧保留"重文轻武"的思想，认为最重要的还是求学考公，而体育武术这些不是人们传统观念中的做学问和晋升之道。简而言之，中国的武术文化只在民间盛行，由平民百姓组成团体，传授下一代卖艺来维持基本生活，没有形成全国性的流传。日本的剑术则由武士发扬光大，形成阶级特权化，为官方所认可，享有很高的地位。

综上所述可以看出"侠客"与"剑客"完全属于两个不同的概念，所以在研究中国侠文化在日本乃至世界范围的传播，一定不能将二者混淆。两个文化符号差别的背后体现的是文化语境及传统差异。

---

① ［美］刘若愚著. 中国之侠［M］. 周清霖、唐发铙译, 上海: 上海三联书店, 1991: 193–194.

# 第八章 莫言作品在日本的译介与传播

2020 年 8 月，获诺贝尔奖 8 年之后，莫言出版中短篇小说集《晚熟的人》，2021 年 6 月，日本佛教大学教授吉田富夫的译作『遅咲きの男』（《晚熟的人》）在日本上市，至此，莫言的多部文学作品被翻译成日文。

追溯莫言文学的日译历程，从 1986 年 4 月日本的中国文学研究者近藤直子在日本杂志《中国语》上初次解读莫言的作品《透明的胡萝卜》，到大江健三郎在诺贝尔文学奖授奖演说词中对莫言的推介；从 1988 年 4 月《季刊·中国现代小说》第 5 期最早刊登井口晃翻译的莫言短篇小说《枯河》，到 2021 年 6 月吉田富夫翻译的《晚熟的人》出版，日本关于莫言文学作品的译介已走过了 30 多年的历史，甚至在他获诺贝尔文学奖之后形成了一股"莫言热"。在中华文化"走出去"背景下，2012 年莫言荣获诺贝尔文学奖，之后莫言文学的日译研究呈现井喷之势。莫言文学作品在日本得到了广泛的传播与认可，这在日本的中国文学接受史上是极为罕见的。

本章以《红高粱》和《蛙》为例，探讨莫言作品的日译策略，并探讨莫言作品在日本成功传播的原因，对中国文学"走出去"具有重要的启示意义。中国文学要走向世界，要处理好民族性与世界性的关系，要为合适的作品找到最适合的译者，要推进优秀文学作品影视化，要有优秀海外文学代理人助力。

## 一、莫言作品在日本的译介策略

### （一）莫言文学作品在日本的译介

莫言文学作品在日本的译介大致经历了发端期、发展期、繁盛期、成熟期四个阶段。

1. 发端期（1988—1990 年）

这一时期的主要译者是井口晃，他是日本译介莫言的第一人。1988 年 4 月，由他翻译的短篇小说《枯河》在《季刊·中国现代小说》第 5 期上刊登，这被认为是莫言最早的日译作品。随着电影《红高粱》（紅いコーリャン）在第 38 届柏林国际电影节斩获金熊奖（1988.02）以及在日本的成功上映（1989.01），井口晃很快又将莫言的长篇小说《红高粱家族》（《红高粱》和《红高粱·续》）译成日文，分别于 1989 年 4 月和 1990 年 10 月在日本德间书店出版（表 8-1）。井口晃虽然是日本第一位莫言作品的翻译者，但他在译作中对莫言对麻风病人使用"歧视言辞"极为不满，并对莫言的作品风格进行了批判，称其"只不过是贩卖粗俗罢了,这正是没有根基的小聪明"①，其批判性的评论对莫言文学作品在日本的初期传播产生了一定的负面影响。但井口晃对于莫言文学作品在日本的早期传播仍功不可没，他是最早将莫言作品带进日本的日文翻译家，随后，诸多莫言作品被翻译成日文。正是由于他的译介，莫言作品在日本文学评论界开始广受关注。

表8-1　1988—1990 年莫言文学作品在日本的译介

| 中文名 | 日文名 | 译者 | 收录书 | 出版社 | 出版日期 |
|---|---|---|---|---|---|
| 枯河 | 枯れた河 | 井口晃 | 季刊·中国现代小説5 | 蒼蒼社 | 1988.04 |
| 红高粱家族 | 赤い高粱 | 井口晃 | 现代中国文学選集6 | 德间书店 | 1989.04 |
| | 赤い高粱·続 | | 现代中国文学選集12 | | 1990.10 |

---

① 林敏洁. 莫言文学在日本的接受与传播——兼论其与获诺贝尔文学奖的关系[J]. 文学评论, 2015（06）：100.

2. 发展期（1990—1998 年）

这一时期的主要译者是藤井省三，他从文学价值的角度翻译介绍莫言文学作品。藤井省三翻译的第一部莫言作品是短篇小说《秋水》，1991 年4 月，JICC 出版局出版了藤井省三、长堀祐造合译的《来自中国农村·莫言短篇集》，收录了藤井省三翻译的《秋水》《白狗秋千架》《金发婴儿》和长堀祐造翻译的《老枪》《断手》《我的墓》等作品（表 8-2）。在书中，藤井省三以"魔幻现实主义描写的中国农村"为题，对莫言的文学作品给予了高度评价。此后，藤井省三又翻译了莫言的短篇小说《苍蝇·门牙》《神嫖》《良医》《辫子》，长篇小说《酒国》（表 8-3），1992 年 10 月出版了小说集《怀抱鲜花的女人》，其中收录了藤井省三的《透明的红萝卜》《苍蝇·门牙》《怀抱鲜花的女人》《莫言访谈录：从中国农村和军队走出来的魔幻现实主义》等日文译作。藤井省三应该算是从文学价值的角度翻译介绍莫言文学作品的日本第一人，并从一开始就对莫言的文学作品给予了很高评价。日本真正意义上的莫言文学作品的译介与研究活动，也正是从藤井省三开始的，日本读者通过藤井省三的翻译介绍开始认识莫言文学作品，藤井省三可谓为莫言文学作品在日本的传播做出了巨大贡献。同时，立松升一、岸川由纪子等一批译者也开始加入莫言作品的译介中来，这一时期属于莫言文学作品在日本译介的发展期。

表8-2　　1990—1998年莫言文学作品在日本的译介（小说集）

| 日文名 | 收录作品 | 译者 | 出版社 | 出版日期 |
|---|---|---|---|---|
| 中国の村から短編集 | 秋の水、古い銃、白い犬とブランコ、片手、金髪の赤ちゃん、わたしの「墓」 | 藤井省三<br>長堀祐造 | JICC出版局 | 1991.04 |
| 花束を抱く女 | 透明な人参、蝿・前歯、花束を抱く女、莫言インタビュー　中国の村と軍から出てきた魔術的リアリズム | 藤井省三 | JICC出版局 | 1992.10 |

表8-3　1990—1998 年莫言文学作品在日本的译介（小说）

| 中文名 | 日文名 | 译者 | 收录书 | 出版社 | 出版日期 |
|---|---|---|---|---|---|
| 秋水 | 秋の水 | 藤井省三 | 中国幻想小說傑作集 | 白水社 | 1990.12 |
| 苍蝇·门牙 | 蝿·前歯 | 藤井省三 | 笑いの共和国<br>中国ユーモア文学傑作選 | 白水社 | 1992.06 |
| 酒国 | 酒国　特捜検事丁鈎児の冒険 | 藤井省三 | | 岩波書店 | 1996.10 |
| 神嫖 | 女郎遊び | 藤井省三 | 世界文学のフロンティア４ノスタルジア | 岩波書店 | 1996.11 |
| 石磨 | 石臼 | 立松昇一 | 季刊中国現代小説38 | 蒼蒼社 | 1997.01 |
| 良医 | 良医 | 藤井省三 | 群像 | 講談社 | 1997.07 |
| 辫子 | お下げ髪 | | | | |
| 良医 | 良医 | 藤井省三 | 現代中国短編集 | 平凡社 | 1998.03 |
| 辫子 | お下げ髪 | | | | |
| 人与兽 | 人と獣 | 岸川由紀子 | 螺旋創刊号 | 螺旋社 | 1998.06 |

3. 繁盛期（1999—2012 年莫言获"诺奖"）

　　1999 年至 2012 年 10 月莫言获得诺贝尔文学奖是莫言文学作品在日本译介的繁荣时期，这一时期的主要译者是吉田富夫和立松升一。吉田富夫是莫言大部分重要作品的日文版译者，是日本翻译莫言作品数量最多的翻译家。这一时期吉田富夫先后翻译了莫言的《丰乳肥臀》《檀香刑》《四十一炮》《生死疲劳》《蛙》五部长篇小说，《澡堂》和《红床》两篇短篇小说（表 8-4），并出版了《师傅越来越幽默·莫言中短篇集》《白狗秋千架·莫言自选短篇集》两部小说集（表 8-5），《檀香刑》（中公文库版）也于 2010 年 9 月再版。《师傅越来越幽默·莫言中短篇集》收录了吉田富夫的《师傅越来越幽默》《长安大道上的骑驴美人》《藏宝图》《沈园》《红蝗》5 篇译作。《白狗秋千架·莫言自选短篇集》收录了吉田富夫的《大风》《枯河》《秋水》《老枪》《白狗秋千架》《苍蝇·门牙》《凌乱战争印象》《奇遇》《爱情故事》《夜渔》《神嫖》《姑妈的宝刀》《屠户的女儿》《初恋》14 篇译作。立松升一自 1997 年 1 月在《季刊·中国现代小说》第 38 期上发表译作《石磨》以来，这一时期又陆续翻译了莫言的《拇指铐》《扫帚星》《月光斩》《狗文三篇》《普通话》等作品。此外，中山文、南条竹则、藤野阳、谷川毅、菱沼彬晁等日本翻译家也陆续参与到莫言文学作品的日译中来，《天花乱坠》《师傅越来越幽默》《挂像》《牛·筑路》《锅炉工的妻子》等译作纷至沓来，井口晃的《红高粱》也再次受到关注。另外，根据莫言作品《师傅越来越幽默》《白狗秋千架》改编的电影《幸福时光》《暖》也被译成日文，分别于 2002 年、2005 年在日本上映。这一时期莫言文学作品在日本的译介可谓走向了全面繁荣，莫言也正是在此期间获得了福冈亚洲文化奖（2006.07）和诺贝尔文学奖（2012.10）等重大奖项，受到日本以及全世界的瞩目。

表8-4　1999—2012 年获"诺奖"莫言文学作品在日本的译介（小说等）

| 中文名 | 日文名 | 译者 | 收录书 | 出版社 | 出版日期 |
|---|---|---|---|---|---|
| 丰乳肥臀 | 禮乳肥臀（上、下） | 吉田富夫 | | 平凡社 | 1999.09 |
| 檀香刑 | 白檀の刑（上、下） | 吉田富夫 | | 中央公論新社 | 2003.07 |
| 四十一炮 | 四十一炮（上、下） | 吉田富夫 | | 中央公論新社 | 2006.03 |
| 生死疲劳 | 転生夢現（上、下） | 吉田富夫 | | 中央公論新社 | 2008.02 |
| 檀香刑 | 白檀の刑（上、下） | 吉田富夫 | 中公文庫 | 中央公論新社 | 2010.09 |
| 蛙 | 蛙鳴 | 吉田富夫 | | 中央公論新社 | 2011.05 |
| 澡堂（外一篇：红床） | 小説二題：大浴場・紅床 | 吉田富夫 | 新潮108卷12号 | 新潮社 | 2011.12 |
| 拇指铐 | 指枷 | 立松昇一 | 季刊中国現代小説54 | 蒼蒼社 | 2001.01 |
| 扫帚星 | 疫病神 | 立松昇一 | 季刊中国現代小説70 | 蒼蒼社 | 2005.01 |
| 月光斩 | 月光斩 | 立松昇一 | 中国現代文学3 | ひつじ書房 | 2009.05 |
| 狗文三篇 | 犬について、三篇 | 立松昇一 | イリーナの帽子中国現代文学選集 | トランスビュー | 2010.11 |

续表

| 中文名 | 日文名 | 译者 | 收录书 | 出版社 | 出版日期 |
|---|---|---|---|---|---|
| 普通话 | 普通話 | 立松昇一 | 中国现代文学9 | ひつじ書房 | 2012.04 |
| 天花乱坠 | 天上の花 | 中山文、南條竹則 | 別冊文藝春秋2000春(231号) | 文藝春秋 | 2000.04 |
| 师傅越来越幽默 | 師匠、そんんあに担がないで | 藤野陽 | 螺旋4号 | 螺旋社 | 2000.06 |
| 红高粱家族 | 赤い高粱 | 井口晃 | 岩波现代文库 | 岩波書店 | 2003.12 |
| 挂像 | 肖像画を掛ける | 谷川毅 | 火鍋子62号 | 翠書房 | 2004.07 |
| 锅炉工的妻子 | ボイラーマンの妻 | 菱沼彬晁 | 動乱と演劇ドラマ・リーディング上演台本 | 国際演劇協会日本センター | 2012.03 |

**表8-5　1999—2012年获"诺奖"莫言文学作品在日本的译介（小说集）**

| 日文名 | 收录作品 | 译者 | 出版社 | 出版日期 |
|---|---|---|---|---|
| 至福のとき莫言中短編集 | 至福のとき、長安街のロバに乗った美女、宝の地図、沈園、飛蝗 | 吉田富夫 | 平凡社 | 2002.09 |
| 白い犬とブランコ莫言自選短編集 | 竜巻、潤れた河、洪水、猟銃、白い犬とブランコ、蠅と歯、戦争の記憶断片、奇遇、愛情、夜の漁、奇人と女郎、秘剣、豚肉売りの娘、初恋 | 吉田富夫 | 日本放送出版協会 | 2003.10 |
| 牛 築路 | 牛、築路 | 菱沼彬晁 | 岩波書店 | 2011.02 |

4. 成熟期（2012年莫言获"诺奖"至今）

2012年10月莫言获得诺贝尔文学奖之后，莫言文学作品在日本的译介进入了成熟时期，在此阶段，莫言的几乎所有重要文学作品都被翻译成了日文。伴随着莫言获"诺奖"后的"莫言文学热"，一系列小说、小说集紧锣密鼓地出版发行。莫言的中篇小说《变》、长篇小说《天堂蒜薹之

歌》《红树林》的日文译本相继出版，《红高粱家族》《丰乳肥臀》（表
8-6）也趁热再版，小说集《透明的红萝卜·莫言珠玉集》和《扫帚星·莫
言杰作中短篇集》（表8-7）也相继面世。《透明的红萝卜·莫言珠玉集》
收录了藤井省三的《讲故事的人》《透明的红萝卜》《怀抱鲜花的女人》
《良医》《辫子》《铁孩》《金发婴儿》《2012年诺贝尔文学奖颁奖仪式
演讲》等译作。《扫帚星·莫言杰作中短篇集》收录了立松升一的《翱
翔》《石磨》《普通话》《拇指铐》《五个馕馕》《月光斩》《蝗虫奇
谈》《粮食》《火烧花篮阁》《扫帚星》《卖白菜》11篇译作。同时莫言
的新作品也很快被翻译成日文。莫言于2015年6月发表的散文《寻找灵
感》，2017年和李云涛共同编剧的民族歌剧《檀香刑》，很快在2015年
10月和2018年8月出版的日文杂志《昂》上刊登；2020年8月出版的莫
言获"诺奖"后的首部中短篇小说集《晚熟的人》，很快在2021年6月被
译成日文出版，收录了吉田富夫的《左镰》《晚熟的人》《斗士》《贼指
花》《等待摩西》《诗人金希普》《表弟宁赛叶》《地主的眼神》《澡堂
与红床》《天下太平》《红唇绿嘴》《火把与口哨》12篇译作。

表8-6　2012年获"诺奖"至今莫言文学作品在日本的译介（小说等）

| 中文名 | 日文名 | 译者 | 收录书 | 出版社 | 出版日期 |
| --- | --- | --- | --- | --- | --- |
| 变 | 変 | 長堀祐造 | | 明石書店 | 2013.03 |
| 红高粱家族 | 赤い高粱·続 | 井口晃 | 岩波現代文庫 | 岩波書店 | 2013.03 |
| 天堂蒜薹之歌 | 天堂狂想歌 | 吉田富夫 | | 中央公論新社 | 2013.04 |
| 丰乳肥臀 | 豐乳肥臀（上、下） | 吉田富夫 | 平凡社ライブラリー | 平凡社 | 2014.01 |
| 红树林 | 紅樹林 | 中淪信子 | | 中淪信子 | 2014.12 |
| 寻找灵感 | 着想の妙：霊感を求めて | 立松昇一 | すばる 37（10） | 集英社 | 2015.10 |
| 民族歌剧《檀香刑》 | 戯曲 民族歌劇 白檀の刑 | 吉田富夫 | すばる 40（8） | 集莫社 | 2018.08 |

表8-7  2012年获"诺奖"至今莫言文学作品在日本的译介（小说等）

| 日文名 | 收录作品 | 译者 | 出版社 | 出版日期 |
|---|---|---|---|---|
| 透明な人参莫言珠玉集 | 物語る人、透明な人参、花束を抱く女、良医、お下げ髪、鉄の子、金髪の赤ちゃん、2012年ノーベル文学受賞講演 | 藤井省三 | 朝日出版社 | 2013.02 |
| 疫病神莫言傑作中短編集 | 嫁が飛んだ！、石臼、普通語、指枷、宝塔、月光斬、バッタ奇談、命、花藍閣僚炎上、疫病神、母の涙 | 立松昇一 | 勉誠出版 | 2014.07 |
| 遅咲きの男 | 左鎌、遅咲きの男、偏屈者、消えた財布、モーゼを待ちつつ、詩人キンシプー、従弟寧賽葉、地主の目つき、大浴場・赤ベッド、天下太平、明眸皓歯、松明と口笛 | 吉田富夫 | 中央公論新社 | 2021.06 |

　　另外，这一时期对于莫言文学思想和文学精神的探讨开始成为主流。吉田富夫的《莫言神髓》，藤井省三、林敏洁的《莫言文学思想·海外演讲集》《莫言文学精神·中国演讲集》（表8-8）等作品应运而生。吉田富夫的《莫言神髓》，阐述了自己对莫言作品的独到感受，呈现了一个翻译家眼中的莫言文学世界。藤井省三、林敏洁的《莫言文学思想·海外演讲集》《莫言文学精神·中国演讲集》汇总了莫言国内外演讲的精髓，对于深入探视莫言文学世界，助推日本学术界对于莫言文学作品的研究意义重大。

表8-8  2012年获"诺奖"至今莫言文学作品在日本的译介（演讲集等）

| 日文名 | 著者/编者 | 译者 | 出版社 | 出版日期 |
|---|---|---|---|---|
| 莫言神髓 | 吉田富夫著 | | 中央公論新社 | 2013.08 |
| 莫言の思想と文学世界と語る講演集 | 莫言著，林敏潔編 | 藤井省三，林敏潔 | 東方書店 | 2015.11 |
| 莫言の文学とその精神中国と語る講演集 | 莫言著，林敏潔編 | 藤井省三，林敏潔 | 東方書店 | 2016.07 |

### （二）《红高粱》方言日译方法

方言是中国语言文化中复杂且不容忽视的重要组成部分。中国现当代文学作品中，方言表达形式多样，在小说中发挥着重要作用，能体现作家个性，展现地方文化，刻画人物形象等。中国首位获得诺贝尔文学奖的作家——莫言，在其作品中将方言的作用发挥到了极致。莫言作品有着浓厚的乡土气息，地域性、民俗性及时代性是其语言表达上的特征。代表作《红高粱》便是典例，小说语言豪放、粗狂，颇具山东特色，将抗日英雄的形象刻画得淋漓尽致。

在莫言作品外译的过程中，尤其是外国译者操刀翻译时，方言翻译无疑是一个棘手且无法回避的问题。在全球化时代背景下，文学作品的翻译已经超越语言，被赋予跨文化交际的重要使命。译者应充分理解作者意图，尽可能满足读者期待，不仅要传达原文之"表意"，更要再现人物形象、思想内涵、文化背景等"深意"。莫言文学中的大量方言，恰恰在"表意"外，更体现了莫言的大地情结和"作为老百姓写作"的写作理念，起到了"狂欢化"的效果[①]。这使得莫言文学中的方言迁移至日本这个全新文化环境较为困难。因此，如何翻译莫言作品里的方言，如何翻译中国现当代文学作品中的方言，成了文学翻译研究领域的一个重要课题。

据朱芬[②]考证，日本学者井口晃分两册译完的《红高粱》，后被纳入德间书店出版的《现代中国文学选集》（该选集为日本最早的"新时期文学"集大成的系列）。从这部译作开始，莫言文学在日本图书市场开始受到关注。而后，该译本被岩波书店收入"岩波现代文库"，作为文库本单行本发行。可见日文版《红高粱》在日本图书市场接受度较高。笔者对比原文和译文，发现译文准确，方言翻译得颇为巧妙，较为忠实地传达出了莫言原作的神采。因此，笔者选取《红高粱》日译本为例，挑选原作中的若干方言表达，探究译者在翻译方言时所使用的方法，以期能够从中窥探方言翻译的艺术特色。

---

① 朱晓路. 莫言小说中的方言运用研究 [D]. 山东：山东师范大学, 2015: 51.

② 朱芬. 莫言在日本的译介 [J]. 中国比较文学, 2014 (04)：122.

1. 莫言文学方言翻译难点

莫言作品外译成为难题的深层次原因，在于其作品中所使用的方言与其创作立场及文学效应息息相关。

从莫言使用方言的原因来看：首先，莫言是站在民间立场上写作。2001 年，莫言在苏州大学的演讲上定义自己为"作为老百姓写作"，因此他选择了最简洁、最口语化、最贴近老百姓现实的方言作为其文学语言的组成部分。其次，方言的运用体现了莫言的"大地情结"，是对所谓现代文明的消解和批判。再次，从效果看，莫言借助方言使作品呈现出浓重的狂欢化色彩，大量的方言运用产生了众语喧哗、民间戏谑、粗鄙化的效果①。

现如今，人们对文学翻译的要求越来越高。高宁说："在语言表达层面上，简单地说，文通字顺，就是读者对翻译文字最朴素的要求，也是翻译研究者不应忘却的常识。"②谢天振则认为，随着时代发展，人们对文学翻译提出了更高的要求，即"要能够重现原作家通过他的形象思维所创造出来的艺术世界及所塑造的艺术形象"。③

莫言作品中的方言，"表意"已经难以理解，何况还要将其背后"简洁、口语化、贴近老百姓现实、对所谓现代文明的消解和批判、狂欢化色彩"等艺术色彩传达给另一个文化环境下的读者，可谓难上加难。

2. 《红高粱》日译本中的方言翻译方法

笔者发现，《红高粱》日译本中，井口晃成功跳出了归化和异化之争，分析方言所处的语境及其文化负载性等因素，综合运用了不同的翻译方法。笔者依据已有的翻译理论，参考王东风总结的翻译策略④，将井口晃所用方法归纳为以下几类。

（1）意译

意译在《红高粱》中可以说是最常见的方言翻译手法。在笔者抽取的15处方言中，有7处为意译。例如：

---

① 朱晓路. 莫言小说中的方言运用研究 [D]. 山东：山东师范大学，2015：12-51.

② 高宁. 常识与直译/意译之争 [J]. 外国文艺，2015（01）：145.

③ 谢天振. 译介学导论 [M]. 北京：北京大学出版社，2013：69.

④ 王东风. 诗学功能与诗学翻译：翻译诗学研究 [J]. 外国语（上海外国语大学学报），2021（03）：91-97.

例1. "你奶奶年轻时花花事儿多着咧……" ①

「あんたのばあちゃんは若いころいろいろあったからね…」（井口晃，2012：20）

这是一名老太太对"我"奶奶的评价。若使用直译方法，可译为"スキャンダル"（丑闻、丑事、有损名誉的事件）。但井口晃在这里选用了"いろいろあった"（有过很多那种事儿），保留了原文暧昧的语气，阅读译文时甚至可以想象老太太微妙的神情。

例2. "……鬼子糟害人呢，在锅里拉屎、盆里撒尿。" ②

「鬼どもは鍋のなかに糞をたれるは、たらいに小便をするは、そりゃひどいもんだった。」 ③

"糟害"意为糟蹋损害④。这里同样是老太太的原话，井口晃意译为"ひどい"（残忍、残暴）。

例3. "只要你把杆子拉过来，给你个营长干。" ⑤

「武器をもってきてくれりゃ、あんたには大隊長になってもらう。」 ⑥

"拉杆子"为山东方言，指当土匪（《现代汉语词典（第7版）》，2016）。此处语境为冷支队长提议要把余占鳌带领的团伙拉入自己一方，要他缴纳武器。井口晃意译为"武器をもってくる"（即"把武器交来"），与原文意思相符。

例4. "余司令高兴地吼一声：'小舅子们，到底来了。弟兄们，准备好，我说开火就开火。'" ⑦

「余司令が喜びの声をあげた。『小せがれども、やっとおいでなす

---

① 莫言. 红高粱家族 [M]. 上海：上海文艺出版社，2012：11.

② 莫言. 红高粱家族 [M]. 上海：上海文艺出版社，2012：11.

③ 井口晃. 訳. 赤い高粱 [M]. 東京：岩波書店，2012：20.

④ 中国社会科学院语言研究所词典编辑室编. 现代汉语词典（第6版）[M]. 北京：商务印书馆，2012：1623.

⑤ 莫言. 红高粱家族 [M]. 上海：上海文艺出版社，2012：24.

⑥ 井口晃. 訳. 赤い高粱 [M]. 東京：岩波書店，2012：46.

⑦ 莫言. 红高粱家族 [M]. 上海：上海文艺出版社，2012：55.

ったな。みんな、準備をして、私の合図を待って。』」①

"小舅子"原指妻子的弟弟②，但在方言中引申出了詈词的意义。

井口晃准确判断出含义，翻译为"小せがれ"而非妻弟之原意。根据《新世纪日汉双解大辞典》（2009）的解释，"小せがれ"在日语中原指对自己儿子的谦称，后引申出辱骂年轻人的用语（小兔崽子），与"小舅子"有异曲同工之妙。

例5."打毛子工，都偷懒磨滑……"③

「外国人にこき使われるんじゃ、誰もまともに働きゃしない…」④

"毛子"是"旧时对西洋人的贬称"⑤井口晃意译为"外国人"。

"偷懒"意为"贪安逸，图省事，逃避应干的事"⑥，"偷懒磨滑"为同义高密方言，在原文中出自老太太断断续续的叙述。井口晃在理解了原文意思的基础上翻译为"まともに働きゃしない"（索性不干了）。"まともに"和"きゃ"均为极富口语化色彩的用词，恰当传递了原义，并准确还原了老太太的形象。

除此五例以外，还有"不大清白"译为"怪しい"（奇怪、古怪、异样、可疑），"吃里扒外"（比喻受这一方好处，却暗中为另一方效劳）译为"恩知らず"（知恩不报）等例。意译是归化策略下的典型方法，被评价为"能够使读者迅速建立连贯，阅读的兴奋惯性不会受到影响"⑦。从以上译例可见，井口晃力求归化，将意译作为最基本的方法，正确理解原文，反复斟酌，选择尽可能接近原文语境的简洁易懂的日语表达。

---

① 井口晃. 訳. 赤い高粱 [M]. 東京: 岩波書店, 2012: 108.
② 中国社会科学院语言研究所词典编辑室编. 现代汉语词典（第6版）[M]. 北京: 商务印书馆, 2012: 1433.
③ 莫言. 红高粱家族 [M]. 上海: 上海文艺出版社, 2012: 11.
④ 井口晃. 訳. 赤い高粱 [M]. 東京: 岩波書店, 2012: 20.
⑤ 中国社会科学院语言研究所词典编辑室编. 现代汉语词典（第6版）[M]. 北京: 商务印书馆, 2012: 876.
⑥ 中国社会科学院语言研究所词典编辑室编. 现代汉语词典（第6版）[M]. 北京: 商务印书馆, 2012: 1311.
⑦ 王东风. 文化缺省与翻译中的连贯重构 [J]. 外国语, 1997（06）: 55-60.

（2）加笔

中国的方言若简单地直译，可能导致理解障碍。在正确理解的基础上适当加笔，不失为一种好的选择。在《红高粱》的方言日译中，也常有加笔。例如：

例6."日本狗！狗娘养的日本!"①

「日本の犬野郎！めす犬のがきども！」②

"日本狗"是对日本侵略者的蔑称，但若直译为"日本の犬"（日本的狗），则易产生歧义。因此，译者加上"野郎"这一男性使用的粗话（臭小子、家伙，是骂男人的詈词），词义一目了然，且瞬间被赋予了粗俗的印象。

例7."土炮、鸟枪、老汉阳"③

「手製の砲や鳥撃ち銃、漢陽兵器場製の旧式銃」④

"老汉阳"是方言用法，指汉阳兵器厂制的旧式枪械。在此处，井口晃将简称译为全称，帮助理解，同样是加笔。若直接照搬，恐怕日本读者会一头雾水。

例8."打毛子工，都偷懒磨滑……"⑤

「外国人にこき使われるんじゃ、誰もまともに働きゃしない…」⑥

此处加笔并非体现在添加字词上，而是体现在添加了原文没有的印象。"打工"单纯指"做工"⑦，井口晃译文中使用了"こき使う"（酷使、毫不留情地任意驱使），增加了原文不具有的印象，使老太太对鬼子的恨意再添一分，笔者认为实为妙笔。

由例可见，在《红高粱》的日译过程中，译者做到了准确理解，谨慎加笔，锦上添花。

---

① 莫言. 红高粱家族［M］. 上海：上海文艺出版社，2012：2.

② 井口晃. 訳. 赤い高粱［M］. 東京：岩波書店，2012：5.

③ 莫言. 红高粱家族［M］. 上海：上海文艺出版社，2012：9.

④ 井口晃. 訳. 赤い高粱［M］. 東京：岩波書店，2012：18.

⑤ 莫言. 红高粱家族［M］. 上海：上海文艺出版社，2012：11.

⑥ 井口晃. 訳. 赤い高粱［M］. 東京：岩波書店，2012：20.

⑦ 中国社会科学院语言研究所词典编辑室编. 现代汉语词典（第6版）［M］. 北京：商务印书馆，2012：234.

（3）移植+音注+注释

在方言与当地文化紧密关联时，直接将之移植至目的语中，可起到文化传播的作用。这是异化策略下的典型方法。为方便理解，译者通常会在移植的方言后加上音注和注释，标明读音及含义。此种译法的缺点在于读者需要查阅注释，影响了阅读的连贯性，但优点在于能较好地体现原作者的艺术动机和原著的美学价值①。在《红高粱》中，井口晃也在翻译文化负载性质强的方言词汇上，屡次使用了这一方法。例如：

例9. "吃过'抃饼'。"②

「『抃饼』（チアピン）を食べた経歴をもつ［抃饼は、小麦粉を薄く焼いたパンに葱などをはさんだ食べ物。抃饼を食べるとは、土匪つまり盗賊として生きるという意味の隠語］」③

例10. "鬼子"④

「鬼子（クイツ）［鬼子は、もともと洋鬼子＝外国からの侵略者に対する憎悪をこめた蔑称。日本人は東洋（または日本）鬼子と呼ばれた］」⑤

在例9和例10中，井口晃直接移植了汉语词汇，相当于在日语中创造了新词，并辅以注释，使日本读者通过"抃饼"（当土匪）、"鬼子"（在帝国主义侵华时期，对外国人的一种蔑称）⑥，既能解义，又能无形中感知中国抗战时代农民的语言文化及生活习惯，最大限度地发挥了翻译的作用。

例11. "……鬼子糟害人呢，在锅里拉屎、盆里撒尿。"⑦

「鬼どもは鍋のなかに糞をたれるは、たらいに小便をするは、そりゃひどいもんだった。」⑧

① 王东风. 文化缺省与翻译中的连贯重构[J]. 外国语（上海外国语大学学报），1997（06）：58.
② 莫言. 红高粱家族[M]. 上海：上海文艺出版社，2012：9.
③ 井口晃. 訳. 赤い高粱[M]. 東京：岩波書店，2012：17.
④ 莫言. 红高粱家族[M]. 上海：上海文艺出版社，2012：10.
⑤ 井口晃. 訳. 赤い高粱[M]. 東京：岩波書店，2012：19.
⑥ 中国社会科学院语言研究所词典编辑室编. 现代汉语词典（第6版）[M]. 北京：商务印书馆，2012：491.
⑦ 莫言. 红高粱家族[M]. 上海：上海文艺出版社，2012：12.
⑧ 井口晃. 訳. 赤い高粱[M]. 東京：岩波書店，2012：20.

此句出现于例 10 之后。"鬼"原本仅有人死后的灵魂之义，但由于有了前文的移植，此处译者直接用"鬼"来代替"鬼子"。可以说至少在《红高粱》日译本当中，"鬼子"已经成为日语中的一个新词，被完全移植入译本中，也移植到了读者的脑海中。

（4）其他

除这三种主要方法外，译者还辅以了其他方法。

例12. "王子犯法，一律同罪。"①

「たとえ王侯、法を犯せば罪は同じ。」②

例 12 中，井口晃运用了逐字译的方法，同样属于典型的异化。日语中并无"王子犯法，一律同罪"的同义语，译者将之逐字翻译，既不影响读者理解，又体现了山东方言诙谐的一面。

例 13. "谁开枪？ 小舅子，谁开的枪？"③

「誰だ？撃ったのは、どこのどいつだ？」④

例 13 中，井口晃运用了省译方法。在意译部分的例 4 中同样出现过"小舅子"，井口晃将之译为"小せがれ"（小兔崽子），指日本侵略者。但在此处，"小舅子"同样是脏话，但并非指具体的人物，而是穿插在余司令情急之下骂出的话语中。译为"くそ"（见鬼）等未尝不可，但"谁开的枪"极为简短，译为日语后略显冗长，再加上一句脏话，未免有拖沓之感，余司令惊恐的形象会荡然无存。井口晃将"小舅子"直接删去，不失为一种巧妙的方法。

在笔者抽取的上述 15 处方言中，井口晃使用了意译 7 次、加笔 3 次、移植+音注+注释 3 次、逐字译1次、省译1次。可见，结合上下文及方言自身的性质，井口晃综合运用了诸多方法，达到了既传意又传神的效果。

笔者认为，在方言翻译上，井口晃整体上采取了归化的策略，将意译作为基本方法，使译本满足了基本的文学翻译要求。加笔、移植+音注+注

---

① 莫言. 红高粱家族 [M]. 上海：上海文艺出版社，2012: 44.

② 井口晃. 訳. 赤い高粱 [M]. 東京：岩波書店，2012: 97.

③ 莫言. 红高粱家族 [M]. 上海：上海文艺出版社，2012: 7.

④ 井口晃. 訳. 赤い高粱 [M]. 東京：岩波書店，2012: 14.

释、逐字译、省译等方法的运用使人眼前一亮，生动再现了抗战时期土匪和农民的语言、行动及心理，是《红高粱》成为方言翻译的优秀案例之关键。

该译本接受度高，使莫言引起了日本文学界的注意。笔者认为，井口晃的翻译策略对莫言文学，乃至中国近现代文学中的方言翻译有一定的启示作用：其一，词汇意义的再现是基本要求，应以归化策略为基础，将最能传意、帮助理解的意译视作基本方法；其二，形式意义的再现不容忽视。除意译之外，恰当使用加笔、移植等方法，适时异化，以传达原文语境及原语特征。如此，才可满足当今时代对于文学翻译的要求，即在文通字顺之上，重现原作的艺术世界和艺术形象。

**（三）《蛙》日译方法**

1.《蛙》译者吉田富夫的介绍

吉田富夫 1935 年出生于日本广岛山村，1955年考入日本著名学府京都大学开始学习中文和中国文学，1958 年京都大学文学部中国文学专业毕业，1963 年毕业于京都大学研究生院，后在日本佛教大学任教；现代中国研究会代表，将莫言多部著作翻译成日文。吉田富夫研究范围和成就相当广泛，其"中国学"的最大特色是通过文学来透视 20 世纪中国的历史，把握中国的政治、文化乃至心灵的脉搏。近些年来，吉田富夫向日本翻译介绍的《废都》《丰乳肥臀》《蛙》等中国文学作品，使日本读者更加了解了中国作家的作品。在这个意义上，作者不仅是一位研究者，而且是一位有着研究者眼光的中国文学的忠实传播者，他在教学、研究和翻译方面的努力，不仅使日本读者接近了中国和中国文学，也使中国和中国文学接近了日本读者，对莫言乃至其他中国作家的作品得以在日本传播做出了非常重要的贡献。

2.《蛙》日译本中体现的翻译方法

《蛙》是 2009 年 12 月由上海文艺出版社出版的莫言第十一部长篇小说。此作品莫言构思时间久、下笔时间长、润笔费心思，由剧作家蝌蚪写给日本作家杉谷义人的四封长信和一部话剧构成，讲述了作为乡村妇产科医生姑姑积极响应国家号召、推动计划生育工作、得不到村民的认可，到晚年倍感悔恨的传奇一生。该小说延续了莫言文学作品的一贯写作风格，对小说结构、叙述语言、审美诉求、人物形象塑造、史诗般反映社会变迁等方面的执着探索，达到了极高的艺术水准。2011 年 5 月，莫言的最新长篇小说《蛙》的日译本（译者吉田富夫）由日本中央公论新社出版问世，日译本的出现有利于日本读者了解莫言、莫言作品。通过对比原作和译作，可以看出吉田富夫在翻译过程中对于遣词造句的推敲、落笔之谨慎，采用了直译、意译、归化、异化等翻译策略。以下笔者将从几方面深入讨论吉田富夫译作《蛙鸣》中具体的翻译方法，以期对翻译教学、文学翻译、文化翻译等有一定的帮助。

吉田富夫在接受人民网记者采访是曾经表示过莫言的作品地方特色很浓厚，都是以山东高密等地为背景，由于中日语言、文化、社会背景不同，在翻译过程中肯定有一些不可避免的疙瘩。那么引起"疙瘩"产生的因素是什么呢？首先应该是特殊的翻译。对于日文中不存在的此类词语该如何翻译呢？在《蛙》的译文研究中可以看出，为保证读者能够感受原文作品的语言表达特点，在人名、地名的翻译上采用了"直译""加注"等翻译方法，在惯用表达的翻译中采用了意译、归化的翻译方法。

（1）人名的翻译

莫言文学作品的重要特色之一就是乡土气息浓郁，从出场人物的名字上就能深切体会到。对于人名的翻译，《现代日汉翻译教程》中就明确指出，"每个人的名字都有一定的意义和文化内涵，翻译时考虑对其发音的摹写，因此在译字的选择上，尽量标以美丽的字眼。"[①]所以，在翻译人名时可以采用直译、音译的翻译方法。《蛙》中的主人公名字受其时代因素影响多以身体部位和人体器官命名，如"万足（ワンゾー）""郝大手（ハオダアショウ）""王肝（ワンガン）""王胆（ワンダン）""陈鼻（チェンビー）""陈耳（チェンアル）""陈眉（チェンメイ）""袁腮（ユエンサイ）""萧上唇（ショシャンチュン）""李手（リーシュウ）"等等。尽管有些汉字在日语中有相应的日文汉字，但对于此类人名，吉田还是采用了直译加标音的方式保留了原文作品中人物

---

① 陶孝振. 现代日汉翻译教程［M］. 北京: 高等教育出版社, 2012: 56.

名称所特有的韵味。标音并不是标注假名的发音，而是接近汉字发音的读音。如"万足"是"ワンヅー"而不是"まんそく""まんしょく""まんあし"。因为"ヅー"的发音更接近汉语的"足"。日文中有"足"一词对于日本读者来说"万足"一名不难理解。但日文中无"腮"一词，译者在此名后进行了标注"臉は顔、腮はあご"使日本读者更好的了解到是使用人体哪个部位进行命名的，避免了误解。在日语人名作为专有名词的特点之一就是它所表示的事物往往是世上独一无二的，只能表示"与众不同"的自我，反映不了事物的共性。因此，译者在翻译中采用了顺译、直译、套用原汉字、按音译字等翻译方法，未做较多的人为变动。如此翻译既可以让日本读者了解当时的时代背景，也可以通过发音了解作品中人名的发音，从而一举两得。

（2）地名的翻译

在翻译教学中，通常对于地名采取直译的翻译方法，如果中日文中有相应的汉字一般情况下均直译。但直译后，读者容易产生理解偏差，为了避免此现象的出现，吉田在翻译过程中在原词后进行了解释，有利于读者理解地区的地理位置。如"东北"一词。在日文中表示位于东和北之间的方位、日本的东北地区、还可以表示中国东北部。如果按照日文方位来理解汉语的"东北地区"就完全错误了。所以吉田在"東北"后加注"旧满州地区"，如此读者就能明白此处的"东北地区"是指中国的辽宁、吉林、黑龙江三省。再如"乡"，日语新明解字典中对于"郷"的解释有①都会ではなく、先祖代々住み慣わした土地や実家のある所や自分の生地、出身地の称。②自分の出身地と比較してみたときのその土地。③実生活の哀歓から隔離された地域。三个意思均无汉语表示行政区域划分"乡"的意思，此时，吉田进行了加注"数個村を合併したのが郷。人口の密集した鎮と同等行政単位"。采用此翻译方法的还有"镇""公社""晋察冀军区""专区"等词，如此一来，避免了读者的误解，还使读者了解了中国行政划分的方法，即扩充了词义，又了解了中国政治文化。所以，对于中日语中的地名翻译，尽量保留原汉字，在理解有差异时可使用加注、标注的方式进行翻译。

（3）人称代词的翻译

在拜读了吉田富夫的翻译作品后，被其精湛的语言表达能力、对中国文化的了解、娴熟的比喻手法运用所折服，特别是在人称代词、特殊词语的译词选择、运用上妙笔生花。首先是主人公的自称"我"的翻译。在日语中表示"我"的意思的词语有"わたし""わたくし""あたし""ぼく""わし""おれ""われ"等，为何吉田没有选用"わたし""わたくし""おれ"而是选用了"わし"一词呢？译者还是从原作的时代、文化背景出发，如果选用"わたし"体现不出作品的舞台是乡村，"わたくし"过于正式，与作品风格不搭调。"あたし""ぼく"又过于口语化，用于作者已经年老的人有些轻浮、随意。而"わし"在日语中表示"目下に対して年輩の男性が用いる"比较符合作者年龄，并且"わし"相对应的汉字还有"俺"和"儂"两种写法，与原文的称呼最为贴近。此外，在原作中有较多涉及人称的骂语，给翻译带来了一定的困难。如"滚，小兔崽子们"，在日语中没有此比喻方法，但对于爱搞恶作剧、不听话的孩子通常用贬义词"がき"，所以译者在此处使用了"がきども"进行翻译。对于詈语的翻译，可采用归化的翻译方法，将意思表达清楚即可。另外，文中还包含了如"大伯、大婶、姑姑、奶奶"等人称名称，因此类名称中日相关词汇雷同，直接采用直译即可，无须多讲。

（4）文化相关词的翻译

在特殊词语翻译中，还有一类令译者头疼的词汇——饮食文化、日常生活相关词。吉田富夫认为在翻译莫言作品时，比较难译的可能是吃的东西和日常生活的用品，比如有些吃的东西日本没有，日本读者根本想象不了，加以注释也不行，这种情况只能原封不动地用汉语，比如包子、馒头、饺子。另外日常生活的用品，穿的衣服也是很难翻译，好多地方都是原封不动地用汉语，再加以注释，促进读者的理解，不过有一定的限制。

原文：他为我们开列了中国飞行员的食谱——好像他是给飞行员做饭的。早晨，两个鸡蛋，一碗牛奶，四根油条，两个馒头，一块酱豆腐；中午，一碗红烧肉，一条黄花鱼，两个大馇馇；晚上，一只烧鸡，两个猪肉包子，两个羊肉包子，一碗小米粥。

译文：やつはわしらのために中国の飛行士のメニューを並べて見せましたーまるで自分が飛行士の食事係りでもあるみたいにねーあさはタマゴ二つ、牛乳一碗、油条（棒状に投げたパン。北方の朝の常食）四本、マントウ二個、醤豆腐（発酵させた塩味豆腐）一切れ。昼は紅焼肉（豚肉の甘醤油煮）一碗、黄花魚（イシモチ）一匹、大きな餑餑（丸い大型マントウ）が二個。夜は焼き鳥一羽、豚肉アンマン二個、羊肉アンマン二個、粟粥一碗。

在此段话中涉及了两方面的内容，一是数量词的翻译，一是饮食相关词语的翻译。数量词的翻译采用直译的翻译方法，在此不花费过多笔墨。关于饮食相关词语的翻译，吉田为使日本的读者更加了解具体食物，选择了保留原汉字加日文标注的方法，如"黄花鱼"后用"イシモチ"进行说明，日本人就能马上联想到是黄花鱼，更加贴近日本的饮食。但对"酱豆腐、餑餑、油条"这类食品，笔者认为即使加注可能日本人也无法理解吧。如能在文章后面配上相关图片的话，是不是更有利于读者的理解呢？不过在网络时代，如果日本读者真心想了解具体是什么食物的话，可以通过网络等媒介了解。所以，在食品词汇翻译上，进行直译可以说是最为直观、有效的翻译方法。但如果是采用意译就能完全表达出食品特点或者是日文中有相应词汇的话，建议选用意译的翻译方法，如"蝦炒め、鶏肉唐辛子炒め、キンシン菜タマゴ炒め"等词。

（5）成语的翻译

汉语历史悠久，成语、谚语的数量多是汉语的一大特点。成语、谚语数量不仅多，而且大都有一定的出处，从古代相承沿用下来。与此相对，日语中的"四字熟语"的数量相对少了很多，因此在翻译时候困难很大。在莫言的《蛙》中，四字成语出现的频率也颇高，翻译上带来了一些麻烦。

原文：菜是从饭馆定的，山珍海味、鸡鸭鱼肉、层层叠叠、五颜六色、五味杂陈。

译文：料理は料理屋の出前で、鶏や鴨、魚や肉、味も色も雑多な山海の珍味がごてごてと並んでいます。

原文：见过她接生的女人或被她接生过的女人，都佩服的五体投地。……有文化的哥哥说：是不是绵里藏针、柔中带刚？

译文：彼女のとり上げを目にした女の人も取り上げてもらった女のひとも、まったく感服の気わみでした。…学問をした大兄がいいました。綿に針を忍ばせたような、強さを秘めた柔らかさか？

在张建华和谷学谦教授编写的《高级汉译日教程 》中对于成语的翻译就有较为详细的翻译方法说明。对于中日词汇中有相关表达可以采用套译的翻译方法，如果没有固定表达可以采用意译的翻译方法，但需将原词意思表达出来。[①]通过以上两组例句可以看出，吉田翻译得极为巧妙，简洁明了地表达了原文的所有意思。日语中没有"山珍海味、鸡鸭鱼肉、层层叠叠、五颜六色、五味杂陈、五体投地、绵里藏针、柔中带刚"这些成语，通过套译地翻译方法，或者选用比喻句的形式（将绵里藏针、柔中带刚翻译成了綿に針を忍ばせたような、強さを秘めた柔らかさか），使表达更加地道，同时给译文读者带来亲切感，感受到中国成语的内在文化内涵。对于中日相通，或者是意思对等、形式上稍有不同的成语，使用了直译的翻译方法。

（6）拟声拟态词的翻译

在拜读吉田的《蛙鸣》译作时，另外一种深切的体会就是大量拟声拟态词的巧妙运用。中日语言最大的区别在于汉语是表意文字，日语是表音文字。所以在日语中的语言都可以通过文字记录下来，而汉语中好多能够发音的东西却难以用文字记录表达出来，特别是象声词的情况居多。汉语中的文字都持有一定的固定意义，倘若随意使用一个字来记录，时常会有意义偏之千里的情况。而且，日语中的拟声拟态词的构词能力较强，富于创造力，在日语词汇中占有重要的地位所以在翻译中，通常将汉语象声词翻译成日语的拟声词、将汉语的象声摹状词或副词翻译成日语的拟态词、形容词、动词、副词等等。此翻译方法，更贴近日语表达，能够引起日本读者的共鸣。

原文：我们每人攥着一块煤，咯咯嘣嘣的啃，咯咯嚓嚓的嚼，每个人

---

① 张建华, 谷学谦 . 高级汉译日教程 [M] . 北京: 北京大学出版社, 2008.

的脸上，都带着兴奋的、神秘的表情。

译文：めいめいが石炭をにつかんで、ガリガリ囓っては、ゴリゴリ噛みくいだきましたが、どの顔にも興奮した、秘密めいた表情が浮かんでいました。

原文：用门牙先啃下一点，品尝滋味，虽有些牙碜，但滋味不错。

译文：歯の先でちょっぴり囓って味見してみると、ジャリジャリはしましたが、味は悪くありません。

通过译文可以看出，在翻译过程中，为保证原文意思准确、顺畅、文雅地表达出来，翻译中译者充分发挥主体性，以改变词性、运用拟声拟态词等方式进行翻译，将"咯咯嘣嘣""咯咯嚓嚓"翻译成"ガリガリ""ゴリゴリ"，既使词性格式一致，又完全表达出了意境。使得文章简洁明了、活灵活现，如同画一般，使读者置身于作者意境，体会文章情趣。另外在词汇扩充方面，通过词性转化可以丰富汉语的语言词汇，如汉语可以借鉴日语拟声拟态词超强的表现能力，重新组合象声词，在某种程度上而言，可以贴近于拟声拟态词而创造出新的象声词。

## 二、莫言作品在日本的传播

莫言作品本身的文学魅力、优秀日文翻译家的出色译介、作品电影化与国际获奖、毛丹青的"穿针引线"等是莫言文学作品得以在日本广泛传播并为广大日本读者所接受的重要原因。

### （一）作品的文学魅力

莫言文学作品在日本的成功传播，首先在于其作品本身的文学魅力。"莫言的作品植根于古老深厚的文明，具有无限丰富而又科学严密的想象空间，其写作思维新颖独特，以激烈澎湃和柔情似水的语言，展现了中国这一广阔的文化熔炉在近现代史上经历的悲剧、战争，反映了一个时代充满爱、痛和团结的生活"（意大利诺尼诺国际文学奖颁奖词）。莫言善于将现实世界与梦幻的世界融为一体的表现手法来描写中国的农村生活（《产经新闻》），他"以独特的写实手法和丰富的想象力，描写了中国城市与农村的真实现状"（福冈亚洲文化奖颁奖词），"将魔幻现实主义与民间故事、历史与当代社会融合在一起"（诺贝尔文学奖颁奖词），展现了独特性与世界性相结合的文学魅力，成为日本读者透视中国人心灵的一把钥匙。

### （二）优秀日文翻译家的出色译介

莫言文学作品之所以能够在日本被广泛传播与接受，这与其"背后的功臣""引渡者"井口晃（日本中央大学文学部教授）、藤井省三（日本东京大学文学部教授、日本汉学界最具影响力的学者之一）、吉田富夫（日本佛教大学名誉教授、著名汉学家）、立松升一（日本拓殖大学外国语学部教授、著名汉学家）等优秀日文翻译家、汉学家的出色译介是分不开的。藤井省三被莫言认为是很有地位的翻译家，大江健三郎正是通过藤井的译介，才得以了解莫言文学作品的。藤井省三在翻译《酒国》时，为了让日译本更为通俗易懂，他在标题下加上了"特派检察官丁钩儿的冒险"，作为这本小说的副标题。吉田富夫是莫言小说日文版最主要的译者，他在翻译《丰乳肥臀》时，为了让现代的日本读者更加了解作品的历史背景，将每一章都添加了原文没有的小标题，还添加了一些译注。另外，他在翻译《檀香刑》时，为了让日本读者感同身受，进行了创造性重构，将山东高密地方戏"猫腔"转化成日本的"五七调"。吉田富夫在译作中很多地方加入了老家广岛的味道。相似的成长、生活经历与体验，使其对莫言作品有着深刻的理解和强烈的共鸣，反映到作品上，往往有较多的文化认同，易于日本读者对于莫言文学作品的接受，受到广泛好评。另外，井口晃最早将莫言作品翻译到日本，立松升一翻译了莫言的 13 篇作品，其他各位日文译者也功不可没。

### （三）作品电影化与国际获奖

作品电影化并获得国际大奖引发了日本观众对于莫言文学作品的再阅读，增强了文学传播的深度和广度，对于莫言作品在日本的传播与接受起到了重要的推动作用。1988 年，改编自莫言小说《红高粱家族》，由张艺谋执导的电影《红高粱》获得第 38 届柏林国际电影节金熊奖后，电影很快被译成日文搬上日本荧屏，长篇小说《红高粱家族》（《红高粱》和《红高粱·续》）也很快被井口晃译成日文，分别于 1989 年 4 月和 1990 年 10 月在日本德间书店出版。迄今为止，莫言共有五部作品被改编成电影，其中三部电影获得国际大奖，四部电影先后在日本上映（表 8-9）。文学与电影相结合，既提高了莫言的知名度，又扩大了其小说的影响力，对于莫言文学作品在日本的传播起到了重要的推动作用。

表8-9  莫言作品改编的电影

| 电影名/上映年份 | 原作名 | 日文名 | 国际奖项/获奖时间 | 日本上映时间 |
|---|---|---|---|---|
| 红高粱/1987 | 红高粱家族 | 紅いコーリャン一 | 第38届柏林国际电影节金熊奖/1988.02 | 1989.01.27 |
| 太阳有耳/1995 | 姑奶奶披红绸 | 太陽に暴かれて | 第46届柏林国际电影节银熊奖/1996.02 | 1997.10.25 |
| 白棉花/2000 | 白棉花 | | | |
| 幸福时光/2000 | 师傅越来越幽默 | 至福のとき | | 2002.11.02 |
| 暖/2003 | 白狗秋千架 | 故郷の香り | 第16届东京国际电影节金麒麟奖/2003.11 | 2005.01.29 |

另外，文学作品获得国际大奖也极大地推动了莫言文学作品在日本的传播与接受。2001 年，《酒国》获得法国儒尔·巴泰庸外国文学奖，2005 年，获得意大利诺尼诺国际文学奖，2006 年，获得第 17 届福冈亚洲文化奖，2008 年，《生死疲劳》获得第 1 届美国纽曼华语文学奖，2011 年,获得韩国万海文学奖，2012 年，获诺贝尔文学奖。这些在国际文坛具有较大的影响力的奖项，不仅提升了莫言在国际文坛的知名度，也极大地推动了其作品在日本的传播。也正是这一阶段莫言文学作品在日本的译介进入了繁盛时期。

**（四）毛丹青的"穿针引线"**

莫言文学作品在日本的成功传播，在很大程度上也得益于旅日华人作家毛丹青的"穿针引线"。首先，毛丹青促成了莫言与吉田富夫和大江健三郎等人的相识。1997 年，毛丹青为吉田富夫和莫言牵线搭桥，促成了两人的合作，自此，吉田富夫开始成为莫言文学作品的主要日文译者，对莫言作品在日本的传播做出了非常重要的贡献。毛丹青还策划了轰动一时的"大江莫言对话"。2002年，日本 NHK 电视台制作"二十一世纪的开拓者·描写农村的生命（21世紀のパイオニア·農村の生命を描く）"的人物专题报道节目，大江健三郎私访莫言，并造访莫言家乡高密，毛丹青担任策划人和现场翻译。莫言与大江健三郎从此相识，并逐步建立了深厚的友谊。大江健三郎对莫言的才华给予了很高的评价，曾在 1994 年的诺贝尔奖授奖演说上提及莫言，2006 年曾预言莫言将是中国诺贝尔文学奖最有实力的候选人，还曾连续 5年向诺贝尔文学奖评委会推荐莫言。另外，毛丹青还是莫言在日本诸多文化交流活动的重要联络人。正如毛丹青在接受人民网独家专访时所说："我一直自封自己是莫言文学在日本的第一大马仔，十多年来我一直帮他做各种各样的交流。"正是因为有毛丹青这样热心的中日文化交流使者，长年游走于中日两国之间，"穿针引线""牵线搭桥"，致力于中日文学交流，莫言文学作品才得以在日本广泛传播。

# 第九章  残雪作品在日本的译介与传播

二十世纪七八十年代以来，中国当代作家在日本学界引起了一定的关注，尤其是中国当代作家的现代性问题，更是成为日本研究界的一个焦点关注。而在所有的中国当代作家中，自诩"中国卡夫卡的残雪"，在日本学界引起了广泛以及高度的重视。二十世纪八十年代，残雪是孤独的。她的作品展现给世人的，从来没有华丽妖娆、富丽堂皇，而是时间、空间上都不可追寻的荒诞、诡异、冰冷、恐怖、惊悚。残雪作品一经出世，就面临着两个极端。关注的人大力褒扬，诚实地讲，批评者本人都未必知道自己褒扬的是什么类型的作品，因为它读起来不属于任何常见的文学范畴。而多数研究者，是沉默的大多数。进入二十世纪九十年代么后，残雪作品的受众人群几乎只剩下对她有着宗教般虔诚的崇拜者。

形成鲜明对比的是，在日本，残雪拥有大量的读者和研究者。而在这些研究者中，近藤直子是最璀璨的一颗星。为推进残雪文学的研究，在近藤直子的推动下，日本学界成立了"残雪研究会"，带领了一批年轻的学者对残雪作品及残雪现象进行学术性地研究。该会也是日本唯一一个以中国当代作家命名的研究会。残雪在日本还被日本现代作家日野启三称为"中国的贝克特"。与残雪对谈中，日野启三明确指出：在阅读残雪的作品中"我联想到了贝克特。无论是贝克特还是残雪，在作品中绝不使用晦涩的词语，也不驱使特别的修辞，更不出现奇怪的东西。所看到的都是我们日常中可以见到的、知道的事物。但是，言语出现的场所却不同于普通的小说"①。此见解既指出残雪与"普通小说"的不同："言语出现的场所"之特异，也更加明确了其创作特质的"荒诞性"。

————————
① 对談：「創作における虚実　残雪 × 日野啓三」[J]. 文芸, 1990（03）: 308.

　　然而，影响力之大与读者的多少并非一定呈正比。残雪的作品虽在"日本翻译了许多，而真正觉得有意思阅读的读者并不多。"①换句话说，读者的多少与作品之深度也绝非一定呈正比。藤井省三针对国内"豆瓣网"上统计的、村上春树与残雪的读者群之差异指出："据中国人气很旺的读者交流网'豆瓣网'统计，评价本作（《最后的恋人》笔者注）的读者不到 100 人；而由《海边的卡夫卡》被定位于卡夫卡系谱的村上春树小说、与本作同时期被翻译出版的《天黑以后》（アフターダーク），在中国的读者却突破 13 000 人。可见，残雪是一位远离主流文学的作家。但此现象又从另一个方面说明现代中国文学的深度。"②即残雪在邻国日本的读者群与国内情况大致相同，仍处于"主流文学"的边缘，但其影响力却不同凡响。比如，《从未描述过的梦境》（近藤直子译、平凡社、2013 年）就被日本收入《世界文学的最前沿 3》（岩波书店，1997）。残雪文学不仅得到日本评论界的高度评价，在研究界也受到一定程度的关注。既有对残雪作品"文体"的研究，也有对作品主题演变进行的分析。

## 一、残雪作品在日本的译介

### （一）残雪作品在日本译介情况

　　残雪作品在日本被翻译并正式出版的作品甚至超过 2012 年诺贝尔文学奖得主莫言，其中一部是评论《灵魂的城堡——理解卡夫卡》。特别是评论能在日本被翻译出版无疑具有重要意义。因为一个作家能写出高质量的评论，代表着其对文学认知的高度。比如，米兰·昆德拉的评论《被遗忘的遗属》就代表着其对西方文学史乃至世界文学的高度认知。也正因为如此，他才被称为世界文坛少有的作家兼评论家的奇才。应该说，残雪评论《灵魂的城堡——理解卡夫卡》在日本的翻译出版具有跨时代意义。

　　残雪作品每次在日本的翻译出版，都会引起日本评论界不同寻常的反

① 対談：「創作における虚実　残雪 × 日野啓三」[J]. 文芸, 1990 (03)：307.

② 藤井省三：「荒涼とした現代の心象、寓話的に——残雪『最後の恋人』論」[N].『日本経済新聞』朝刊, 2014-03-30.

响。早期介绍到日本的《苍老的浮云》和《布谷鸟叫的那一瞬间》就赢得日野启三的关注和高度认可。在日野启三与残雪的"对谈"[①]中，他围绕残雪的这两部作品，从不同的视角表明其独到见解。

针对《苍老的浮云》，首先对小说中构建的"空间"，他认为残雪在小说中描写的"现实"并非我们一般意义上理解的现实世界。那是"一个没有确定的时代和地名的空间。小说的情节也无法概括，在某种意义上是一部异样的作品。但是，我却觉得它一点也不异样。"因为"小说中所要描写的现实，不是大家普遍认可的'真正的现实'，而是在其彼岸存在的'现实'。"比如，在该"小说第三章的（一）中，我们活着的平面'现实'突然呈现出完全不同的立体世界。沿着山路盘旋而上，眼前忽然一亮——就好像进入一个别的空间，这才是真正的世界。"对此见解，残雪也表示赞同。她说：这一空间的构建完全出于"我自身的一种非常原始的冲动。它必须冲破现实的束缚，且不赖于任何东西，去构筑一个孤独的空间。（中略）这一冲动不是说你想拥有就能拥有，它是一种上天赋予的先天性的东西。而许多读者不理解或不明白这个世界的原因是，他们习惯或熟悉了所谓的'现实的'世界。所以，即使让他们看到现实的本质，他们反过来道觉得不亲切"。而"我经常自由自在地穿梭在两个世界中，没有任何不自由的感觉"。可见，残雪在其作品中构建的是存在于"现实"世界外部的"异质"空间，它所呈现的是我们在秩序的现实中看不见的"现实的本质"。其次，日野指出：小说的叙事"时间"是沿着"垂直轴"向下流动的、向纵深处延伸的"永远的时间"。就像《苍老的浮云》中刻画的"梶树"一样，不仅具有神秘感，而且不同于钟表上的时间，也有异于历史时间。即它不是向水平方向流动的、转瞬即逝的时间。对此，残雪补充道：自己在小说构建的这种叙事"时间"，就像"现在本身，不是流动的一个点，而是从垂直轴的根部或深处，像泉水一样溢出来的许多东西。首先湧出来的是言语，就像我初次发明了人类的言语那样。"最后，小说中刻画的"人物形象"。日野启三认为：小说中的男女主人公分别叫"更善无"和"虚汝华"，二者虽然以不同的人物登场，但让读者觉得其是同

---

① 对談：「創作における虚実　残雪 × 日野啓三」[J]. 文芸, 1990（03）：308–309.

一人物的两面性。并且小说中的其他人物也有此特点，就像是一个细胞分裂出许多细胞那样。既有共性，又有鲜明的个性。这样的"人物塑造非常具有亚洲性，令人觉得残雪是一个表现了亚洲本质的作家"。对此卓见，残雪答道："其实，作品中的所有人物可以说都是我自己。即我在小说中扮演着各种各样的角色，这才是'创造'。遵行现实主义创造原则的作家在刻画人物性格时，除了'模仿'别无他法，而我从不'模仿'，始终是'创造'。"也许正因为"我的作品彻底地表现着中国社会的本质，才获得世界性"。

　　《最后的恋人》（2005）在日本翻译出版后也引起研究中国现代文学同仁的广泛关注。著名学者藤井省三首先对作品的情节概述道：这部作品的主要舞台，令人联想到它好像是美国的大都市纽约的一个服装公司，或者是美国南部（Deep South）的大型农场。在此空间，白人的公司经理、部长和农场主们，与中国人、日本人和越南人等，被称为东亚血统的妻子和恋人们之间，发生灵与肉两面的爱情关系或爱情寓意。这些登场人物把他们的旅行称为"长征"，追寻1930年代中国共产党军队的后尘，向好似西藏高原挺进。然后高度评价道："这部小说描写的世界，就像是对莫言的丰饶故事中的'森林'，无情地砍掉一切枝叶，只剩下除去时代性和空间性后的、荒凉的现代中国人的心像风景。"①即此见解认为该小说刻画了一个寓意故事，隐喻着现代中国人的"荒凉的心像风景"。

　　残雪的后期作品《痕》到目前为止虽未在日本正式翻译出版，但在网络上也有一定介绍。一位评论者以"暗夜的桃源乡：残雪《痕三部作》解读"为题，对这部作品做出高度评价："在现代中国语的圈子里，残雪是最为突出的优秀作家。她远比莫言具有独创性；比我喜欢的台湾作家李敖也更为激进。"许多论者指出"她的小说像卡夫卡的文学世界。其实，她在小说中构筑的独特世界，比卡夫卡更奇异。"特别是小说中表现的"发生在中国本土的活生生的暴力记忆"，与同时代的"诗人北岛具有相同的

① 藤井省三：「荒涼とした現代の心象、寓話的に—残雪『最後の恋人』論」［N］. 『日本経済新聞』朝刊, 2014-03-30.

资质"。①

在日本文学界，我国当代作家的作品以不同的形式受到喜爱与关注，可见其文化的同源性。当然，这里的同源是指日本对中华儒家文化的吸收与扬弃，而非相反。然而，在研究领域，日本学界对我国当代作家作品的研究却并不繁荣。

### （二）残雪作品在日本的译介进程

残雪小说因其另类独特的创作风格一直处于中国文坛的边缘，其追奇骛新的艺术形式很难为普通读者所接受。二十世纪八九十年代的中国主流文学圈对残雪及其作品几乎均处于集体失语或谴责抨击的状态，很多国内出版社都不敢出版残雪的作品。反观国外，1986 年和 1987 年这两年，美国的《知识分子》杂志刊登了她的小说《瓦缝里的雨滴》《阿梅在一个太阳天里的愁思》和《黄泥街》。而在这之后不久的1989 年《苍老的浮云》在日本也得到了翻译出版，虽然起初读者仅局限于一部分特定的群体，但产生的社会影响力却也是不可忽视的。这直接推动了残雪在日本的译介历程的开始。笔者将残雪在日本的译介历程分为三个阶段。

第一阶段：1989 — 1995 年崭露头角期。1989 年7 月和 1991 年 6 月，日本的有识之士和出版社接连翻译并出版了《蒼老たる浮雲》（《苍老的浮云》）、《カッコウが鳴くあの一瞬》（《布谷鸟叫的那一瞬间》）和《黄泥街》（《黄泥街》）。由于写作风格限制和乡土题材的缘故，日本受众始终局限于文学研究者和部分对中国农村抱有浓厚兴趣的读者，残雪的作品并没有走入普通大众的视野。这种脱离主流的文学不仅在中国，即使在日本也属于"小众"学术体系文学。正因如此，残雪的文学在日本的译介过程是复杂且曲折的。

第二阶段：1996 — 2007 年转型潜伏期。与 80 年代吵吵嚷嚷的喧闹相比，此阶段的残雪研究多了几分理性的自省与思辨，进入一个相对冷寂的过渡时期。虽然相关的评论文章在数量上并不多见，但研究的视域大为开阔，方法也丰富多彩起来，出现了一批颇见功力的批评论著。经历了 90 年代初期的黄金时间，残雪在日本的文学界相对沉寂。但她从来没有放弃

---

① 木下祥子. 金沢大学中国語学中国文学教室紀要. 2003（06）：100.

对人性的探寻，对所处残酷的现实的拷问，而是通过现实又荒诞的手法进行深度的思考。正是这个意义上，残雪是 20世纪中国现代主义大旗下最后一个孤独的守护者，也是世纪末最后一道孤绝悲壮的"断垣残壁里的风景"。日本的出版社和读者并没有减少对残雪作品的关注，在 1998 年至 2002 年，残雪的主要精力从小说创作转向评论——解读经典名著和世界文学大师的作品，如2005 年河出书房新社出版的残雪作品《魂の城　カフカ解読》（《灵魂的城堡———理解卡夫卡》），便是残雪成功转型后的一部极具代表性的作品。

第三阶段：2008 年至今社会轰动期。2008 年河出书房新社出版了一套 24 卷由芥川奖评委池泽夏树选编《世界文学全集》，其中就收录了残雪的《暗夜》等中短篇小说，这也是入选的唯一中国作家作品。而且，2012 年残雪的《暗夜》等 6 部中短篇小说入选日本新版《世界文学全集》。《读卖新闻》用一个整版宣传这套丛书，把昆德拉、残雪、略萨三个人的大头像并置在一个画面，作为这套书的核心项目。有日本读者提出质疑，根据 20 世纪的《世界文学全集》的收录指南，全集刊载的作家是像福克纳、卡夫卡、沃尔夫等大家，现役的作家也同样是像勒克莱齐奥、库切、君特·格拉斯这样诺贝尔文学奖获奖者。1988 年初登文坛的残雪在他们之中怎么说都是年轻的了。由于芥川奖评委池泽夏树的推荐，残雪在日本成了热门的作家，因其荒诞的风格在日本获得了众多的拥趸。现代中文学者藤井省三称她为继承卡夫卡"荒诞派文学"的"奇才"。[①]即使 2012 年莫言获得"诺贝尔文学奖"时，日本也有相当高的呼声认为残雪也是有资格获奖的作家之一，残雪在日本的人气之高可见一斑。这样在国内甚至可以说是有些受"冷遇"的作家在海外获得如此大的反响实在是很令人吃惊的。

**（三）残雪作品在日本译介的核心人物——近藤直子**

提到残雪作品在日本的传播，就不能不提她作品的日文译者——近藤直子。同时她也是残雪最有力的评论者之一。她的优秀译本曾多次被收录至国语教材中。近藤直子前期研究过很多作家，包括赵树理、刘心武，也

---

① 藤井省三（日）. 最後の恋人残雪著荒涼とした現代の心象、寓話的に［N］. 日本経済新聞, 2004–04–01.

探析过莫言和王蒙，对当代中国乡土文学作家算是有着比较深刻的了解。说起近藤直子与残雪的"相遇"，那是在 80 年代后期，一次偶然的机会近藤直子看到了残雪的作品，或许是因为她本人与残雪身上的某些特质太过相似，又或许是因为心灵相通，这次偶然的机会让近藤直子对残雪的作品产生了浓厚的兴趣，从此之后近藤直子便开始潜心研究残雪的著作。在研究期间为了更好地理解残雪的作品，近藤直子曾多次造访中国并与残雪进行过谈话交流。残雪认为其作品能够在日本被大量介绍的原因即在于遇到了近藤直子——残雪文学上的知音。她的评论为读者打开了一条理解残雪作品的重要道路。2003 年出版的《为了报仇写小说——残雪访谈录》整理收纳了两人从 1991 — 2000 年这十年的谈话。两人有时正式有时随意地谈论着关于文学的一切。正是思想的契合使得近藤直子在翻译残雪作品的时候能够如鱼得水，这在作者和翻译者之间是难能可贵的。近藤直子认为翻译文章时并非一味地逐字逐句的翻译，将意境和总体相对应，重要的是原文章的风格的统一。董桥在《乡愁的理念》里面谈到翻译："下等译匠是'人在屋檐下，不得不低头'，给原文压得扁扁的，只好忍气吞声；高等译手是'月上柳梢头，人约黄昏后'，跟原文平起平坐，谈情说爱，毫无顾忌。"[①]这种如鱼得水才会让译者在翻译过程中畅通无阻，表达出作者真正的原意。近藤直子对于残雪作品的理解正是如此，因此近藤直子才能成为残雪作品目前为止唯一的译者。残雪是中国文坛勇于打破传统孤独的"战士"，近藤直子则是她的最佳搭档，战士手中的"利剑"。其面向日本受众的译著风格更趋同于日本小说，读者读来更具亲切感，更有读者评价"这样优秀的翻译收录至国语课本也不足为奇"。

众多资料显示，译者近藤直子对残雪在日本的传播方面也是功不可没。在残雪的作品被收录到《世界文学全集》同年，近藤直子在东京成立了"残雪研究会"，据调查显示该会共有近藤直子、鹫巢益美、泉朝子、深谷瑞穗等 10 位成员。翌年，"残雪研究会"创办的学术期刊《残雪研究》在日本全国以一年一期的频率开始发行。除此之外，近藤直子还在其任职的日本大学中主讲残雪作品相关的内容，吸引了许许多多学生的注

---

① 傅雷，等. 译者的尴尬 [M]. 北京: 金城出版社, 2013: 190.

意，之后加入"残雪研究会"的泉朝子便是当时的得意门生之一。2007年，近藤直子作为日本权威文化大事年鉴——《文艺年鉴》这一年的推荐人，更是大力宣传《残雪文学观》。不得不说，近藤直子为残雪在日本的译介做出了不可磨灭的重要贡献，也正是近藤直子的慧眼如炬敢于做残雪作品翻译第一人才让日本读者有机会能够解读到残雪的文学观。2015年近藤直子突然离世，在日本国内惋惜失去了一个汉学家的同时，这对残雪和她的小说来说无疑也是一件憾事。近藤直子的离世意味着残雪作品在日的终结吗？不知在日本还有谁可以肩负起残雪著作翻译与传播的重任，这点未免让人心忧。

## 二、残雪作品在日本的传播

### （一）残雪作品在日本的研究现状

日本学界对中国当代文学的译介不少，但研究者却非常罕见，往往停留于翻译者对作品的"解说"或者新闻报刊上的书评。即使有研究者也局限于以下两种：一是专门研究中国现当代文学的个别学者，如藤井省三等；二是学习汉语的研究生或本科生。前者多以书评的形式发表自己的见解；后者多以学位论文对作品展开研究。但二者的共同点是在自己的研究中很少参考我国学者的研究成果。

木下祥子发表在《金泽大学中国语学中国文学教室纪要》（2003年第6辑）的论文是目前研究残雪文学比较深刻和全面的一篇。论文分为绪论、三章正文和结语，长达6万字。但研究范围却主要集中在前期作品，主要包括《黄泥街》《苍老的浮云》《突围表演》和《种在走廊上的苹果树》。参考文献基本上局限于残雪与日野启三的"对谈"，以及少数被翻译成日文的残雪"文学观"。"绪论"中论者首先对残雪的身世和处女作《污水上的肥皂泡》之后的评论进行了概述。文中写道：残雪从《污水上的肥皂泡》的发表登上文坛后，就以特异风格受到国内外的关注。此后，她作为专业作家与创作平行，从独特的视角对卡夫卡、博尔赫斯等海外的传统作家，以及鲁迅、于华等作品展开评论。从这一概述可见，残雪在日本的影响与其他当代作家的不同点是，其文学评论在海外引起一定反响。其次，木下祥子明确指出：在早期作品中《突围表演》是残雪转折期的重要长篇。这部作品"从洋溢着各种想象的能动氛围，转入被残雪称为'无色彩'的静态作风，堪称大放异彩的异质小说。（中略）完全可以说，该小说是其创作进入新阶段的'引擎启动'"。①也正是基于这一观点，整个论文以这部"转型期"作品为界，分为三章展开分析。

第一章：创作的冲动"突围表演"以前的作品分析。该章的主要观点认为，残雪的创作从一开始就以"异质"的存在游离于"主流文学"之边缘。其"作品没有结构，完全出于原始的创作冲动行进"。或者说，残雪的执笔状态就是"有意识地排除理性，是非理性下的白日梦创作"。类似于荣格派的精神分析法"能动的想象"（active imagination）②。其实，此印象与残雪在"对谈"中的告白完全相符。她说："我的作品为何会成为今天的这个样子，大概与我个人的性格有关。我从小就对世界处于敌对状态。大人说'东'我偏要说'西'，我无论如何也不理解周围的人为什么会那样，更不会赞同他们的所有做法。于是，我只能采取自我封闭的方法，一直至今。"③也许，这点是导致残雪小说"另类"的又一要因。其次，奇妙的会话。小说中有许多对话，且每个人物各持主张。对话的内容非常唐突，意思不明。但从对话的内容可以看出：对生活在"都市社会的小市民而言，发言是其存在（＝生）的激烈主张；沉默则意味着他者的侵蚀，自我存在的消失（＝死亡）。甚至可以说，残雪的小说中渗透着一种'为了自我生存，排斥他者'的姿态。特别是对邻居和家人的存在，发言就意味着自己的存在，对生的执着。于是便有对生的执着发展为对他者产生恶意之嫌疑"。④然而，"镜子"的多用。残雪说"镜子是种神秘的存在，它可以照出自己的世界"。其实，作品中"许多情况是作为监视他人的工具在使用"。即在登场人物中，"镜子是人物之间互相牵制、心怀敌

---

① 木下祥子. 金沢大学中国語学中国文学教室紀要. 2003（06）：104.

② 対談：「創作における虚実　残雪 × 日野啓三」[J]. 文芸, 1990（03）：306.

③ 木下祥子. 金沢大学中国語学中国文学教室紀要. 2003（06）：109.

④ 木下祥子. 金沢大学中国語学中国文学教室紀要. 2003（06）：126.

忾的道具"。此见解捕到了残雪小说中人物关系的精髓，颇具启发。但很明显论者忽略了"镜子"的另一功能：投影人物的内心世界。

第二章：小说的变貌。木下祥子认为《突围表演》不仅是残雪前期创作的一个顶峰期，而且是其赢得转型期的杰作。其特点主要表现在以下两个方面。第一，不明真相的日常与死亡。在这部作品中，我们再也看不到初期作品中的那种压抑感，文脉中飘荡着一种虚空的、如梦初醒的氛围。比如，以《黄泥街》为首的初期作品，常常是谋杀者和疾病将主体者"我"逼向对死亡的恐怖，对生的执着。可是，到《苍老的浮云》中，来自他者的死亡气氛不断迫近，给人留下残雪从不惧怕死亡。实际上，残雪曾说她"惧怕死亡"。这一矛盾显然意味着残雪是在时刻意识死亡的情形下进行创作的。发展到《突围表演》后，这种笼罩着恐怖与死亡气氛的日常气氛不知去向，而转变为以"性"为中心展开争论的"异质"作品。第二，"性爱"的寓意。对残雪而言，写小说意味着创造生命。在小说中的"性爱"一词暗示"创造生命"行为之本身。因为她认为现在的中国文学是"无性生殖"的产物。小说中对"性爱"的执着描写，隐喻着对"精神无能"者作家和评论家的批判。通过个体的肉体获得灵魂解放的狂欢，表现有限的个体生命将会还原到无限的集体生命，进而抵达恒久化的超越性的欢喜。即超越个体的欢喜是有性生殖，而由其产生的结果就是残雪文学特有的产物。

第三章：作家·作品的思考法。《突围表演》的转型并未能引起读者和评论家的关注。对此现象，残雪曾在中日女性作家研讨会（2001.9）上公开表明："中国文学仍然在传统文学的延长线上苟活，连作家自身也无法否定自己，处于停滞不前状态。我却不满足停留于精神的表层，有必要创作灵魂的文学。"[①]即使国度不同，但人类"灵魂的结构"却相同。残雪的作品虽在国内拥有极少的读者，而在海外却赢得一定的认可，被翻译成多国文字出版。此后，残雪相继发表《种在走廊上的苹果树》和《布谷鸟叫的那一瞬间》等作品，还有评论《灵魂的城堡——理解卡夫卡》和《解

---

① 齐藤匡司．"关于中国'新时代小说'与'现代派小说'"［J］．东亚经济研究59（4），2001（03）：
435-436

读博尔赫斯》等赢得海外读者广泛关注。可以说，残雪的作品中洋溢着一种极强的意志，那就是寻求"爱"（Eros）与"死亡"（Thanatos）之矛盾的统一。或者说，残雪创作的意义就在于保持一种精神——否定分裂为两极的精神葛藤或自我完结。

与木下祥子的研究成果相比，大门晶子的硕士论文《残雪的文体研究》之视野则显得比较狭隘。其研究对象主要是《苍老的浮云》，其内容是围绕残雪小说描写的"鬼""龟"和"鼠"的形象展开分析。此研究的优点是参考了许多我国学界对残雪的研究成果，还有日本鲁迅研究学者丸尾常喜的"鲁迅'人'与'鬼'的纠葛"。研究结论认为：残雪小说中描写的、具有象征性的"鬼"形象，与王蒙小说中刻画的"蝴蝶"形象相通——渗透着一种庄子思想。

齐藤匡司在《关于中国'新时代小说'与'现代派小说'》[①]一文中，对残雪文学的评价也比较中肯。他认为：残雪是继刘索拉之后又一位"荒诞派"作家。其文学世界凸显为：在似乎可见的秩序空间的深处，隐藏着某种难以捕捉的、非常难解的东西。构筑出一种超现实的、夸张的、变形甚至变态的感觉世界。同时，在这些超现实的现象中，罗列出许多抽象的印象。诸如不安与焦躁，恐怖与孤独，破坏与暴力等。由此营造出一种茫然而无际的时空世界。残雪的艺术表现手法，不管其是否接受欧美的现代主义文学思潮的影响，她的创作招来了模仿现实主义者的诽谤却是事实。假如她所表现的文学世界来自天赋，那我们只能用"天才"来形容。至今，她仍然无法融入那些习惯和熟悉现实主义的传统作品的读者与评论家的行列。

从以上日本学界对残雪文学的研究现状不难看出，这些海外读者的"声音"虽谈不上深刻而有力，但从中的确可听到国内学界无法听到的另一种"声音"。即从邻国日本对残雪文学的译介和研究情况分析可见，对我们思考当代文学如何"走出去"无疑有不少启发。

---

① 柴田元幸　編訳：『ナイン·インタビューズ　柴田元幸と9人の作家たち』，東京：アルク出版社，2004：279.

### （二）残雪研究会概况

2008年，由近藤直子牵头在日本大学自己的研究室成立了残雪研究会，这也是日本唯一一个以中国当代作家命名的研究会。残雪研究会每月举行一次例会，成员们就翻译残雪作品中的问题以及研究残雪作品时产生的新观点进行交流。该会每年出版一期名为《残雪研究》的小册子。每期《残雪研究》分为残雪作品翻译和残雪研究两个部分。除了创办《残雪研究》的刊物，残雪研究会还设立了名为"现代中国文学小屋"的网站。网站除了刊载一些关于残雪的最新信息外，还可以投稿发表读者对残雪理解的研究文章。网站上还刊载了一些迄今为止日本残雪研究的资料，这对梳理日本残雪研究起到了很大的作用。

成立之初残雪研究会的成员一共有10名，他们分别是近藤直子、鹫巢益美、赤羽阳子、泉朝子、右岛真理子、千野拓政、富田优理子、立松升一、深谷瑞穗、小关真理子。其中鹫巢益美任职于中央大学，早期就开始进入到残雪翻译和残雪研究的工作中，后来还任职残雪研究会的会长。赤羽阳子的经历比较特殊，也曾在中日女作家文学研讨会上和残雪进行过交谈。残雪还在自己的《为了复仇写小说——残雪访谈录》中介绍过赤羽阳子的经历："阳子五十多岁，她的经历非常独特。她在政府机关工作了几十年，属公务员待遇。可是几年前，她和丈夫相继辞去了工作，回到家中，过早地度起晚年来。辞职后，她丈夫每天高高兴兴地去满足自己的业余爱好，她则投入了自己真正钟爱的工作——研究中国文学。我十一年前就在东京的'中国现代小说'同仁杂志社见过阳子。近藤直子告诉我，她总是按时来参加会议，但从来不发表意见，只是静静地听，后来近藤直子又告诉我，赤羽阳子是一个极有意思的人。再后来她就加入了近藤直子的翻译工作，并应聘到近藤直子所在的日本大学去教中文。当然这份工作时间很短，钱也很少，她并不是为了养家糊口，仅仅只是处于兴趣。她是一位很有朝气的研究者，从不轻信，也不受意识形态影响，她非常相信自己的直觉。同她谈话，我便感到她性格中沉静的力量。她并不善谈，而是非常、非常害羞，但只要她说出一句话，那句话便带着她的独立的见解和自

信，那是长久观察和反复感受之后的看法。"①而泉朝子、右岛真理子、千
野拓政、富田优理子、立松升一、深谷瑞穗、小关真理子等研究者，是从
学生阶段就开始跟随近藤直子学习汉语并最终走上了残雪研究的道路。

残雪在日本的研究如果以残雪研究会的成立为标志可以划分为两个阶
段（这与前文分析的残雪作品译介进程并不矛盾），20世纪80年代至2008
年，日本的残雪研究主要以近藤直子个人研究为主。2008年残雪研究会成
立以后，日本的残雪研究逐渐形成了一个群体系统的态势。

前期日本残雪研究主要以近藤直子的研究成果为主。在这个阶段，近
藤直子完成了很多深入且有价值的研究，其中一部分甚至翻译成汉语在国
内的杂志及刊物上发表。对于近藤直子的研究，残雪本人也非常认可，认
为近藤直子将自己的作品上升到了一个新的高度。这其中包括了一本专门
研究残雪的专著，由河出书房新社出版的《残雪——黑夜的叙述者》，以
及一部以残雪为例讲述80年代中国文学的专著《品味中国文学》（该书于
2002年由人民文学出版社翻译在中国出版，名为《有狼的风景——读八十
年代中国文学》）。除以上专著外，近藤直子还发表了一些为日本残雪研
究奠定基础的文章，包括《残雪的否定》《残雪的否定（续）》《吃苹果
的特权》等论文。

后期日本残雪研究主要可以看作是2008年残雪研究会成立之后的残雪
研究。这一阶段，日本的残雪研究从近藤直子的研究逐渐转变为残雪研究
的群体研究。从内容上来看，这一阶段的残雪研究在发展早期近藤直子的
研究之外，更加偏向到文本细读的阶段。

后期日本的残雪研究文章主要发表在残雪研究会创办的《残雪研究》
上。残雪研究会成立以来，一批对残雪文学世界产生浓厚兴趣的研究者们
得以聚集在一起讨论残雪的作品。他们对残雪作品进行细读，并讨论翻译
残雪作品时所遇到的种种问题。有些问题非常细致，如关于《长发的遭
遇》中的"发"，是发展的发，还是长发的发等问题，这些青年学者还专
门用电子邮件请教过残雪本人。其认真与细致的态度可见一斑。

日本新一代学者对于残雪的研究，不仅体现在认真细致的态度上，

① 残雪.为了报仇写小说——残雪访谈录[M].长沙：湖南文艺出版社，2003：238.

还体现在研究角度的全面创新。在右岛真理子的《从残雪的小说中看到的人类成长——读〈男孩小正〉》中，右岛真理子以荣格心理学观点出发，在继续近藤直子关于自我意识成长这一主题基础上，深化了文本的细读和对心理更深入的挖掘，如对《男孩小正》中出现的每一个意象与暗喻进行了较细致阐释和解读。泉朝子的《创造绝望、打倒天堂；打倒绝望、创造天堂——解读残雪〈我在那个世界的事情——给友人〉》中，泉朝子在近藤直子的研究的基础上更加深入发展了对残雪的研究，对文本进行细致的分析方法，将《我在那个世界里的事情——给友人》每一句细致解读，包括故事发生的时间和空间以及每个人物及场景、行为、外在环境所指代的意象加以分析。

可以说，后期的残雪研究者们在发展早期近藤直子的研究方向外更加注重残雪作品文本本身，使残雪研究更加贴近文本研究。由于语言表达方式的不同，在残雪译介与研究中，也存在一定的由于语言的不同，而产生的相关译介问题。如将残雪作品翻译成日语后，既存在将残雪作品本身模糊的东西更加模糊的问题，也存在原本作者有意模糊的内容被确定化的问题。还有一些是两国语言翻译中，很难避免的问题。譬如奴语的表达中除了联系上下文或者时间副词的提示这就给日本的翻译者们带来了很大的困难。近藤直子甚至认为，在翻译残雪的作品时，常常不得不背叛作者进行再创作。而对于习惯汉语的中国读者来讲，残雪作品有时故意模糊时间线索这一动机，会将读者带入错乱的时空中。而在日语译本中则比较难运到。近藤直子甚至专门写过两篇文章来分析《我在那个世界里的事情——给友人》和《最后的情人》的时间线索，将本身错乱的时空确定化的问题。这意味着文本的语言对译，除了存在译者对原文本的理解问题外，还存在语言对译的差异，和由此产生的改变效果问题。

日本残雪研究者除了专注于残雪研究外，还继续着残雪在日本的推广活动。日本残雪研究会在2014年8月23和8月30日在东京都立川市举办两次关于残雪的讲学报告。介绍残雪的作品以及分享残雪研究的成果。

**（三）学者和普通读者的评论**

文学译介的终点是译介效果，也就是读者对译介作品内容的接受和反馈情况，主要通过书报刊、网站等媒体的专业评论文章和普通读者的阅读感受来体现。通过各种媒介到达读者手中的译本，脱离了原文的语境，进入目标语语境中寻找作品生命的延续。对于中国文学的对外译介，只有当一部作品被外国读者接受，中国文学作品的对外传播才能算达到了译介目的。笔者将重点从学者和普通读者的评论两方面考察残雪作品在日本的传播接受情况。

1. 来自学者的评论

学者们对文学作品有特别的感受，他们有深厚的文学功底、专业素养以及独到的眼光。他们评价作品通过作品原来的内容、作品的社会环境、作者本身、作者的文学观，甚至于译介作品的这一过程等各个方面了解作品，能够对普通读者有所启发和影响。日本著名作家、评论家日野启三在1991 年 7 月 22 日的《读卖新闻》上评论残雪的作品："现在有叫作'世界音乐'的新的动向。它学会了世界最新的表现形式后，再表现先进诸国衰弱的感染力所抓不到的根源世界和人的力量。残雪的作品不就是新的'世界文学'强力的、先驱的作品吗？"近藤直子（2001）在专著《有狼的风景》中评论残雪的作品："她的小说随着时间的延续，越来越觉得有读头。她剪掉了多余的枝叶，从而变成了一种使人感到透明的和高深莫测的深度的东西。"总的来说，残雪作品的文学性在日本受到了学者们的关注，并给予了赞赏。

2. 来自普通读者的评论

文学作品绝大部分的接受者是普通读者，因此，普通读者的阅读评价对文学作品的译介有着重要的导向作用。笔者从日本文学交流网站booklog、読書メーター、图书销售网站 Amazon、honto 和雅虎日本搜索关键词的方式找到博客中的相关评论，整理出了普通读者对残雪作品的评论，从而考察普通读者对残雪作品的接受情况。读者 sobakikuya 于 2010年 12 月 3 日在 booklog 上发表评论："残雪作为文学评论家也是很优秀的，尤其对弗兰兹 · 卡夫卡造诣很深。她的作品让人想到卡夫卡的作品，一旦深入这个不可思议的世界里，便无法自拔，很有趣"。读者バダワン于 2015 年 4 月 20 日在読書メーター上发表评论："卡夫卡描画在不合理的世界观中的切实的现实，但是残雪作品中如梦般的世界、主人公都不合理。……读完之后筋疲力尽，总之是一次享受了不可思议的读书体验。"匿名读者于 2016 年 3 月 21 日在图书销售网 honto 上发表对短篇小说《暗夜》的评论："暗夜是非常不可思议的短篇。每一部作品都具有共同点，但是不知道年代和场所。我认为这部作品很难，但却是个留有独特余韵的世界。"通过以上摘录的部分评论来看，日本普通读者也给予了残雪作品很高的评价，他们将残雪作品与卡夫卡的作品相比较，对作品的文学主题有了很深层次的理解。学者和普通读者的认可充分表明残雪作品成功地走入了日本，获取了对翻译文学而言十分瞩目的文学地位，其良好的译介效果保证了作品在另一个文化空间里的生命张力和价值意义。

**（四）出版社的推助**

出版社的性质和知名度能够反映出文学译本的质量和文学价值，能引导读者的阅读选择。残雪的作品由于其特殊性最早是在中国香港出版，之后辗转美国、日本，最后才在中国大陆得以出版。在日本的传播过程中，河出书房新社扮演了重要的角色。河出书房新社坐落于东京都涩谷区，是目前日本为数不多的大型出版社之一，其发展历史最早可以追溯到 1886 年的成美堂书店，直至今日河出书房新社在日本文学界依然有着举足轻重的地位。残雪在日出版的 9 部作品中，河出书房新社就占了其中的 6 部，包括第一阶段在日本引起反响的《蒼老たる浮雲》（《苍老的浮云》）、《カッコウが鳴くあの一瞬》（《布谷鸟叫的那一瞬间》）和《黄泥街》（《黄泥街》）。而使残雪在日本名声大噪的《暗夜》也正是河出书房新社出版的。为了迎合残雪写作的荒诞风格，河出书房新社十分注重图书的封面设计，在封面上着力表现出残雪作品所具有的独特性、神秘性以及另类与梦境的交织。不仅是《暗夜》，1992 年河出书房新社出版的《黄泥街》的封面同样显现出一种沉思、恍惚、睡眠和时间的不确定性。时至今日，河出书房新社的官网仍在最显眼的位置宣传收录了残雪《暗夜》的《世界文学全集》。可以看出为了唤醒人们麻木的感官，重新认识这个世界，河出书房新社敏锐地察觉到残雪"先锋主义"的价值，抓住时机出版了《世界文学全集》。《世界文学全集》全书共有 30 卷，其中收录了残雪小说的第六卷，更是在出版时一下子卖掉了9000余册，这对日本纯文学市场来说是个不小的销量。

从这一点来看，不得不感叹河出书房新社作为日本著名的出版社所具有前瞻性的眼光和无与伦比的勇气。这些都可以看出一部作品在日本的传播除了需要译者的实力以外，有一个良好的出版社作为助力也是必不可少的。可以说河出书房新社为残雪在日本重新打开市场起到了关键性的作用。同时，出版社抓住读者想要了解"文革"和窥探未知世界的猎奇心理，在市场宣传和营销策略上往往用"文革"、现实与幻境等字眼来吸引读者的眼球，无形之中促进了残雪的乡土文学在日本的译介进程。

残雪作品的译介、出版，在日本获得了高度认可，日本国立国会图书馆及各大学图书馆都馆藏着残雪的作品和丰富的研究资料。残雪作品日译本是由日语母语译者完成的，以近藤直子为代表的"残雪研究会"成员，大部分都能熟练地运用中文，他们了解读者的审美习惯和阅读体会，确保了译本语言表达的流畅性、准确性和文学美感。高水平的翻译对残雪作品在日本的传播至关重要，同时也说明了文学作品的翻译质量是决定中文学作品能否"走出去"的关键所在。

# 第十章　跨文化翻译的时代要义

　　随着时代的变迁，学界逐渐意识到翻译不仅是源语与目标语之间的语际转换，还是跨文化传播的重要手段。人类学家较早关注到了翻译行为的跨文化传播属性。美国解释人类学家克利福德·格尔茨（Clifford Geertz）倡导人们以开放的心态接纳文化差异，使用"深描法"向他者文化成员深度阐释地方性知识。[①]也有学者指出，跨文化翻译之所以成为长期困扰人类学家的问题，是因为人们在跨文化、跨语言的交际过程中，面对的是异质且动态变化的语言、文化和社会系统。[②]在全球化的背景下，应将翻译视作一种跨文化传播行为，借鉴跨学科的理论探究翻译的交际属性以及内在运行机制，从而更好地破解跨文化沟通障碍，优化完善翻译策略，进一步提升中华文明对外传播效果，加快形成具有时代特色的中外文明交流互鉴模式。

　　经济全球化的加速发展促使各国经贸往来日益频繁，依存关系不断加深，语言与文化的互联互通为增进各国相互理解、塑造良好国家形象以及构建人类命运共同体提供了必要基础。跨文化翻译行为凸显了语言的文化属性和交际功能，在当前时代背景下具有特殊的重要意义。立足新时代，翻译传播的时代要义内涵更充实、外延更丰富，其所承担的历史使命更伟大，所面临的任务也更艰巨。职是之故，翻译传播更须沉潜自身，通过学科反思，凝练自身特色，明确发展方向，集中攻坚克难，在新时代有新作

---

① Geertz C. Local Knowledge: Further Essays in Interpretive Anthropology [M]. New York: Basic Books, 1983: 36.

② Maranhão T. and Streck B. (eds.). Translation and Ethnography: The Anthropological Challenge of Intercultural Understanding [M]. Arizona: University of Arizona Press, 2003: 76.

为，为实现中华民族复兴的中国梦，为推动构建新型国际关系和人类命运共同体做出更加扎实的业绩。

## 一、跨文化翻译的时代要义

### （一）有助于守护文化多样性，增进文明交流互鉴。

随着来自不同文化背景人群交流的日益增多，多元文化不断碰撞、对话与融通，在丰富和发展自身的基础上，形成了具有跨文化特征的传播现象。美国翻译学者道格拉斯·罗宾逊（Douglas Robinson）指出，翻译研究"跨文明转向"的关注焦点不是单一文明的中心，而是多种文明之间的间隙与关联。[①]在跨文化交际的现实需求下，翻译已经发展成为基于语言和跨文化两个层面的交往行为，其不仅是面向源语文化的语言转换行为，更是面向目标语文化的跨文化传播行为。

自古以来，跨文化翻译就是文化交流的重要方式，中国历史上出现的几次翻译高潮都伴随着文明的对话。翻译行为是汲取他者文化成果最直接且最有效的方式。曾经繁荣一时的中国古代佛经翻译给中国传统哲学思想、语言文字、艺术绘画等诸多方面带来了深远影响；发生在明末清初的第二次翻译高潮以科学技术、哲学、宗教等西方文明成果为译介内容，将翻译视作一种"会通"的途径；第三次翻译高潮则偏重对西方自然科学和近代工业文明成果的译介，带有明显的政治目的。与前几轮翻译高潮注重"引进来"相比，进入21世纪的跨文化翻译行为以助推中华文化"走出去"为主要目标，具有少数民族和地域文化特色的文化典籍成为中译外的重要内容，一定程度上肩负了保护和传承文化多样性的重要责任。

### （二）有助于提升国家形象，提高国际话语权。

作为一种承载文化信息的表述方式，跨文化翻译在提升国际话语权以及构建国家形象的进程中具有不可或缺的作用，正所谓"翻译之为用大矣

---

① Robinson D. "Towards an Intercivilizational Turn: Naoki Sakai's Co gurative Regimes of Translation and the Problem of Eurocentrism"[J]. Translation Studies, 2016(01): 1–16.

哉"①。翻译具有的国家形象建构功能可溯源至语言的行事功能。从"言语即行动"的层面出发，人们逐渐认识到语言不只是反映客观事实的工具，也具有建构客观现实的功能。从译文中的原文形象，到目标语文化中的源语文化形象，乃至一个国家在国际舞台上的形象，都离不开跨文化翻译的形象建构作用。如何在跨文化传播过程中塑造中国形象，有效引导受众，提高中国在跨文化交际场域中的国际话语权，是跨文化翻译在对外话语体系建设中的重要任务。

面对当前我国的话语权困境，如何在国际舆论场中形成具有中国特色的政治话语体系成为学界关注的重要课题之一。作为构建话语权的"利器"，隐喻被广泛运用于政治场域中，是意识形态与权力关系的具象载体，发挥着传播执政理念、引导公共舆论、增强政府公信力的作用。中国对外政治话语中蕴含着许多饱含文化信息的隐喻表述，例如，为中小企业互通有无、洽谈项目架起"鹊桥"，筹备工作赢得"开门红"，我们愿借共建"一带一路""东风"，等等。译者应选择恰当的跨文化翻译策略，通过隐喻形象生动地塑造中国对外开放、包容、积极的大国形象。例如，对于"风雨""彩虹""桥梁""黎明""轨道"等目标语和源语共享的政治隐喻，应尽量使用直译法保留并移植这些隐喻表达，从而再现中国领导人独特的话语风格和领袖形象；对于文化异质性较强的隐喻表述，为提升受众的可接受度，应使用意译法舍弃形式而保留原文含义。"话语权的民族性与世界性并非对立关系，二者有冲突但并不对立，一定条件下还可达到有机统一。"②政治隐喻的跨文化表达应该在世界性与民族性、文化共性与文化差异性、归化与异化的翻译策略之间找到平衡点。秉承"中国特色、世界表述"的宗旨，以目标受众能够接受的语言表述方式来译介具有中国特色的政治概念，对于坚定文化自信、塑造国家形象、争取话语主动权具有战略性意义。

---

① 季羡林, 许钧. 翻译之为用大矣哉 [J]. 译林, 1998（04）：210–211.

② 韩海涛, 赵萌琪. 动态把握话语权建设的民族性和世界性 [J]. 人民论坛·学术前沿, 2017（15）：78–81.

### （三）有助于发挥语言应急价值，构建人类命运共同体。

英国哲学家路德维希·维特根斯坦认为："一个词的含义是它在语言中的用法。"[①]这种面向生活世界的意义观旨在说明，脱离了使用语境的语言是没有意义的。据此反观语言在抗击新冠肺炎疫情中的作用可知，从最初的疫情知识普及，到动员全国支援湖北、成立"战疫语言服务团"、推出《湖北方言通》，再到疫情新闻的实时报道、舆情监测、发布中国抗疫白皮书，无不彰显出语言的应急服务功能。"应急翻译"是应急语言服务的特殊领域，是一种特殊的跨文化翻译行为，对于构建人类生命健康共同体具有重要的现实意义。当前形势下，中国要继续承担国际责任，分享中国方案、中国经验，提升我国在全球卫生治理体系中的影响力和话语权，共同构建人类卫生健康共同体。同时，在对外展示中国抗疫方案、中国抗疫智慧的过程中，也离不开对中国坚定的抗疫态度、重大举措及成效的跨文化翻译。

跨文化翻译行为包含两种基本的交流形式，其一是同一语言内部不同语言变体之间的阐释和互译。例如，战疫语言服务团开发了包括湖北省九大方言区域的《抗击疫情湖北方言通》，并通过微信、短视频、在线服务端和翻译软件等多种媒介形式对外提供应急语言翻译服务，有效地解决了援鄂医疗队员与当地患者在方言沟通上的困难。其二是不同国别、不同文化之间的跨国和跨文化语际翻译。为了让国际社会能够客观、全面且真实地了解中国政府与人民抗击疫情的历程，当代中国与世界研究院、中国翻译研究院联合中国外文局融媒体中心推出了《中国关键词：抗击新冠肺炎疫情篇》多语种特辑，以图文并茂的形式，对80个关键词进行了细致介绍和权威解读，向国际社会传播了中央决策、国际援助、防控知识和具体措施等七个方面的中国抗疫方案，为构建人类命运共同体贡献了中国智慧，为人类生命健康事业做出了重要贡献。

---

① 路德维希·维特根斯坦. 哲学研究 [M]. 陈嘉映，译. 上海：上海人民出版社，2005：25.

## 二、展望翻译传播的新时代前景

迈入新时代的历史方位，"翻译传播什么？如何进行传播？如此进行的翻译传播对于中国政治、经济、文化的发展都有什么贡献？"[①]要解答这些问题，翻译传播必须进行全方位的调整，将自身纳入党和国家的涉外战略中，以提升党和国家对外传播能力为宗旨，全方位地服从和服务于党和国家的对外传播大局。

### （一）翻译传播要积极应对新形势和新挑战

展望新时代，我们要讲好中国故事，传播好中国声音；我们要实施中国文化走出去战略；我们要推进"一带一路"高质量高水平发展；我们要促进人文交流，强化文明互鉴；我们要构建中国特色学术话语、学科话语和话语体系；我们要践行真正的多边主义，积极参与全球治理，推动建设新型国际关系，推动构建人类命运共同体；我们要向世界展示真实、立体、全面的中国，塑造可信、可爱、可敬的国家形象。这都是对翻译传播工作提出的新期许和新要求，也是翻译传播把握新机遇、直面新挑战、完成新使命的战略契机。如今，我们的国家已经强起来，正在接近民族复兴的光明前景，翻译传播更要结合实际、奋发有为，勇于进取、履职尽责，着力于纾解新时代跨文化交际和流通中的现实问题。我们的综合国力显著提高，我们的国际地位日益重要，但我们的国际话语权却相对较弱，我们面临的国际环境特别是外部舆论环境还亟须改进，我们时不时还会陷于经济争端和贸易摩擦，还会遭遇某些核心技术领域的"卡脖子"现象。面对此种情形，我们更须凝聚起磅礴的力量，努力做好自己的事情，而加强国家的国际传播能力建设更是重中之重，其间翻译传播自然责无旁贷。

### （二）翻译传播要着力打造标识性中国话语和完备的中国叙事体系

展望新时代，我们尤需打造标识性中国话语，尤需打造完备的中国叙事体系，尤需构建完善的大外宣格局，而这正是翻译传播的努力方向。我们需要一系列融通中外的新概念、新范畴、新表述，需要既能有效阐释中

---

① 王建华.建党百年中国翻译传播研究[M].北京：中国人民大学出版社，2021：302.

国经验，又能赢得国外理解、接受和认同的中国叙事话语体系，显著提升我们的国际传播影响力、中华文化感召力、中国形象亲和力、中国话语说服力和国际舆论引导力。随着翻译学、叙事学和传播理论研究的新进展，学界对标识性概念愈发重视，对叙事理论体系愈发倚重，"干得好不如说得好"，在很大程度上仍是客观现实。这就昭示我们，面对不确定、不稳定因素日渐增多的国际社会，如何将中国共产党的初心使命讲述好，如何将中国精神、中国价值、中国形象叙述好，如何将中国特色、中国经验、中国智慧表达好，实在是迫在眉睫的重大课题。我们既要精选内容，走"内容为王"的正路，又得设计具体、鲜活、生动的翻译传播方式，更要采取富有感染力和沟通性的翻译传播途径。有时据理力争的论辩交锋很有必要，有时排山倒海的力量感必不可少，有时春风化雨的温情更能触动人心，有时真实感人的小故事更有说服力。翻译传播，向来以传播媒介以及接受环境为重，这为翻译传播提升受众效果提供了保障，也为我们努力打造新时代中国话语和中国叙事体系创造了有利条件。

### （三）翻译传播要推动构建新型国际关系和人类命运共同体

展望新时代，翻译必须着眼于构建新型国际关系，必须着力于推动构建人类命运共同体。当今世界，种种问题仍然不断带来困扰，经济发展和科技进步还不平衡，资源掠夺和资本压榨仍然存在，环境破坏和生态危机未能杜绝，经济制裁和地区冲突时有发生，全球治理赤字异常凸显。在这种情形下，中国的成功实践和文明成果，能够为世界共享自己的智慧和经验，提出解决人类共同面临问题的方案，有效促进全球治理向着更加均衡和健康的方向发展。而要实现这一目标，翻译传播当是应有的题中之义。不争的事实是，我国现在面临着严峻的国际态势，某些强权国家大搞身份操演和政治操弄，搭建小圈子、结成新帮派，对我国进行围堵和打压。对此，我们尤须增强对外传播能力，全面阐述我国的发展观、文明观、安全观、人权观、生态观以及国际秩序和全球治理观，以真正的多边主义反对单边主义和霸权主义，引导塑造公正合理的国际新秩序，建设新型国际关系，推动构建人类命运共同体。翻译传播要切实提高自身能力，要敢于斗争、善于斗争，要深化交流、扩大合作，为中华民族伟大复兴争取和创造

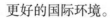

更好的国际环境。

### （四）翻译传播要切实增强针对性、策略性和艺术性

展望新时代，翻译传播任重道远，翻译传播必须加强自身建设，增强实际工作的针对性、策略性和艺术性。"我们要将翻译传播实践置于多元文化语境下加以考察，既要警惕文化中心主义对本民族文化的冲击，也须摆脱文化中心主义的偏见，保持开放的心态接纳世界其他民族的优秀文化，积极促进世界各民族的文化交流、融合与共同繁荣"[①]。如果说近代以后的翻译传播，曾一度以"译世界"为特征，更多地将国外的资源引介到中国，促进了中国的进步与发展，那么，现在和今后我们将更多地"译中国"，将中国的发展经验和文明成果推介给世界，促进世界各国的发展与繁荣。这一历史性转变，综合地体现了我们翻译传播工作的现实针对性。在我国近年来的传播实践中，借助网络和新媒体，拓宽宣介和传播的平台渠道，对重大问题及时有效发声，更是当下国际传播工作的重要途径。举办丰富多彩的活动，开展生动多样的交流，促进民心相通和交流合作，会逐步形成我们自身的翻译传播优势。在国际传播实践中，我们尤须反观自身，尤须讲究传播策略，尤须注重翻译艺术。正如习近平总书记指出的，"要采用贴近不同区域、不同国家、不同群体受众的精准传播方式，推进中国故事和中国声音的全球化表达、区域化表达、分众化表达，增强国际传播的亲和力和实效性"[②]。只有更加注重策略和艺术，我们的翻译传播才会更有时效和实效，我们的翻译传播才能更好助力新时代宏伟目标的实现。这就从更大层面对翻译传播提出了更高的要求。

总之，在多元文化的今天，各国文化交往日益频繁，文化间的融合日渐加深。因此译者应具备深厚的文化修养、宏观的文化视野和跨文化交流能力，合理利用异化和归化的翻译策略，努力传达和吸收异域文化，弘扬和发展本土文化，促进不同民族的相互交流和理解。文化全球化已经到来，正确应对文化全球化语境对翻译文化的冲击和影响，把握文化冲突和融合的实质是译者在文化全球化语境下需要认真思考的问题。随着以全球

---

① 王建华. 建党百年中国翻译传播研究 [M]. 北京: 中国人民大学出版社, 2021: 238.

② 习近平. 加强和改进国际传播工作 展示真实立体全面的中国 [N]. 人民日报, 2021-06-02.

化为特征的现代社会与消费越来越影响我们的日常生活。我们要立足于辩证分析的思想，正确认识文化全球化语境下翻译对文化传播和文化身份的影响，还要考虑到原语作者的写作意图、翻译的目的、文本的类型、疑问的功能和读者对象等因素。更重要的是在翻译的过程中，译者要有深刻的跨文化意识，主要从异化角度进行翻译，再辩证的结合归化辅译，从而能够较正确应对全球化语境对翻译文化的冲击和影响，促进全球化的文化传播和交流。如今，身处新时代，翻译传播的前景将更广阔，在实现中华民族伟大复兴的实践中，我们有理由相信，翻译传播必将再次扮演重要的角色。

# 参考文献

**1. 经典著作**

[1] 毛泽东选集（一卷本）[M]. 北京：人民日报出版社, 1964.

**2. 报纸**

[1]"中日女性作家研討会"（下）[N]. 読売新聞, 2001-10-02.

[2]藤井省三：「荒涼とした現代の心象、寓話的に——残雪『最後の恋人』論」[N].『日本経済新聞』朝刊, 2014-03-30.

[3]藤井省三（日）．最後の恋人残雪著荒涼とした現代の心象、寓話的に[N].日本経済新聞, 2004-04-01.

[4]习近平. 加强和改进国际传播工作 展示真实立体全面的中国[N]. 人民日报, 2021-06-02.

**3. 论文专著**

[1]貝塚茂樹．論語[M]. 中公文庫, 1973.

[2]Nida, Eugene A. Language in Culture and Society, Del Hymes, Allied Publishers pvt, Ltd. 1964.

[3]Toury, G. In Search of a Theory of Translation[M]. Tel Aviv：Porter Institut. 1980.

[4]Geertz C., Local Knowledge：Further Essays in Interpretive Anthropology, New York：Basic Books, 1983.

[5]佟硕之（梁羽生）. 金庸梁羽生合论//梁羽生及其武侠小说[M]. 香港：伟青书店, 1980.

[6]罗新璋编. 翻译论集[C]北京：商务印书馆, 1984.

[7]Nida, E. A. Approaches to Translation in the Western World[J]. Foreign

Language Teaching and Research 1984（02）.

[8] 陈平，邓双文. 丰富的植物学知识//红楼梦研究集刊［M］. 上海：上海古籍出版社，1985.

[9] 吕启祥. 花的精魂诗的化身——林黛玉形象的文化蕴含和造型特色［J］. 红楼梦学刊，1987（03）.

[10] 李景端. 翻译出版学初探［J］，出版工作1988（06）.

[11] 陈平原. 二十世纪中国小说史［M］. 北京：北京大学出版社，1989.

[12] 伊藤漱平.《红楼梦》在日本的流传——江户末年至现代. 成同社译. //红楼梦研究集刊（十四）. 上海：上海古籍出版社，1989.

[13] 贾延利.《论语》析疑三则［J］. 孔子研究，1989（03）.

[14] 司马云杰. 文化社会学［M］. 济南：山东人民出版社，1990.

[15] 罗竹风等. 汉语大词典［M］. 北京：汉语大词典出版社，1990.

[16] 対談：「創作における虚実　残雪　×　日野啓三」［J］. 文芸，1990（03）.

[17] ［美］刘若愚著. 中国之侠［M］. 周清霖、唐发铙译，上海：上海三联书店，1991.

[18] 陈福康. 中国译学理论史稿［M］. 上海：上海外教出版社，1992.

[19] Schulte, R. , and Biguenet, J. Theories of Translation: An Anthology of Essays from Dryden to Derrida. Chicago and London: The University of Chicago Press, 1992.

[20] 胡文彬.《红楼梦》在国外［M］. 北京：中华书局，1993.

[21] 穆雷. 接受理论与翻译. //杨自俭、刘学云编. 翻译新论［M］. 武汉：湖北教育出版社，1994.

[22] 金庸. 神雕侠侣（第二十回）［M］. 北京：生活·读书·新知三联书店，1994.

[23] 关世杰. 跨文化交流学：提高涉外交流能力的学问［M］. 北京：北京大学出版社，1995.

[24] 冷夏. 文坛侠圣［M］广州：广东人民出版社，1995.

[25] 袁荻涌. 鲁迅作品在世界各国［J］. 文史杂志，1995（04）.

[26] ［日］冈崎由美. 武侠小说的巨人：金庸的世界［M］. 东京：德间书店，1996.

[27] ［日］金文京. 关于"金庸学"的建议——鲜为人知的中国文化另一面//武侠小说的巨人：金庸的世界［M］. 东京：德间书店，1996.

[28] 王克非. 翻译文化史论［M］. 上海：上海外语教育出版社，1997.

[29] 沈善增. "精神性"的加持//上海译文出版社编. 作家谈译文［C］. 上海：上海译文出版社，1997.

[30] 赵长天. 《变形记》及其他//上海译文出版社编. 作家谈译文［C］. 上海：上海译文出版社，1997.

[31] 胡邦炜. 中国成人童话的东渡——记金庸武侠小说"登陆"日本［J］. 文史杂志，1997（05）.

[32] 王东风. 文化缺省与翻译中的连贯重构［J］. 外国语，1997（06）.

[33] 马祖毅. 中国翻译简史［M］北京：中国对外翻译出版公司，1998.

[34] Baker, Mona （ed. ）. Routledge Encyclopedia of Translation Studies. London and New York：Routledge, 1998.

[35] 陈平原. 晚清志士的游侠心态//中国现代学术之建立：以章太炎、胡适为中心［M］北京：北京大学出版社，1998.

[36] 冈崎由美. "剑客"与"侠客"——中日两国武侠小说比较//纵横武林——中国武侠小说国际学术研讨会论文集［M］台北：台湾学生书局，1998.

[37] 季羡林、许钧. 翻译之为用大矣哉［J］. 译林，1998（04）.

[38] 刘润清. 西方语言学流派［M］. 北京：外语教学与研究出版社，1999.

[39] 刘宓庆. 文化翻译论纲［M］. 武汉：湖北教育出版社，1999.

[40] 宋伟杰. 从娱乐行为到乌托邦冲动——金庸小说再解读［M］. 南京：江苏人民出版社，1999.

[41] 金庸著，金海南（译）. 射雕英雄传五［M］. 东京：德间书店，1999.

[42] 金庸. 射雕英雄传［M］. 香港：明河出版社，1999.

[43] ［英］西奥·赫尔曼. 翻译的再现//谢天振主编，翻译的理论建构与文化透视［C］，上海：上海外语教育出版社，2000.

[44] 廖七一. 当代西方翻译理论探索［M］. 南京：译林出版社，2000.

[45] Venuti, L. The Translation Studies Reader［M］. London：Routledge. 2000.

[46] 邹振环. 晚清西方地理学在中国［M］. 上海：上海古籍出版社，2000.

[47] 邱懋如. 文化及其翻译. 郭建中编. 文化与翻译[M]. 北京: 中国对外翻译出版公司, 2000.

[48] 宮崎市定. 現代語訳論語[M]. 岩波現代文庫, 2000.

[49] Steiner, G. After Babel (3rd edn.)[M]. Shanghai: Shanghai Foreign Language Education Press. 2001.

[50] Bassnet, S. & A. Lefevere (ed.). Constructing Cultures: Essays on Literary Translation[M]. Shanghai: Shanghai Foreign Language Education Press. 2001.

[51] 邹振环. 20世纪上海翻译出版与文化变迁[M]. 南宁: 广西教育出版社, 2001.

[52] [美] 奈达. 语言与文化: 翻译中的语境[M]. 上海: 上海外语教育出版社. 2001.

[53] 齐藤匡司. "关于中国'新时代小说'与'现代派小说'"[J]. 东亚经济研究59(4), 2001(03).

[54] 谢建平. 文化翻译与文化"传真"[J]. 中国翻译, 2001(05).

[55] 谭载喜. 新编奈达论翻译[M]北京: 中国对外翻译出版公司, 2002.

[56] 葛校琴. 当前归化/异化策略讨论的后殖民视域——对国内归化/异化论者的一个提醒[J]. 中国翻译, 2002(05).

[57] 王东风. 归化与异化: 矛与盾的交锋[J]. 中国翻译, 2002a(05).

[58] 王建开. 五四以来我国英美文学作品译介史[M]上海: 上海外语教育出版社, 2003.

[59] 周志培. 汉英对比与翻译中的转换[M]. 上海: 华东理工大学出版社. 2003.

[60] 秦一民. 红楼梦饮食谱[M]. 济南: 山东画报出版社, 2003.

[61] 黄遵宪. 日本杂事诗//黄遵宪集(上)[M]天津: 天津人民出版社, 2003.

[62] 残雪. 为了报仇写小说——残雪访谈录[M]. 长沙: 湖南文艺出版社, 2003.

[63] Maranhão T. and Streck B. (eds.), Translation and Ethnography : The Anthropological Challenge of Intercultural Understanding, Arizona:

University of Arizona Press, 2003.

[64] 滕梅. 英汉数词的翻译方法 [J]. 解放军外国语学院学报, 2003（02）.

[65] 木下祥子. 金沢大学中国语学中国文学教室纪要. 2003（06）.

[66] 方梦之. 译学辞典 [M] 上海：上海外语教育出版社, 2004.

[67] 柴田元幸　編訳：『ナイン・インタビューズ　柴田元幸と9人の作家たち』，
　　東京：アルク出版, 2004 .

[68] 罗选民. 论文化语言层面的异化/归化翻译 [J]. 外语学刊, 2004（01）.

[69] 孙致礼. 翻译中的"伪异化"现象 [J]. 盐城师范学院学报, 2004（02）.

[70] 刘明东. 图式翻译漫谈 [J]. 外语教学. 2004（07）.

[71] 王芸生. 六十年来中国与日本（第一卷）[M]. 北京：三联书店, 2005.

[72] 潘富俊. 红楼梦植物图鉴 [M]. 上海：上海书店出版社, 2005.

[73] [英] 路德维希·维特根斯坦. 哲学研究 [M]. 陈嘉映译, 上海人民出版
　　社, 2005.

[74] 张美芳. 功能加忠诚——介评克里丝汀·诺德的功能翻译理论 [J]. 外国语,
　　2005（01）.

[75] [日] 吴伟明. 日本金庸武侠小说的受容 [J]. 日中社会学研究, 2005
　　（03）.

[76] 蔡平. 文化翻译的困惑 [J]. 外语教学, 2005（06）.

[77] 王宁. 文化翻译与文学阐释 [M]. 北京：中华书局, 2006.

[78] 杨伯峻. 论语译注（简字体版）[M]. 北京：中华书局, 2006.

[79] 曹明伦. 文本目的——译者的翻译目的 [J]. 天津外国语学院学报。2007
　　（04）.

[80] 孙英春. 跨文化传播学导论 [M]. 北京：北京大学出版, 2008.

[81] 卞建华. 传承与超越：功能主义翻译目的论研究 [M]. 北京：中国社会科
　　学出版社, 2008.

[82] 张建华, 谷学谦. 高级汉译日教程 [M]. 北京：北京大学出版社, 2008.

[83] 邸爱英. 《论语》语言的简约性与《论语》英译的多样性 [J]. 电子科技大
　　学学报（社科版）, 2008（06）.

[84] 许钧, 穆雷主编. 翻译学概论 [M]. 南京：译林出版社, 2009.

[85] 许钧. 翻译概论 [M]. 北京: 外语教学与研究出版社, 2009.

[86] 加地伸行. 論語増補版 [M]. 講談社学術文庫, 2009.

[87] 古汉语常用字字典 (第 4 版) [Z]. 北京: 商务印书馆, 2009.

[88] 金庸、李志清. 射雕英雄传 (漫画版) [M]. [日] 冈崎由美, 土屋文子译, 东京: 德间书店, 2009.

[89] 刘雨珍编校. 清代首届驻日公使馆员笔谈资料汇编 [M]. 天津: 天津人民出版社, 2010.

[90] 李建军. 文化翻译论 [M]. 复旦大学出版社. 2010.

[91] 李炳南. 论语讲要 [M]. 武汉: 长江文艺出版社, 2011.

[92] 刘世彪. 红楼梦植物文化赏析 [M]. 北京: 化学工业出版社, 2011.

[93] 段振离, 段晓鹏. 红楼话美食 [M]. 上海: 上海交通大学出版社, 2011.

[94] 李帆. "夷夏之辨"之解说传统的延续与更新——以康有为、刘师培对《春 [95] 秋繁露》两事的不同解读为例 [J]. 近代史研究, 2011 (06).

[96] [春秋] 屈原著、汤炳正等注. 楚辞今注 [M]. 上海: 上海古籍出版社, 2012.

[97] 金庸. 鹿鼎记·后记 [M]. 广州: 广州出版社, 2012.

[98] 莫言. 红高粱家族 [M]. 上海: 上海文艺出版社, 2012.

[99] 井口晃. 訳. 赤い高粱 [M]. 東京: 岩波書店, 2012.

[100] 中国社会科学院语言研究所词典编辑室编. 现代汉语词典 (第6版) [M]. 北京: 商务印书馆, 2012.

[101] 陶孝振. 现代日汉翻译教程 [M]. 北京: 高等教育出版社, 2012.

[102] 彭広陸. 日本で出版された中日辞典とわが国で出版された日中辞典との比較 [J]. 日中語彙研究, 2012 (01).

[103] 刘万里. 浅谈英汉翻译中的不对等性 [J]. 北京城市学院学报, 2012 (03).

[104] 张万防. 奈达的文化分类及其视角下的翻译研究 [J]. 新余学院学报, 2012 (06).

[105] 吕尔欣. 中西方饮食文化差异及翻译研究 [M]. 杭州: 浙江大学出版社, 2013.

[106] 谢天振. 译介学导论 [M]. 北京: 北京大学出版社, 2013.

[107] 傅雷等. 译者的尴尬 [M]. 北京: 金城出版社, 2013.

[108] 帅培业. "鞠躬""磕头""作揖"起源考 [J]. 西华大学学报(哲学社会科学版), . 2013(02).

[109] Jessica Walton, Naomi Priest & Yin Paradies. Identifying and developing effective approaches to foster intercultural understanding in schools [J], Intercultural Education, 2013(03).

[110] 王晓平. 中国文学经典的传播与翻译 [M]. 北京: 中华书局, 2014.

[111] 于淮仁编著. 论语通解 [M]. 兰州: 甘肃人民出版社, 2014.

[112] 朱芬. 莫言在日本的译介 [J]. 中国比较文学, 2014(04).

[113] 李惠芳. 《朝花夕拾》与绍兴民俗 [J]. 山西高等学校社会科学学报. 2014(12).

[114] 朱熹. 论语集注 [M]. 北京: 商务印书馆, 2015.

[115] 朱晓路. 莫言小说中的方言运用研究 [D]. 山东: 山东师范大学, 2015.

[116] 高宁. 常识与直译/意译之争 [J]. 外国文艺, 2015(01).

[117] Rader D. Valuing languages and cultures: The first step towards developing intercultural understanding [J]. The International Schools Journal, 2015(02).

[118] 李爱文;纪旭文. 竹内好的鲁迅翻译特征研究 [J]. 日语学习与研究, 2015(04).

[119] 林敏洁. 莫言文学在日本的接受与传播——兼论其与获诺贝尔文学奖的关系 [J]. 文学评论, 2015(06).

[120] 费孝通. 文化与文化自觉 [M]. 北京: 群言出版社, 2016.

[121] 论语注疏, 何晏注, 刑昺疏 [M]. 中国致公出版社, 2016.

[122] Robinson D. , "Towards an Intercivilizational Turn: Naoki Sakai's Cogurative Regimes of Translation and the Problem of Eurocentrism", Translation Studies, 2016(01).

[123] 藤涛文子. 翻译行为与跨文化交际 [M]. 蒋芳婧, 孙若圣, 余倩菲译, 天津: 南开大学出版社, 2017.

[124] 严家炎. 金庸小说论稿（增订版）[M]. 北京: 北京大学出版社, 2017.

[125] 韩海涛、赵萌琪. 动态把握话语权建设的民族性和世界性 [J]. 人民论坛·学术前沿, 2017 (15).

[126] 王向远. 译文学 翻译研究新范型 [M]. 北京: 中央编译出版社, 2018.

[127] 青简. 古色之美 [M]. 长沙: 湖南人民出版社, 2019.

[128] 红糖美学. 国之色——中国传统色彩搭配图鉴 [M]. 北京: 中国水利水电出版社, 2019.

[129] 李光贞. 金庸小说在日本的翻译与传播 [J]. 山东师范大学学报（人文社会科学版）, 2020 (02).

[130] 王建华. 建党百年中国翻译传播研究 [C]. 北京: 中国人民大学出版社, 2021.